Deseos ocultos de una Dama

LORRAINE HEATH

Editado por HarperCollins Ibérica, S.A.
Núñez de Balboa, 56
28001 Madrid

© 2015 Jan Nowasky
© 2017 Harlequin Ibérica, una división de HarperCollins Ibérica, S.A.
Deseos ocultos de una dama, n.º 231
Título original: Falling Into Bed with a Duke
Publicado originalmente por HarperCollins Publishers LLC, New York, U.S.A.
Traductor: Amparo Sánchez Hoyos

Todos los derechos están reservados, incluidos los de reproducción total o parcial en cualquier formato o soporte.
Esta edición ha sido publicada con autorización de HarperCollins Publishers LLC, New York, U.S.A.
Esta es una obra de ficción. Nombres, caracteres, lugares, y situaciones son producto de la imaginación del autor o son utilizados ficticiamente, y cualquier parecido con persona, vivas o muertas, establecimientos de negocios (comerciales), hechos o situaciones son pura coincidencia.

® Harlequin, TOP NOVEL y logotipo Harlequin son marcas registradas por Harlequin Enterprises Limited.
® y ™ son marcas registradas por Harlequin Enterprises Limited y sus filiales, utilizadas con licencia. Las marcas que lleven ® están registradas en la Oficina Española de Patentes y Marcas y en otros países.

Imagen de cubierta: Dreamstime.com

I.S.B.N.: 978-84-687-8778-7
Depósito legal: M-11373-2017

Dedicado a las Cover Girls
Que comparten su amor por los buenos libros, las risas sonoras, el vino excelente y la buena amistad. Para Kathy y Becky, por ponernos en marcha. Para Wendy, Jenn y Felicia, por mantenernos unidas. ¡Los clubes de lectura al poder!

PRÓLOGO

La noche del quince de noviembre se produjo uno de los más horribles desastres en la historia del ferrocarril británico cuando un tren de pasajeros colisionó de frente con un tren que transportaba material inflamable. Varios vagones se vieron de inmediato engullidos por una bola de fuego naranja. Resulta del todo imposible describir la horrorosa masacre de cuerpos destrozados, viajeros empalados y mutilados, de cuerpos ennegrecidos. Veintisiete almas se perdieron...

Publicado en *The Times*, 1858

Mientras el coche traqueteaba sobre la irregular carretera llena de baches, Nicholson Lambert, el recién nombrado duque de Ashebury, contempló el paisaje que surgía a su paso, tan sombrío y deprimente como su ánimo. Se sentía vacío, como si en cualquier momento su cuerpo fuera a desmoronarse y dejar de existir. No sabía cuánto tiempo más podría seguir respirando, avanzando...

—No me toques —espetó el conde de Greyling, sentado frente a él.

Nicky levantó la vista a tiempo de ver a Edward, el gemelo del conde, propinarle un empujón a su hermano. El conde le devolvió el empujón y Edward le soltó un manotazo. El conde se arrodilló sobre el asiento y, aprovechándose de la mayor altura que le proporcionaba la postura, cerró el puño, tomó impulso con el brazo...

—Ya basta, muchachos —intervino el señor Beckwith dejando a un lado el libro que había estado leyendo, y alargando un brazo para proteger a Edward del ataque de su hermano. Aun así, el conde soltó el puño que aterrizó sobre el antebrazo de Beckwith.

En cualquier otro momento, Nicky se habría reído de la ridícula técnica de combate del chico. Hacía unos meses, poco después de cumplir ocho años, que su padre lo había llevado a ver un combate de boxeo, de modo que estaba bastante familiarizado con el sonido que hacía un verdadero puñetazo al impactar sobre un cuerpo. El puño del conde se parecía más a un pétalo de rosa deslizándose hasta el suelo.

—Ese no es un comportamiento digno de un lord del reino —lo amonestó el señor Beckwith.

—Ha empezado él —protestó Greyling, y no por primera vez desde que hubiera comenzado ese agotador y horrible viaje desde Londres.

—Sí, y yo lo voy a terminar. Excelencia, por favor cámbiele el sitio al conde —la orden fue emitida con naturalidad, como si Nicky, que no conseguía acostumbrarse a pensar en sí mismo como Ashebury, tuviera la capacidad para moverse a voluntad, como si no tuviera que sacar la fuerza necesaria de algún depósito profundamente enterrado en su interior.

El señor Beckwith miró hacia atrás y enarcó una ceja que enmarcaba unos ojos azules que parecían ver mucho más de lo que hubiera sido deseable.

—¿Excelencia?

Nicky respiró hondo e hizo acopio de la energía necesaria para impulsarse del asiento hasta que sus botas tocaron el suelo. Con no poco esfuerzo mantuvo el equilibrio y le cambió el sitio al conde de Greyling. En cuanto todos estuvieron acomodados según sus indicaciones, el procurador se ajustó las lentes y prosiguió con la lectura del libro. Edward le sacó la lengua a su hermano. Lord Greyling se puso bizco y se aplastó la nariz hasta que consiguió parecer un cerdo. Nicky devolvió su atención al paisaje, deseando que el señor Beckwith leyera en voz alta para que sus palabras ahogaran al aullido del viento sobre el páramo. Ojalá...

—No pienso quedarme —anunció Edward—. Me escaparé. No puedes obligarme a quedarme.

Nicky miró a Edward. Se le veía confiado y seguro, la barbilla alzada, los oscuros y penetrantes ojos fijos en el procurador. ¿Bastaría con eso para dar por concluida esa pesadilla de viaje hasta Dartmoor? ¿Bastaría con proclamar sin más que no iba a suceder?

Beckwith bajó lentamente el libro, revelando una mirada cargada de comprensión, compasión y tristeza.

—Eso no sería del agrado de tu padre.

—Mi padre está muerto.

El conde dio un respingo. Para Nicky, las palabras fueron como un golpe físico sobre el pecho. Apenas conseguía respirar ante la cruda realidad que ni siquiera había logrado susurrar para sus adentros. Si no pensaba en esas palabras no serían ciertas, su padre no habría desaparecido y él no sería el duque de Ashebury. Pero no era más que un inútil esfuerzo por aferrarse a la ilusión de que su mundo no había estallado en pedazos.

—Aun así, esperaría que te comportaras de una manera propia de tu rango —le aseguró amablemente el señor Beckwith.

—No quiero estar aquí —insistió Edward con vehemencia—. Quiero irme a casa.

—Y lo harás, a su debido tiempo. Tu padre —el procurador miró a Nicky—, vuestros padres conocían bastante bien al marqués de Marsden. Fueron juntos a la escuela, eran amigos. Ellos le confiaron vuestra educación. Como os he explicado ya, dejaron instrucciones para que, en caso de morir, el marqués ejerciera como vuestro tutor. Y así será.

Edward, el labio inferior tembloroso, miró a su hermano.

—Albert, ahora eres el conde. Dile que no tenemos que ir. Oblígale a llevarnos de regreso a casa.

—Tenemos que hacerlo —con un leve suspiro de rendición, el nuevo conde de Greyling se frotó el lóbulo de la oreja derecha—. Es lo que quiso padre.

—Es una estupidez. Te odio. ¡Os odio a todos! —Edward subió los pies al asiento y se acurrucó, dándoles la espalda, enterrando el rostro en el cuello del abrigo.

Nicky percibió el temblor en sus hombros y comprendió que intentaba que nadie se diera cuenta de que lloraba. A él también le apetecía llorar, pero su padre se sentiría decepcionado ante semejante gesto de debilidad. Era el duque y debía ser fuerte. Poco importaba que su padre y su madre hubieran muerto. Su niñera le había asegurado que podían verlo, que sabrían si se había portado mal. Si era un mal chico, iría al infierno donde moriría y no volvería a verlos nunca más.

—Ya estamos, muchachos. Havisham Hall. Será vuestro hogar durante algún tiempo —anunció solemnemente el señor Beckwith.

Apretando el rostro contra el cristal, Nicky vislumbró la imponente silueta que se perfilaba contra el cielo gris. La mansión en la que se había criado era tan grande como esa, pero su aspecto no era tan funesto. Tragó nerviosamente. Quizás Edward estuviera en lo cierto y podrían escapar.

El carruaje se detuvo bruscamente. Nadie salió de la casa para recibirlos. Daba la sensación de que nadie los esperaba. Un lacayo se bajó del coche y abrió la puerta. El señor Beckwith descendió.

—Acompañadme, muchachos —su voz no albergaba la menor duda de que allí era donde debían estar, que era el lugar correcto, y que serían bien recibidos.

Nicky miró del conde a su hermano. Ambos habían palidecido y lo miraban todo con los enormes ojos marrones muy abiertos. Esperaron. Él era el mayor de los tres, el de mayor rango, y lo lógico sería que él fuera por delante. Aunque su ser interior le gritaba que se quedara donde estaba, hizo acopio de toda su fuerza de voluntad para no mostrarse como un cobarde y bajó del coche. Mientras el gélido viento lo abofeteaba, contuvo la respiración. Los hermanos lo siguieron de cerca. En silencio, los tres siguieron al señor Beckwith escaleras arriba. Al llegar a la puerta, el procurador levantó la pesada aldaba de hierro y la dejó caer. Un golpe metálico resonó espeluznante a su alrededor. De nuevo, Beckwith llamó. Y otra vez, y otra más.

La puerta se abrió de golpe y un anciano decrépito apareció, la chaqueta y chaleco negro descolorido y raído.

—¿En qué puedo ayudarles?

—Charles Beckwith quisiera ver al marqués de Marsden. Me está esperando —con un ensayado giro de muñeca, el procurador sacó una tarjeta y se la mostró.

—Pasen —el mayordomo de pelo cano tomó la tarjeta y abrió un poco más la puerta—, avisaré al señor de su llegada.

Aunque agradecía poder resguardarse del viento, Nicky hubiera preferido quedarse donde estaba. La entrada estaba en penumbra y hacía tanto frío como en el exterior. El mayordomo desapareció por un pasillo tan oscuro que parecía conducir hasta las mismísimas entrañas del infierno, ese infierno sobre el que le había advertido su niñera. No se veía el final. Una rápida mirada a los gemelos no lo tranquilizó. Su recelo parecía haberse multiplicado por diez. En cuanto al suyo, duplicaba el de los pequeños. Quería ser fuerte, valiente. Quería ser un buen hijo para agradar a su padre, pero quedarse allí, no le cabía la menor duda, sería su muerte.

Aguardaron en medio de un opresivo silencio. Ni siquiera el reloj del pasillo funcionaba, las manecillas inmóviles. El silencioso vestíbulo provocó un escalofrío en la columna de Nicky.

Un hombre alto y delgado surgió del siniestro pasillo. Las ropas colgaban de su cuerpo como si fueran más propias de alguien del doble de su tamaño. Aunque tenía las mejillas y los ojos hundidos, y sus cabellos eran más blancos que negros, no parecía ser especialmente mayor.

—Milord —Beckwith se irguió—, soy Charles Beckwith, procurador de...

—Eso ponía en la tarjeta. ¿Qué hacen aquí? —la aspereza de su voz indicaba que no la utilizaba muy a menudo.

—He traído a los muchachos.

—¿Y para qué iba a querer yo a unos muchachos?

—Le envié una nota, milord —Beckwith echó los hombros hacia atrás—. El duque de Ashebury, el conde de Greyling, y sus esposas, fallecieron trágicamente en un accidente de ferrocarril.

—Ferrocarril. Si Dios hubiera querido que viajásemos en semejantes artefactos, no nos habría proporcionado caballos.

Nicky parpadeó. ¿Dónde estaba la compasión y pesar de ese hombre ante la noticia? ¿Por qué no les ofrecía su consuelo?

—En cualquier caso —contestó el procurador—, esperaba verlo en el funeral.

—Yo no asisto a funerales. Son espantosamente deprimentes.

En opinión de Nicky, no podría haber dicho palabras más acertadas. El funeral de sus padres le había resultado odioso. Durante el velatorio había querido abrir el ataúd para asegurarse de que estuvieran ahí dentro, pero la niñera le había asegurado que no podría reconocerlos. Sus padres habían quedado calcinados, reducidos a cenizas. Habían identificado el cadáver de su padre por el sello, un anillo que Nicky llevaba colgado del cuello, sujeto a una cadena. Pero, ¿cómo podían estar seguros de que la mujer que habían enterrado con su padre era realmente su madre? ¿Y si no lo era? ¿Y si no estaban juntos?

—Y por eso le he traído a los muchachos, dado que usted mismo no fue a buscarlos —explicó Beckwith.

—¿Y por qué traerlos a mí?

—Tal y como le expliqué en mi nota...

—No recuerdo ninguna nota.

—En ese caso le ofrezco mis disculpas, milord, por si se hubiera perdido en el camino. No obstante, tanto el duque como el conde le nombraron tutor de sus hijos.

Como si acabara de percibir su presencia, Marsden clavó sus ojos verdes en los chicos. Nicky tuvo la sensación de que acababan de apuñalarlo en el corazón. No quería quedarse bajo la tutela de ese hombre, un hombre que no parecía poseer ni un gramo de amabilidad o compasión.

El marqués frunció el ceño y devolvió su atención a Beckwith.

—¿Y por qué iban a hacer esa tontería?

—Era evidente que confiaban en usted, milord.

Marsden soltó una carcajada, como si fuera lo más gracioso que hubiera oído jamás. Nicky ya no aguantaba más. Se adelantó y golpeó al marqués en el estómago, una y otra vez.

—No se ría —gritó el chico, mortificado ante las lágrimas que quemaban sus ojos—. ¡No se atreva a reírse de mi padre!

—Tranquilo, muchacho —Beckwith lo apartó—. No se consigue nada con los puños.

Y sin embargo no era cierto, porque el marqués había dejado de reír. Respirando agitadamente, Nicky se sintió preparado para repetir el ataque en caso necesario.

—Lo siento, chico —se disculpó el marqués—. No me reía de tu padre, sino de lo absurdo de dejarme a cargo de vosotros.

Avergonzado por su estallido, el niño se volvió, sobresaltándose al ver a un chiquillo desaliñado y vestido únicamente con unos calzones, que parecían demasiado pequeños, y una camisa blanca, agazapado detrás de un enorme tiesto. Sus cabellos, largos y negros, le tapaban los ojos.

—Pero sin duda cumplirá sus deseos —afirmó el procurador enérgicamente.

Nicky devolvió su atención al marqués, a tiempo para verlo asentir.

—Lo haré. Por nuestra amistad.

—Muy bien, milord. Si pudiera enviar a algunos criados para que se hicieran cargo del equipaje de los muchachos...

—Que su cochero y lacayo se ocupen de eso. Y luego márchese.

Beckwith pareció dudar, pero al fin se arrodilló ante Nicky y los gemelos.

—Mantened la cabeza alta, sed buenos chicos, y haced que vuestros padres se sientan orgullosos —apretó el hombro de Edward, luego el de Greyling y por último el de Nicky.

Nicky quiso suplicarle que no lo dejara allí. «¡Por favor, por favor, llévame contigo!». Pero se mordió la lengua. Ya se había puesto en evidencia una vez, no volvería a hacerlo.

—Me mantendré informado sobre ellos —tras levantarse, Beckwith miró fijamente al marqués.

—No hará falta. Ahora están a mi cuidado. Márchese enseguida —el marqués miró por la ventana—. Antes de que se haga demasiado tarde.

El procurador asintió lentamente y, dando media vuelta, salió por la puerta. Nadie se movió. Nadie habló. El equipaje fue entregado y, poco después, Nicky oyó el crujido de las ruedas del coche, el golpeteo de los cascos de los caballos, como si Beckwith le hubiera ordenado al cochero que se diera prisa, como si quisiera alejarse lo más rápidamente posible.

—¡Locksley! —gritó el marqués, sobresaltando a Ashe.

—¿Sí, padre? —el chico, que había permanecido oculto detrás del tiesto, corrió hacia ellos.

—Acompáñalos arriba. Que elijan el dormitorio que prefieran.

—Sí, señor.

—Pronto anochecerá —anunció Marsden con expresión distraída—. No salgáis por la noche.

Y como si ya hubiera olvidado su presencia, regresó al oscuro y tétrico pasillo del que había salido.

—Vamos —dijo el chico mientras se volvía hacia las escaleras.

—No vamos a quedarnos —anunció Nicky repentinamente, decidiendo que ya era hora de que tomara el mando, de que se comportara como un duque.

—¿Por qué no? Me gustaría tener a alguien con quien jugar. Y os gustará esto. Podréis hacer lo que os plazca. A nadie le importa.

—¿Por qué no funciona el reloj? —preguntó Edward, acercándose como si de repente le intrigara la maquinaria.

—¿A qué te refieres? —Locksley frunció el ceño.

—Se supone que debería hacer tictac —Edward dibujó un círculo en el aire—. Las manecillas deberían moverse de un número a otro —alargó la mano...

—¡No lo toques! —gritó Locksley mientras se colocaba delante del reloj—. No debes tocarlo. Jamás.

—¿Por qué no?

El chico sacudió la cabeza con expresión confusa.

—No se puede tocar.

—¿Dónde está tu madre? —preguntó Greyling, acercándose a Edward como si necesitara el consuelo de la familiar presencia en ese deprimente y siniestro lugar.

—Muerta —contestó el crío fríamente—. Es su fantasma el que aúlla en los páramos. Si salís de noche, te atrapará y te llevará con ella.

Un gélido escalofrío recorrió la columna de Nicky. Miró hacia la puerta. Las ventanas que había a ambos lados le revelaron la oscuridad que se cernía sobre ellos. Y temió que también lo reclamara a él, que cuando por fin abandonara aquel lugar apenas quedaran unas pocas cenizas, como había ocurrido con sus padres.

CAPÍTULO 1

Londres
1878

La etiqueta exigía que el caballero no prolongara la visita más allá de quince minutos, y por eso la señorita Minerva Dodger sabía exactamente el tiempo que le quedaba por pasar con lord Sheridan: ciento ochenta interminables segundos. O menos, en caso de que la suerte estuviera de su parte. Sin embargo, el caballero sentado a su izquierda en el sofá del saloncito parecía decidido a agotar el tiempo máximo de permanencia. Desde que le hubiera ofrecido una taza de té al poco de llegar, daba la sensación de haber olvidado el motivo de su presencia allí. La delicada pieza de porcelana china con rosas rojas no había abandonado ni un solo instante el platillo en que se apoyaba, con experto equilibrio, sobre el muslo.

Era la tercera visita en siete días, y lo único que había conseguido averiguar de él era que se excedía en la cantidad de colonia de bergamota que se aplicaba, que mantenía las uñas bien cuidadas y que era aficionado a emitir ocasionales suspiros sin motivo aparente. También que el final de la visita siempre era señalado con un carraspeo.

Un carraspeo que fue más que bienvenido. Lord Sheridan dejó la taza a un lado y se puso en pie. Ella hizo lo propio, depositando la taza sobre la mesita de café y levantándose, con cuidado de no mostrar excesivamente el placer que le producía el final del tormento.

—Gracias por su visita, lord Sheridan.

—Me gustaría regresar mañana —la seriedad que reflejaban los ojos marrones indicaba claramente que no estaba pidiendo permiso, simplemente constatando un hecho.

—Si me disculpa la osadía, milord, permítame preguntarle si así es como desea realmente pasar el resto de su vida, sentado en medio de un profundo silencio roto únicamente por el tictac del reloj que nos recuerda el paso del tiempo.

—¿Disculpe? —el hombre parpadeó.

En esa ocasión fue ella quien suspiró. No le gustaba que la obligara a ser franca simplemente porque él se negaba a reconocer la situación.

—No encajamos, milord.

—No sé cómo ha podido llegar a esa conclusión.

—No hablamos. He intentado introducir varios temas de conversación…

—Sobre la conveniencia de la expansión de Inglaterra en África. No es un tema que debiera preocupar a una dama.

—Pues si estalla la guerra va a preocupar a más de una dama que podría verse arrojada a un estado de viudedad. Por no mencionar la carga económica para el país —ella alzó una mano ante la expresión claramente horrorizada del hombre—. Le pido disculpas. No quiso hablar de ello hace un rato y estoy convencida de que tampoco querrá hacerlo ahora mientras se prepara para marcharse. Pero tengo opiniones, y creo que el derecho a expresarlas. Usted no parece tener ningún interés en oír mi punto de vista sobre nada que no sea el tiempo.

—Será condesa.

—¿Y eso qué tiene que ver? —Minerva lo miró perpleja.

—Será lady Sheridan. Y, como tal, estará demasiado ocupada con sus deberes y obras benéficas para quedarse sentada en el saloncito conmigo todas las tardes.

—¿Y por las noches?

—Poseo una extensa biblioteca, enteramente a su disposición. Y estoy seguro de que sabrá coser.

—Pues lo cierto es que no. Me resulta muy aburrido. Prefiero alentar un debate sobre la reforma social.

—No toleraré que mi esposa «aliente», ninguna clase de debate. Es del todo punto indecoroso.

—Y razón por la cual, milord, no somos adecuados el uno para el otro —concluyó ella con amabilidad, aunque en realidad sentía deseos de preguntarle cómo se le había ocurrido pensar que alguna mujer, la que fuera, iba a querer convertirse en su esposa.

—Poseo una extensa propiedad, señorita Dodger. Necesita algún mantenimiento, cosa que su dote permitirá.

Ahí estaba, al fin, el verdadero motivo de su presencia en el saloncito.

—Hay un problema, Sheridan, yo estoy incluida en la dote. Más aun, soy como soy. Tengo mis propias ideas, que no son necesariamente las de mi esposo, mis propios intereses, que de nuevo no tienen por qué coincidir con los de mi esposo. Pero exijo que respete mis opiniones e intereses. Quiero poder discutir de ellos con él, y saber que me estará escuchando.

—Le daré hijos.

¿Y qué tenía eso que ver con escuchar? Algo que, era más que evidente, no hacía ese hombre. Minerva se sentía como una mula a la que arrojara zanahorias con la esperanza de que accediera a seguirle. Y, si bien deseaba desesperadamente tener hijos, no estaba dispuesta a pagar ningún precio por ellos. Si ella no era feliz, ¿cómo podrían serlo sus hijos?

—¿Me dará amor?

—Es posible. Con el tiempo —él rechinó los dientes—, seguramente mi afecto se acrecentará.

—Creo que convivir conmigo le resultaría más que difícil —ella sonrió tolerante.

—Poseo dos propiedades. En cuanto tenga un heredero, no veo ningún motivo para seguir viviendo en la misma residencia.

Minerva tuvo que hacer un verdadero esfuerzo por no soltar una carcajada histérica. Ese hombre se negaba a tomarla en serio, y ese había sido el problema desde un principio.

—Venga a visitarme si así lo desea, milord, pero sepa que bajo ninguna circunstancia me casaré con usted. Jamás.

—No recibirá una oferta mejor.

—Puede que tenga razón, pero dudo seriamente que reciba una peor.

Lord Sheridan volvió bruscamente la cabeza hacia la madre de Minerva, sentada en una esquina, dedicada a sus labores de costura, como si la acusara de ser la responsable de las palabras que acababan de salir de la boca de su hija.

—Excelencia...

—Señora Dodger —interrumpió la mujer.

—Es la viuda de un duque —Sheridan soltó un suspiro cargado de frustración.

—Soy la esposa de Jack Dodger, y prefiero que se dirijan a mí como tal.

—De acuerdo —él volvió a rechinar los dientes antes de carraspear—, si insiste.

—Lo llevo haciendo desde que me casé con él hace unos cuantos años ya —la mujer sonrió con dulzura—, pero no creo que haya venido para discutir sobre las decisiones que he tomado en mi vida.

—Tiene razón, señora, no he venido para eso. ¿Sería tan amable de explicarle a su hija por qué no debería rechazarme tan rápidamente?

—Para serle sincera, lord Sheridan —la señora Dodger sonrió indulgente, el rostro sereno—, creo que haría mejor pasando sus tardes en otro lugar.

Sheridan volvió a carraspear mientras fulminaba a Minerva con la mirada.

—Tengo la intención de conseguir una esposa antes de que finalice la temporada social en Londres. No esperaré a que le entre el sentido común, señorita Dodger. Seguiré adelante.

—Creo que sería lo más aconsejable.

—Es una estupidez renunciar a lo que puedo proporcionarle.

—Con la ayuda de mi dote.

La afirmación fue recibida con otro rechinar de dientes. A Minerva no le cabía duda de que, con el tiempo, esa costumbre la volvería loca.

—Que tengan un buen día. Señora. Señorita Dodger.

Sheridan se dio media vuelta y salió del salón sin siquiera dirigir una mirada hacia atrás.

Minerva soltó un profundo suspiro, cargado de toda la tensión que la había acompañado durante la visita del caballero. Echó los hombros hacia atrás y se dejó caer sin el menor decoro en la silla que había junto a su madre.

—Curiosamente a mí me parece que casarme con él habría sido una estupidez mayor.

Su madre alargó una mano y apretó la de su hija.

—No eres estúpida. Sabes lo que quieres. En algún lugar hay un hombre que aprecia ese aspecto tuyo y que te contemplará como algo más que un bonito adorno.

Si bien no era de naturaleza pesimista, en ese tema Minerva no fue capaz de contagiarse del optimismo de su madre.

—Acabo de cruzarme con lord Sheridan, que se marchaba —anunció Grace Stanford, duquesa de Lovingdon y la mejor amiga de Minerva, mientras entraba en el salón con su hijo de dos años en brazos—. Daba la sensación de estar muy enfadado.

—Qué maravillosa sorpresa tu visita —saludó la madre de Minerva con una sonrisa resplandeciente y mientras se levantaba para recibir a los recién llegados—. ¿Cómo está mi nieto?

El niño se inclinó hacia ella y la mujer lo tomó en sus brazos.

—Te juro que has crecido desde la última vez que te vi.

—Lo viste hace pocos días —le recordó Grace a su suegra.

—Demasiado tiempo.

Minerva se acercó a su amiga e intentó interpretar su expresión. Sin embargo, Grace era conocida por no revelar nada nunca, y eso la convertía en un temible rival en las cartas.

—¿Y bien? ¿Lord Sheridan?

—Él creía que encajábamos —Minerva suspiró y se encogió de hombros—. Yo no.

—Tiene muchas deudas —observó Grace.

—Por eso mismo.

—Es bastante atractivo y puede ser encantador.

—Se quedó ahí sentado durante quince minutos, mirando la taza de té como si esperara ver evaporarse el contenido.

—Vaya... —la mirada de su cuñada encerraba simpatía y comprensión.

Antes de casarse con el hermanastro de Minerva, el duque de Lovingdon, Grace también había navegado en el mar de los cazafortunas.

—¿Qué te trae hasta aquí? —preguntó Minerva.

—Solo quería haceros una visita.

—Os dejo a solas —anunció su madre distraídamente antes de pellizcar la rolliza mejilla de su nieto—. Vamos. A ver si encontramos a tu abuelo. Se pondrá muy contento de verte —la mujer miró a Grace—. ¿Te parece bien? ¿Me lo puedo llevar un rato?

—Por supuesto. Ya os buscaré cuando vaya a irme.

—Tómate tu tiempo —se despidió la madre de Minerva antes de salir del saloncito en busca de su marido.

Si la alta sociedad londinense descubría a Jack Dodger

jugando al escondite con su nieto, su fama de ferocidad quedaría reducida a añicos.

—Lo adora —observó Minerva, ignorando el dolor que sentía en el pecho porque ella seguramente no podría darles un nieto a sus padres.

—Lo sé. Y sabía que si lo traía podríamos disfrutar de un rato a solas sin que nos molestaran.

—¿Conseguiste la dirección? —preguntó ella a su cuñada con una mezcla de anticipación y miedo.

—Sentémonos, ¿quieres? —como si con ello pudiera eludir la conversación, Grace se sentó grácilmente en el sofá.

Minerva se unió a ella, excitada ante la posibilidad de poder mitigar en parte su agitación.

—¿La tienes? —insistió con impaciencia.

—¿Estás segura de esto, Minerva? —Grace se removió inquieta en el asiento—. Cuando la pierdes…

—Soy muy consciente de cómo funciona la virginidad, Grace —ella chasqueó los dedos con impaciencia—. Dame la dirección.

No se atrevió a pronunciar el nombre del establecimiento en voz alta. Nadie se atrevía. Hacía años que circulaban por todo Londres rumores sobre el hermético club Nightingale, pero su ubicación era un secreto muy bien guardado porque sus dueñas eran, supuestamente, damas de la aristocracia, mujeres casadas que habían abierto ese lugar para que otras mujeres, al igual que ellas mismas, llevaran allí discretamente a sus citas secretas mientras sus esposos permanecían ignorantes de sus ilícitas aventuras. Las actividades que se llevaban a cabo allí habían evolucionado con los años hasta tal punto que, aunque la dama en cuestión no tuviera ningún amante, podría encontrar allí uno para pasar una noche. Y eso era todo lo que Minerva necesitaba. Una noche.

—Tu hermano me matará si descubre que te he ayudado en este asunto.

—No hará tal cosa. Te ama con locura. Además, no se va

a enterar. No voy a irlo pregonando por ahí, pero conoces de sobra la clase de vida que llevaba antes de casarse contigo. ¿Por qué es aceptable que los hombres hagan travesuras, pero no que lo hagan las mujeres?

—Las cosas son así, sencillamente. ¿Qué pasa si te enamoras…?

—Ya he participado en seis temporadas sociales, Grace —Minerva no pudo reprimir una carcajada—. Y no hago más que acumular polvo mientras espero a que alguien se acerque a mí, alguien que no sea el cazafortunas de turno. No tengo ningún interés en un matrimonio que constituya un acuerdo comercial. Quiero ser amada por quien soy. Mi enorme dote no me está ayudando a encontrar el amor. No soy especialmente bonita.

Grace abrió la boca para protestar, pero ella la interrumpió antes de que pudiera hablar.

—Sabes que es verdad.

Había recibido de su padre, uno de los hombres más acaudalados de Londres, una monumental dote, y eso la había llevado a rechazar los supuestos afectos que los hombres aseguraban profesar por ella. Estaba segura de que no había ni un átomo de verdad en ninguna de sus declaraciones. No era especialmente hermosa, ni siquiera guapa o atractiva.

—Me parezco demasiado a mi padre. Tengo sus ojos oscuros, sus rasgos comunes. Y también su cabeza para los negocios. Soy inteligente y digo lo que pienso. No soy ni recatada ni dócil. Quiero pasión y fuego en mi vida, no la frialdad del silencio y los suspiros mientras esperamos a que pasen los minutos antes de la despedida. ¿Tienes idea de cuántas veces me he sentado en este salón con un caballero que no hacía otra cosa que sujetar una taza de té sobre el regazo y hacer observaciones sobre los bizcochos y las tartas, como si fuera lo más importante para mí? Resulto intimidante, lo sé. Intento morderme la lengua, pero no quiero que el caballero se lleve una falsa impresión sobre a quién está cortejando.

No me avergüenza expresar mis opiniones, y los hombres encuentran intolerable un comportamiento como ese.

—Simplemente no has encontrado al hombre adecuado.

—Tampoco puede decirse que me oculte detrás de los arbustos. Me he mostrado ante todo el mundo. Mi dote es atractiva. Yo no. Los hombres no me buscan por la pasión que despierto en ellos, sino por el peso del monedero. Empieza a resultar tedioso.

—¿Y qué pasaría si te quedaras embarazada? —preguntó Grace tras estudiar el rostro de su amiga durante unos instantes.

Minerva estuvo a punto de gemir ante la pregunta, pero era consciente de que su mejor amiga solo la había formulado por su bien.

—He investigado. Tomaré medidas.

Su amiga se reclinó en el asiento y se mordisqueó el labio.

—El acto es en sí mismo muy íntimo, Minerva. No me imagino hacer algo así con alguien a quien no amara.

—Soy muy consciente de que no será ideal, Grace, pero, llegado a este punto de mi vida, quiero sentirme deseada. He oído que la mayoría de los hombres que frecuenta ese establecimiento pertenece a la aristocracia, de modo que es bastante probable que lo conozca, incluso que me guste. Hay muchos caballeros que me gustan, el problema es que yo no les gusto a ellos.

—Pero después de compartir tanto, ¿no te resultará incómodo volver a verlo?

—No sabrá que soy yo. Llevaré una máscara.

Una máscara que había comprado ya, antes de averiguar la localización del infame club, y que le cubría dos tercios del rostro dejando únicamente ojos, labios y barbilla al descubierto.

—Pero tú sí lo sabrás. Todo lo que te hizo. Cada parte de tu cuerpo que tocó. Cada parte de su cuerpo que tocaste.

Una calidez y cierta incomodidad atenazó a Minerva

al imaginarse acariciada por unas grandes y fuertes manos. Cada noche se llevaba esas imágenes a la cama con ella, aunque lo único que conseguía era sufrir de deseo por lo que jamás había experimentado. Su mayor temor era echarse a llorar si un hombre la tocaba con las manos desnudas. Muchos hombres la habían tocado, pero siempre con guantes a modo de barrera.

—Ya he repasado largo y tendido todas las implicaciones, Grace. No es algo que haya decidido impulsivamente. ¿Tienes idea de lo sola que me siento al no haber gozado siquiera de las caricias de los dedos de un hombre en alguna zona prohibida de mi cuerpo? Durante las cenas, nadie ha intentado tocarme furtivamente por debajo de la mesa, fuera de la vista de otros, mientras mis manos desnudas descansan sobre el regazo. Nadie ha intentado hacer nada inapropiado conmigo.

—Para serte sincera, me parece una solución de cierto mal gusto. Quizás deberías buscarte un amante.

—Tú no lo entiendes, Grace. Los hombres no me encuentran atractiva en ese sentido. No tienen pensamientos impuros, ni me consideran interesante. Si algún hombre mostrara la menor señal de que yo le gustaba, me casaría con él.

—Has tenido proposiciones de matrimonio.

—De caballeros venidos a menos, y enseguida resultó más que evidente que lo que más deseaban abrazar era mi dote, no a mí. Tus consejos me han ayudado a saber identificar a los cazafortunas y, de momento, para mi gran desconsuelo, todos lo han sido.

—Quizás tomaste mis palabras demasiado al pie de la letra.

—Nadie me mira como te mira mi hermano. Incluso antes de manifestarte su amor, era evidente que te deseaba con locura.

Incapaz de negarlo, Grace se sonrojó. Minerva se levantó y empezó a pasear por el salón. Intentaba no desvelar lo nerviosa que estaba ante la decisión tomada. Era lo mejor para ella. Quería saber lo que se sentía al estar con un hombre, y estaba harta de esperar.

—El anonimato me resulta atractivo. Si la fastidio, nadie lo sabrá.

—No la vas a fastidiar. Pero lo que me preocupa es que te hagan daño.

—¿Cómo puede dolerme si, durante unos instantes, me sentiré como si alguien me deseara? —arrodillada frente a su querida amiga, Minerva le apretó las manos—. Grace, nunca en mi vida he sabido lo que es sentirse deseada por un hombre. Y aunque no sabrá que soy yo, aunque lo único que desee realmente sea mi cuerpo, será mi cuerpo el que toque, mi cuerpo con el que obtenga placer, mi cuerpo el que experimente placer también. No será perfecto, pero al menos será algo.

—Resulta demasiado imprudente habiendo alternativas. Podrías pedirle a un hombre que se convierta en tu amante.

—¿Y cómo superaré la vergüenza que sentiré cuando me rechace?

—Puede que acepte.

—Seis temporadas, Grace, y nunca me han besado. Nunca me han empujado hacia el rincón en penumbra de un jardín. Mis compañeros de baile son cada vez más escasos y espaciados. Se me identifica por lo que soy, una solterona. Ha llegado la hora de admitir que nunca disfrutaré de un gran amor, y no cargaré con un hombre incapaz de amarme tan profundamente como mi padre ama a mi madre. O como mi hermano te ama a ti. Si debo pasar el resto de mi vida junto a él, quiero a un caballero enamorado. Y, si no puedo tenerlo, al menos una vez en la vida quiero saber lo que se siente al estar con un hombre sin las barreras de los convencionalismos sociales. Quizás entonces me sienta capaz de seguir adelante y hallar la felicidad en otro lugar.

Grace suspiró y liberó sus manos, metió una en el bolsillo

de la falda y sacó un trocito de papel. Minerva quiso arrebatárselo, pero temió romperlo porque los dedos de su amiga estaban blancos de la fuerza con la que lo sujetaba.

—Junto con la dirección —comenzó Grace—, he incluido una lista de caballeros a los que deberías evitar en caso de que se crucen en tu camino. Lovingdon afirma que son unos amantes egoístas, aunque por supuesto no sabía por qué se lo preguntaba, pero al parecer, en la intimidad de sus clubes, los hombres suelen presumir de sus conquistas —apretó los labios y ofreció el trocito de papel a su amiga—. Por favor, ten mucho cuidado.

Minerva cerró la mano en torno al papel que contenía el secreto de su felicidad. Había pasado el tiempo de ser cautelosa. Deseaba una noche que poder recordar.

—¿Y por un casual no habrás hecho una lista con los nombres que sí debería considerar?

—Me temo que no —Grace soltó una carcajada algo forzada—. Solo pedí un deseo, que algún caballero te valore como te mereces, sin que tu dote tenga nada que ver con ello.

—No todos los caballeros son tan sabios como mi hermanastro.

—Es una pena.

Lo era, en efecto. Pero, por otro lado, Minerva no solía demorarse en lo negativo. No había tenido suerte en el capítulo del matrimonio. Ya era hora de trasladarse a los dominios del placer.

El duque de Ashebury iba a la caza de un par de largas y torneadas piernas. Apoyando distraídamente un hombro contra la pared del salón principal del club Nightingale, observaba con cierto pesimismo a las candidatas que iban entrando. Las damas vestían vaporosas sedas que acariciaban sus cuerpos, como lo harían sus amantes antes de finalizada la velada. La delicada tela marcaba seductoramente sus cuerpos, insinuando curvas y abultamientos. Los brazos desnudos. Los escotes pronunciados, la seda empezando justo por debajo de una pequeña muestra, destinada a tentar. Los asistentes murmuraban y bebían champán a pequeños sorbos mientras intercambiaban tórridas miradas y sonrisas insinuantes.

El flirteo que se producía entre esas cuatro paredes era muy diferente al de los salones de baile. Nadie buscaba una pareja de baile. Más bien buscaban una pareja para la cama. A él le gustaba la abierta sinceridad, y esa era la razón por la que acudía a menudo a ese lugar cuando se encontraba en Londres. No había pretensiones, artimañas ni hipocresía.

Ya había reservado una habitación y tenía la llave en el bolsillo, porque no quería que nadie lo interrumpiera en lo que tanto le había costado organizar. Sus necesidades eran diferentes, y sabía que entre esas paredes se mantendrían en secreto. La gente no hablaba de lo que sucedía en el club Nightingale. Para la mayor parte de Londres, la existencia de ese establecimiento solo se reconocía entre susurros de nostalgia por parte de quienes lo conocían solo como un mito. Pero para quienes estaban familiarizados con aquel lugar, era un santuario liberador, fiable. Era todo lo que uno pudiera desear que fuera.

Para él era la salvación que lo sacaba del pozo oscuro. Habían transcurrido veinte años desde la muerte de sus padres, pero aún soñaba con restos carbonizados y mutilados. Todavía oía los gritos de terror de su madre y los infructuosos alaridos de su padre. Todavía lo seguía atormentando su comportamiento en la última ocasión en que habían estado juntos. De haber sabido que nunca más volvería a verlos…

Se sacudió con decisión los inquietantes pensamientos que le provocaban un escalofrío en la columna. Allí podía olvidar, al menos durante unas horas. Allí los remordimientos no lo corroían inmisericordes. Allí podía perderse en busca de la perfección, del placer absoluto.

Lo único que le quedaba por hacer era decidir qué dama se ajustaría mejor a sus propósitos, cuál estaría dispuesta a acceder a sus inusuales exigencias sin protestar. Le daba igual que la dama en cuestión llevara una máscara. Sus rostros le daban igual y entendía su necesidad de anonimato. En realidad era una ventaja para él, ya que había descubierto que las damas se sentían más cómodas con sus exigencias cuando estaban seguras de que su secreto permanecería como tal. Y el que él no conociera su identidad les volvía más osadas de lo que habrían sido normalmente. Les gustaba ser un poco traviesas, siempre que no las descubrieran. Él no lo haría si no sabía quiénes eran.

Aun así, había una regla de obligado cumplimiento: jamás repetía con la misma dama.

Las damas llevaban consigo sus propias máscaras, y rara vez las cambiaban ya que esa fachada se convertía en su tarjeta de visita, tan eficaz como las que se entregaban a los mayordomos cuando se acudía formalmente a una casa. La mujer de la máscara negra adornada con plumas de pavo real tenía una cicatriz sobre la rodilla izquierda, producto de una caída de un poni cuando era pequeña. La de la máscara azul con plumas negras tenía dos deliciosas pecas en la parte baja de la espalda. La de la máscara verde bordeada de raso amarillo tenía unas caderas huesudas que constituían todo un desafío, pero el tiempo que habían pasado juntos había resultado satisfactorio. Al fin y al cabo le gustaba el desafío que suponía encontrar la perfección en la imperfección.

Las tres copas de whisky que había tomado vibraban en sus venas. Los músculos, hacía poco tan tensos, estaban relajados. Allí se encontraba en su ambiente, o al menos lo estaría en breve, en cuanto encontrara lo que estaba buscando. No se iba a conformar con menos de aquello que deseaba, nunca lo hacía. Si algo podía decirse del duque de Ashebury era que sabía lo que quería. Que era tozudo a la hora de conseguir lo que necesitaba, o quería. La empresa de aquella noche bordeaba la línea tanto de lo que necesitaba como de lo que quería. Todos sus deseos debían hacerse realidad antes del amanecer. Para entonces, quizás, conseguiría alegrarse de estar de regreso en Londres.

Levantó la copa para beber otro sorbo y observó a una mujer vestida de seda blanca y una máscara blanca con plumas cortas entrar dubitativa en la estancia, como si temiera que el suelo fuera a abrirse en cualquier momento bajo sus pies. No era especialmente alta, pero a tenor de cómo la seda se deslizaba por su cuerpo con cada elegante paso que daba era evidente que sus piernas eran largas y torneadas. Se preguntó si había ido a reunirse allí con alguien en concreto. Algunas damas tenían por costumbre hacerlo, por eso los hombres no llevaban máscara, para ser identificados con mayor facilidad por sus amantes. Otro motivo era que a los hombres sencillamente les daba igual si alguien descubría que tenían ganas de darse un buen revolcón.

La mujer de blanco parecía tener los cabellos oscuros recogidos en un elaborado peinado que sin duda requería una gran cantidad de horquillas. No podría asegurar el tono exacto por culpa de la iluminación, proporcionada únicamente por velas, que aumentaba el secretismo del ambiente y creaba cierta intimidad a la vez que permitía disimular algunas características distintivas identificables por el color como los cabellos, ojos, incluso el tono de la piel. Quizás la mujer se movía con lentitud porque sus ojos se estaban habituando a la penumbra. Los caballeros sin pareja aún no la habían rodeado, claro que esa era la norma allí. La seducción se producía lentamente. Las damas debían insinuar su interés.

Por otra parte, si era su primera vez allí, quizás no tuviera conocimiento de las sutiles normas que imperaban en el club. Estaba bastante seguro de no haberla visto antes. Gran conocedor del cuerpo humano, habría recordado la elegancia de sus movimientos, el modo en que el tejido del vestido se deslizaba por su piel, marcando sus formas. Tenía las piernas delgadas, pero bien torneadas. Y las caderas no eran nada huesudas.

Terminó la copa de un largo trago, disfrutando de la sensación de haber concluido la caza. Había llegado allí con la intención de buscar a una mujer alta. Pero se había equivocado.

La deseaba a ella.

CAPÍTULO 2

Minerva había pasado poco más de tres horas preparándose para acudir al club Nightingale, y todo para descubrir a su llegada que debía ir vestida con algo parecido a una túnica de seda. Nunca había llevado un vestido que revelara o marcara tanto, ni tan adorablemente, como ese. Después de que una doncella le hubiera ayudado a cambiarse, se había contemplado en el espejo. Al verse sin combinación o enaguas entre su cuerpo y la seda, había estado a punto de salir huyendo de aquel lugar. Grace sin duda estaba en lo cierto. Debería regresar a su mundo y hacerle una proposición a algún conocido, alguien que le gustara, siquiera un poco...

Pero esa idea le resultaba aún más incómoda y desabrida que su situación presente. ¿Y si él no mostraba el menor interés o aquello resultaba... desastroso? El candidato elegido podría conocerla. ¿Y si se lo contaba a todo el mundo, a sus mejores amigos? Según Grace, a los hombres les gustaba presumir de sus hazañas. Minerva sospechaba que debían burlarse de las mujeres que no cumplían con sus expectativas. Desde luego lo que sin duda no hacían era reconocer sus propias carencias. En definitiva, lo mejor que había podido hacer era acudir a ese club. Su carácter anónimo le aseguraba que se mantendría el secreto. Nadie descubriría jamás lo que había hecho, ni con quién.

Por no mencionar que había cierta emoción en el hecho de que el hombre en cuestión no conociera su identidad. Sin duda los hombres debían encontrar excitante que todo estuviera envuelto en un halo de misterio.

Echó un vistazo por la sala débilmente iluminada y fue asaltada por una repentina sensación de curiosidad e irritación. Los hombres vestían traje completo, pantalones, chaqueta, chaleco y camisa con lazo perfectamente anudado al cuello. ¿Por qué a ellos no se les obligaba a llevar puesto algo que les hiciera sentirse prácticamente desnudos? Quizás porque la vestimenta de un hombre no dejaba tanto a la imaginación como la de una mujer. Aun así, a Minerva no le pareció justo. Sin duda, de poder hacerlo, a las mujeres les apetecería deleitarse con la visión de un torso desnudo y unos fornidos brazos. A ella le encantaban los hombros anchos. Y también unos ojos chispeantes capaces de seducir con la mirada. La mayoría de los hombres que habían acudido a presentarle sus respetos habían tenido la mirada apagada, o perdida, evidenciando que sus pensamientos estaban en otro lugar.

Reconoció a varios caballeros. Lord Rexton, de pie junto a la chimenea, charlaba con una mujer de elevada estatura. ¡Cómo le hubiera gustado ser alta! Aunque no quería ser la receptora de las atenciones de Rexton. Sintiendo cómo se ruborizaba desde los dedos de los pies hasta la cabeza, Minerva se volvió, consciente de lo ridículo que era temer que el hermano de Grace la reconociera o se avergonzara al saberse descubierto flirteando con una mujer. Era joven y varonil. Las damas sin duda se mostrarían encantadas de poder disfrutar de la compañía del heredero de un ilustre y poderoso ducado.

Por Dios santo que esperaba no encontrarse con sus propios hermanos. Pero, aunque lo hiciera, no era probable que la reconocieran solo por su barbilla y boca. El resto del rostro estaba cubierto, aunque no podía decir lo mismo de los cabellos. Afortunadamente, los mechones de un tono pelirrojo oscuro tampoco eran tan raros. Los ojos, oscuros también, no eran de los que despertaban una pasión poética. Ningún hombre iba a ahogarse en ellos. Eran tan aburridos como el resto de su físico.

Había muchas parejas que charlaban. Sin duda formaba parte del ritual. Qué estúpido por su parte pensar que algún hombre se limitaría a cargar con ella sobre un hombro y llevarla a la planta superior, a una cama. Ella tampoco lo habría consentido. Le apetecía un poco de cortejo.

Un criado se acercó portando una bandeja con vasos llenos de un líquido ambarino y copas de champán. Minerva alargó la mano hacia el líquido ambarino y se lo bebió de un trago, disfrutando de la quemazón y el calor que le inundó hasta en lo más íntimo. De jóvenes, Grace y ella siempre habían disfrutado bebiendo a hurtadillas. Sin embargo, se suponía que debía mostrarse atractiva ante un hombre, y al menos debería fingir preferir el champán. Era más refinado y femenino, pero, si en los salones de baile nunca había pretendido ser otra cosa de la que era, no iba a empezar a hacerlo allí. A pesar de que los hombres no pudieran ver su rostro, no supieran quién era, iba a ser fiel a sí misma. Si les asustaba una mujer que bebía whisky, no quería saber nada de ellos. En la medida de lo posible, aquella velada iba a desarrollarse según sus condiciones.

El criado se llevó el vaso vacío, pero, antes de poder darse media vuelta, ella ya había tomado un segundo vaso de la bandeja. Deberían haber sido dos, pero optó por contentarse con un pequeño trago. Ya habría más criados, más oportunidades y, al parecer, iba a disponer de mucho tiempo para beber. La velada parecía transcurrir a paso de tortuga. Y eso era bueno. Le daba la oportunidad de decidir.

Echó una ojeada a los asistentes y enseguida comprendió que había hablado con prácticamente todos esos caballeros en alguna ocasión. Si no le habían resultado atractivos en un salón de baile, ¿por qué iban a hacerlo allí?

«No vas a casarte con él. No tiene que gustarte realmente. Solo debes decidir si tiene las cualidades físicas necesarias para ser un buen amante».

Aquella debía ser una noche para la fantasía. Una noche para hombros anchos y caderas estrechas. Ojos cálidos, labios carnosos. Una gruesa mata de pelo, daba igual el color. Minerva soltó un bufido, pues en realidad daba igual que tuviera pelo siquiera. Los hombres calvos también podían ser magníficos amantes. Después de haber sido juzgada por su nariz excesivamente grande, cejas excesivamente pobladas y pómulos excesivamente redondos, no iba a ser tan hipócrita como para juzgar a un hombre por su aspecto. Quería a alguien con inteligencia, un toque de humor, y un interés por lo poco habitual.

Consideró detenidamente sus opciones. Lord Gant era apuesto, pero solía escupir al hablar. Lord Bentley era un conversador aburrido, ¿lo sería también en la cama?

Detestaba admitirlo, pero empezaba a estar de acuerdo con Grace. Ese asunto del amor incluía algo más que altura, fuerza y atractivo. Necesitaba a alguien a quien no conociera. Un completo extraño, no alguien con quien hubiera bailado, o con quien hubiera hablado durante una cena. No podía tener información de antemano.

O también podría elegir a uno de tantos hombres que le habían gustado, pero a los que ella no había gustado, al menos no lo suficiente como para pedirle su mano. El problema era que no había nadie que le hubiera gustado realmente, y ese era uno de los motivos que explicaba su presencia allí. A lo mejor era demasiado rara. ¿Tan malo era que un hombre buscara solo su dinero? ¿No podría fingir pasión y cariño por ella? ¿Lo haría? Pero no, ella se merecía otra cosa. Todas las mujeres se lo merecían.

Se dispuso a tomar otro sorbo de whisky, pero comprobó que la copa se le había terminado. Una más le serviría para ahuyentar los últimos nervios que le quedaban. A punto de empezar a buscar a un criado, una voz grave llamó su atención.

—Podríamos cambiarnos los vasos.

Minerva se volvió bruscamente y se encontró mirando fijamente a los ojos, increíblemente azules, del duque de Ashebury. Podría contar con los dedos de una mano las ocasiones en que había estado tan cerca de él. Quizás en total no hubieran cruzado más de una docena de palabras. Endemoniadamente atractivo y luciendo una actitud despreocupada, casi temeraria, solía estar siempre rodeado de un enjambre de mujeres, revoloteando en busca de su atención. Su trágico pasado, pues se había quedado huérfano a los ocho años y convertido en pupilo de un loco, aunque en su momento nadie había sido consciente del estado mental del marqués de Marsden, aumentaba su atractivo a ojos de algunas mujeres. Deseaban proporcionarle consuelo, paz y un amor del que había carecido durante años.

Y bien que lo sabía él. No tenía ningún escrúpulo en aprovecharse del corazón de una dama. Minerva no sabía cuántas eran ya las vidas de mujeres que había arruinado, aunque ninguna dama había confesado jamás ser su víctima. Aun así, los rumores abundaban, pero, a pesar de su discutible reputación, no había una madre en toda Inglaterra que no deseara ver a su hija junto a ese hombre en el altar. Ella, sin embargo, maldito fuera su corazón femenino, se habría contentado con bailar con él, con pasar unos minutos abrazada por ese hombre. Era simple y llanamente la criatura más hermosa sobre la que hubiera tenido la suerte de posar su mirada. La ironía de sus pensamientos no se le escapó. Su propio aspecto solía ahuyentar a los hombres, mientras que el de él atraía la atención como si fuera un imán, y ella, maldita fuera de nuevo, acababa de convertirse en una viruta de metal.

Con una sonrisa diseñada para derretir corazones y lograr que a una mujer no le importara que no sintiera ningún interés en algo permanente, el duque le quitó el vaso de las manos, lo dejó a un lado y, envolviéndole la mano con sus largos y cálidos dedos, le entregó su copa. Minerva nunca había sentido unos dedos desnudos sobre su mano, ni ninguna otra parte de su cuerpo en realidad. Debería haberle inquietado, pero la sensación pareció extenderse por todo su cuerpo...

Y así fue. Sin apartar la mirada de ella, lenta, muy lentamente, Ashebury deslizó la rugosa mano por su brazo, el codo, hasta el hombro, antes de posar los dedos distraídamente y juguetear con el fino tirante de la túnica como si sintiera deseos de deslizarlo por su hombro y observar cómo la prenda caía al suelo. Minerva apenas podía respirar, y aun así le pareció una grosería no saludarlo.

—Excelencia —consiguió decir con la voz ronca y gutural que había estado ensayando para perfeccionar el conjunto de su disfraz—. No sabía que hubiera regresado del safari.

Los preciosos ojos azules se abrieron, la sonrisa disminuyendo fugazmente mientras él ladeaba la cabeza y la estudiaba más atentamente.

—¿Nos conocemos?

Minerva apenas había conseguido abrir la boca para contestar cuando Ashebury apoyó uno de sus largos y fuertes dedos contra sus labios.

—No contestes. Aquí es sagrado el anonimato de las damas. Me expulsarían del club si alguien sospechara que había intentado conocer tu identidad deliberadamente.

Ella dudaba que nadie se atreviera a expulsarlo de ninguna parte. La suya era una familia poderosa, al menos lo había sido hasta la muerte de su padre. Por los rumores que había oído, todavía no había aceptado sus responsabilidades, aunque nadie se lo reprochaba. En realidad, la sociedad parecía encantada con las aventuras de ese hombre. Pasaba más tiempo fuera de Inglaterra que en el país, viajando por el mundo con las personas con las que se había criado. Y, a juzgar por los chismorreos, allá por donde pasaban organizaban no pocos escándalos. Desde luego eran conocidos por ellos, pero se les perdonaba, se les buscaba, se les alentaba. Los tímidos vivían indirectamente a través de ellos y, comparado con ellos, casi todo Londres era tímido.

—¿Cómo debo llamarte? —preguntó él sin apartar el dedo de sus labios, provocándole a Minerva un cosquilleo en la sensible piel—. Y no utilices tu verdadero nombre.

Ni siquiera el sobresalto que sentía le hubiera hecho decir su nombre. Sin embargo, estaba tan aturdida por la proximidad de ese hombre que era incapaz de reflexionar claramente. No obstante, aunque sus pulmones parecían haber dejado de funcionar, su mente conservaba la agilidad.

—Lady V.

—¿Victoria? —Ashebury enarcó una ceja.

Virgen. Aunque por nada en el mundo iba a admitir tal cosa ante un hombre que seguramente había desflorado a la mitad de las mujeres de Londres.

La oscura ceja regresó a su lugar y la sonrisa brilló con un toque de travesura.

—No —murmuró de un modo muy provocativo que encendió una hoguera en el estómago de Minerva, extendiendo el calor por todo su ser—. Algo más exótico. Venus, quizás.

—Quizás.

Para Minerva era de todo punto inconcebible que pudiera llegar a enamorarse de un hombre con su reputación. Sin embargo, para una dama en busca de aventuras en la cama, ese hombre podría ser perfecto. No le cabía la menor duda. La sensualidad irradiaba de cada poro de su piel, empezando por la elevada estatura, bastante por encima del metro ochenta, hasta los bien calzados dedos de los pies.

Minerva echó la cabeza ligeramente hacia atrás hasta que el dedo de él se separó de sus labios, aunque la otra mano se negaba a abandonar su hombro. Tomó un pequeño sorbo de whisky, agradecida de que no le temblaran las manos delatando así su nerviosismo. Al repasar los planes de esa noche, nunca había considerado acostarse con un duque, sobre todo con uno conocido por sus hazañas sexuales. Las mujeres hablaban de él en susurros, sobre su legendaria habilidad. Él sin duda se reiría de ella, de su torpeza, de su inexperiencia. Prefería que su primera, y seguramente única, vez fuera con un mortal, no con un dios.

Tomó otro sorbo, más bien un trago. No estaba segura de cómo salir de esa situación. ¿Se marchaba sin más? ¿Le confesaba que se acercaba demasiado a la fantasía para su gusto?

Y sin embargo, ¿acaso no era fantasía lo que buscaba? Si deseaba conseguir recuerdos que atesorar en su vejez, ¿no sería mejor buscar a un hombre de vasta experiencia, un hombre que conociera el cuerpo de la mujer, un hombre que tomara el mando, que le asegurara un revolcón inolvidable? Basándose en su reputación, era el hombre perfecto para sus necesidades. Para ser sincera, el duque ocupaba el primer puesto en su lista de amantes deseados... normal dado que era el único miembro de esa lista. Siempre había sabido que Ashebury apenas se molestaría en darle la hora, mucho menos en considerarla como amante. No le hacía falta su dote. No necesitaba nada que ella tuviera.

—¿Es tu primera vez...? —preguntó él, haciendo que ella se preguntara si lo llevaría escrito en la frente.

Salvo que no se le veía la frente, y la parte más descubierta de su cuerpo era el brazo desnudo sobre el que ese hombre seguía dibujando diminutos círculos con un dedo.

—Aquí... —concluyó él la frase.

Ella asintió. No pasaba nada por reconocer ese aspecto.

—No es lo que esperaba.

—¿Pensabas encontrarte con una orgía?

—Algo así. La gente se dedica a charlar y yo pensaba que estarían haciendo travesuras.

—No te equivoques —los ojos azules se oscurecieron—, porque están haciendo travesuras. ¿Ves a lord Wilton ahí hablando con la dama de la máscara roja?

—Sí.

—Pues sospecho que le estará explicando cómo tiene planeado mordisquearle el lóbulo de la oreja, el cuello, el hombro, cómo deslizará sus labios por todo su cuerpo.

—¿Y por qué no se limita a ponerse a ello?

—El placer aumenta con la anticipación, atizando lentamente el fuego que al final te va a consumir.

Desde luego Minerva era muy capaz de imaginárselo. Ashebury había conseguido, solo con sus palabras, encender una hoguera en su interior. Imaginarlo mordisqueándola hizo que la hoguera se avivara. Era todo un misterio que no se convirtiera en un charco de ardiente deseo a sus pies.

—¿Eso haces tú? ¿Aumentar la anticipación con palabras?

—No. Yo soy más bien un hombre de acción. Simplemente lo hago.

—¿Y si la dama se opone?

—Supongo que pararía. Es que aún no se ha quejado ninguna.

—Desde luego no te falta confianza.

—¿Preferirías a un hombre sin confianza? —él la miró a los ojos y le sostuvo la mirada desafiante.

Había dado en el clavo. Ella buscaba un hombre que supiera exactamente lo que hacía y cómo hacerlo extraordinariamente bien. Con una rápida sacudida de la cabeza, Minerva devolvió la atención al whisky, terminándose la copa, agradecida de que al fin empezara a hacerle efecto, que la ayudara a relajarse.

Ashebury tomó el vaso de su mano y se lo entregó a un sirviente, sin apartar la mirada de ella. Minerva deseó que un hombre la mirara con esa intensidad cuando no llevara máscara. Consideró la posibilidad de arrancársela, pero entonces el duque se marcharía y ella no volvería a disfrutar de la oportunidad de recibir las atenciones de alguien como él. O peor aún, se echaría a reír ante la audacia demostrada al acudir a ese lugar. Tenía una gran confianza en todo, salvo en su capacidad para conseguir despertar el deseo en un hombre.

—Debo pedirte disculpas —se excusó él—. Aquí los caballeros no abordan a la dama, deben esperar a que ella les haya elegido.

—Pero tú no eres de los que siguen las reglas.

—Nos conocemos —él volvió a mirarla fijamente.

—Tu fama de bribón te precede, y está bien fundamentada a juzgar por lo que he leído de ti en la prensa especializada.

—Supongo que podría decirse que tengo mis momentos.

Una buena cantidad de momentos a tenor de los rumores y especulaciones. A Minerva nunca le habían interesado los cotilleos publicados. Para ella no era verdadero periodismo, y aun así le proporcionaba información que, en esos momentos, le estaba resultando valiosa.

—Me encuentro en situación de desventaja —se quejó el duque—, pues lo único que sé de ti es que eres una aventurera.

—¿Y cómo sabes eso? —ella lo miró perpleja, el corazón dando un vuelco. ¿Había descubierto quién era?

—Estás aquí. Este no es lugar para los tímidos sino para los osados. Aunque queda por averiguar hasta dónde alcanza tu osadía —él deslizó un dedo por su cuello.

Minerva nunca se había dado cuenta de lo sensible que era su piel en esa zona. O quizás los dedos de ese hombre poseyeran unas propiedades mágicas que aumentaban la sensibilidad. Se imaginó sus caricias por todo el cuerpo, la satisfacción que le producirían.

—¿Lo bastante osada como para retirarte a la habitación que ya he reservado, para hacer realidad mis deseos, lo bastante osada para encontrar placer en mis brazos?

Ella jamás había huido ante nada: beber alcohol, fumar los puros de su padre, soltar juramentos. Estaba bastante segura de que se trataba de ese comportamiento osado, su falta de disposición a ser vista como una bobalicona, la responsable en gran medida de que nunca hubiera conocido a un hombre que cayera rendido a sus pies. Y sin embargo allí había un hombre que parecía admirar la osadía en una mujer, al menos en la mujer con la que le apetecía acostarse, no necesariamente en aquella con la que desearía casarse.

Minerva se cuadró de hombros y le sostuvo la mirada. Aquella noche solo había una contestación posible si quería obtener satisfacción.

—Sí.

Los ojos azules se oscurecieron, reflejando triunfo. La sonrisa del duque, pura masculinidad, aceleró el corazón de la joven. Se moría de ganas de ver esa sonrisa de nuevo cuando hubieran terminado. Deseaba ser mucho más de lo que él se hubiera esperado, darle algo mejor de lo que hubiera recibido nunca. Su vena competitiva, que más de un caballero encontraba poco atractiva, estaba dando un paso al frente. Claro que, ¿no le gustaría a cualquier mujer resultar inolvidable?

Con una ligera reverencia, él señaló hacia la puerta por la que Minerva había entrado poco antes. En cuanto se volvió en esa dirección, el duque apoyó una mano sobre la parte baja de su espalda, en un gesto posesivo cuyo calor atravesó la fina tela y la caldeó de pies a cabeza. Ese hombre encendía su pasión con suma facilidad. Sentía los nervios tensos, deseando un contacto más intenso.

Con confianza, Ashebury la condujo por el pasillo y escaleras arriba. Las rodillas de Minerva parecían debilitarse un poco más a cada paso que daba. Se aferró a la barandilla, negándose a desmayarse o dejar traslucir que, por mucho que deseara aquello, estaba muy nerviosa por lo que iban a hacer y hacia dónde les conduciría. El descansillo se abría a tres pasillos y tomaron el de la derecha. Las pisadas resultaban inquietantemente silenciosas sobre la gruesa moqueta. Al parecer, nadie quería ser molestado. De las habitaciones surgían gemidos, gritos agudos y gruñidos.

—Estaría bien disponer de puertas más gruesas.

Minerva no fue consciente de haber hablado hasta que oyó la risa del duque.

—Tus gritos de placer eclipsarán todos los demás.

Ella volvió la cabeza bruscamente para mirarlo. No había rastro de arrogancia en su expresión, simplemente confianza y seguridad. Ese hombre sabía lo que se hacía. Y eso era lo que ella buscaba, un hombre experimentado y habilidoso. Y no parecía muy inteligente dudar cuando por fin lo había encontrado. Había acudido allí para despojarse de su virginidad de un modo que no le generara arrepentimiento. Yacer con el duque de Ashebury iba a resultar, sin duda, memorable.

Al llegar a la última puerta, él sacó una llave del bolsillo de la chaqueta y la introdujo en la cerradura. Con un giro de la llave, acompañado de otro del pomo, la puerta se abrió lo suficiente para revelar una cama sobre la que bailaban las sombras proporcionadas por varias velas.

Era enorme, lo bastante para dos, incluso tres, personas. Un dosel de pesado terciopelo estaba recogido, revelando el grueso cabecero. Y en una esquina, las mantas estaban dobladas para mostrar las sábanas de raso rojo. Sobre esas sábanas iba a yacer con ese hombre.

El duque no la empujó, ni le metió prisa para que entrara. Se limitó a esperar como si dispusieran de todo el tiempo del mundo, como si los minutos no transcurrieran, como si nadie fuera a interrumpirles y descubrir las travesuras que estaban a punto de hacer.

—Si has cambiado de idea... —anunció él con calma.

Aunque no era probable que dispusieran de todo el tiempo del mundo, su voz no revelaba ninguna impaciencia.

Por supuesto la dejaría marchar, no había hecho falta decirlo, y aun así a ella le pareció haber oído las palabras como si se las hubiese gritado. Nada de lo que hubiera podido decirle, nada de lo que le hubiera hecho, podría haberle indicado mejor que ese hombre cuidaría de ella, que era el hombre con el que debía pasar la noche.

Decidida, entró en la habitación. Las velas encendidas,

colocadas en lugares estratégicos, y la pequeña hoguera encendida en la chimenea, eran lo único que mantenía a raya la más completa oscuridad. A un lado de la estancia había una mesa sobre la que descansaba una botella de champán, decantadores, vasos y copas. Frente a la chimenea, un sofá, y junto a la ventana una chaise-longue.

Él la siguió y cerró la puerta con llave.

Minerva contempló las sábanas de raso antes de dedicar su atención a una caja posada sobre tres patas que descansaba a los pies de la cama. Se aproximó a ella, la analizó, intentó entender qué hacía allí.

—¿Esta cámara es tuya? —preguntó.

—Sí.

—Supongo que no pretenderás tomar una foto de nosotros dos... copulando —ella se volvió bruscamente.

—Eso sería estupendo —el duque rio por lo bajo—. No. Lo que quiero es hacerte una foto. Tumbada en la cama.

CAPÍTULO 3

Ashe no sabía quién estaba más sorprendido: ella por su petición, o él por haberle oído utilizar la palabra «copular». Las damas solían adornar el acto con definiciones bonitas como «hacer el amor», cuando él no le había hecho el amor a una mujer en su vida. Se acostaba, fornicaba... copulaba. Resultaba refrescante estar con una mujer tan realista sobre el motivo de su presencia allí.

Aun así, y basándose en cómo había abierto desmesuradamente los ojos, la joven podría muy bien estar preparada para copular, pero posar para él era una cuestión totalmente diferente, nada extraño. Su petición solía provocar dudas.

—Antes de que te niegues, permíteme explicártelo.

—Es pervertido. No hace falta dar ninguna explicación.

Quizás su franqueza no fuera tan bienvenida.

—Te aseguro que lo que tengo en mente está muy lejos de los dominios de la perversión. Por favor, siéntate junto al fuego.

Y sin darle la oportunidad de rechazar la invitación, el duque se acercó a la mesa y tomó un decantador.

—Nunca he conocido una dama que no prefiera el champán —sirvió en dos vasos el whisky que había pedido para él mismo y se volvió hacia ella.

La joven ni se había movido.

La desventaja de no conocer su identidad era que tampoco conocía ningún dato suyo que le permitiera elaborar una estrategia. También era un desafío que aceptaba de buena gana. La mayoría de las damas querían disfrutar de su compañía, tanto que estaban dispuestas a hacer lo que les pidiera. Pero ella no. La excitación que le había producido encontrarse ante una mujer que no estaba dispuesta a lanzarse en sus brazos le había pillado desprevenido.

Dado que era evidente que sabía quién era él, debía pertenecer a su selecto círculo, y eso significaba que, con toda probabilidad, se trataba de una aristócrata. Seguramente casada. La escasa luz le impedía determinar si en el dedo anular se marcaba el anillo que, sin duda, se había quitado. Tampoco importaba. Su presencia allí indicaba que era infeliz, sentía curiosidad o se aburría. Las mujeres acudían a ese club por distintos motivos. Los hombres solo por uno: buscaban una pareja complaciente que no tuviera muchas probabilidades de contagiarles el mal francés. Los hombres pagaban una cuota como miembro del club, las mujeres no.

—Por favor —con una ligera inclinación de cabeza, él señaló el sofá.

Observó cómo los delicados músculos de la garganta se movían al tragar nerviosamente antes de encaminarse hacia el sofá y acomodarse en una esquina. Cada movimiento era sereno y elegante. Su conducta no era producto del azar. Había recibido formación. Sin duda alguna pertenecía a la nobleza.

Sentándose en el otro extremo, Ashe le ofreció el vaso, agradecido al ver que ella lo aceptaba. Estiró un brazo sobre el respaldo del sofá. Un ligero movimiento de los dedos le permitiría tocarla, y se sentía enormemente tentado a hacer precisamente eso, pero temía que su osadía la asustara, y satisfacer su deseo por la fotografía era fundamental. La mujer no se apartó ni se mostró incómoda, pero su mirada permanecía alerta, vigilante. Le gustaba su falta de miedo, y también era evidente que no era ninguna estúpida.

—No acostumbro a hacer daño a las mujeres —se sintió obligado a explicar.

—Eso espero. Mi padre te mataría. Lenta y dolorosamente.

—¿Admitirías haber estado aquí? —así pues no había esposo, o quizás fuera un bastardo al que no le importaba. El duque enarcó una ceja.

—Sufriría por su decepción —ella alzó un pálido y delicado hombro—, mucho más que por dejar de recibir una retribución por mi agravio —hizo una mueca parecida a una sonrisa—. Por otra parte, quizás te mataría yo misma —asintió enérgicamente—. Seguramente lo haría. Y, ahora que lo pienso, hallaría una inmensa satisfacción en ello.

Ella tomó un sorbo de whisky. Sus ojos emitieron un destello, como si la idea de matarlo le agradara y, por un momento, él casi olvidó la fotografía mientras lo asaltaba un deseo más fuerte que nada que hubiera sentido en mucho tiempo. Estuvo a punto de pedirle que se quitara la maldita máscara, que se mostrara. Pedirle que le explicara por qué había decidido acudir a ese lugar. Sin embargo, respetó la norma del club de guardar los secretos.

—Desde luego no puede decirse que te falte confianza —murmuró.

—No, nunca me han acusado de tal cosa.

En la voz de la joven él percibió un rastro de acusación. Esa mujer había sido considerada indigna en algún aspecto. Estuvo a punto de seguir esa línea de pesquisas, pero el club no era ningún confesionario, y él no estaba allí para aligerar el peso de nadie. Solo el suyo. Llegados a ese punto, tomó un buen trago de whisky, agradeció el fuego que prendió en su interior, y permitió que el calor se extendiera por su pecho.

—Hay belleza en la forma humana —anunció con calma.

Ella lo miró fijamente y el duque descubrió belleza en sus

ojos. Maldijo la máscara que casi los ocultaba. Eran marrones, quizás. Sin duda de mirada inteligente. Le hubiera gustado verlos a la luz del sol. Le hubiera gustado verlos arder en el vórtice de la pasión, cuando su cuerpo se dirigiera a la cima, cuando se lanzara al vacío.

—Y sin embargo la ocultamos bajo capas de ropa, como si fuera algo de lo que deberíamos avergonzarnos.

—Nuestros cuerpos son personales, íntimos.

—Eso no pienso arrebatártelo. Solo quiero tus piernas.

Como si fuera un colegial al que estuvieran a punto de pegar con una regla en los nudillos, ella entornó los ojos.

—Los tobillos de una dama no deben mostrarse.

—Y sin embargo estás descalza.

—Me dijeron que aquí las cosas funcionan así. Pero tú no lo estás.

—¿Te gustaría que estuviera descalzo para igualar la situación? —antes de que ella pudiera responder, el duque se quitó las botas y los calcetines, y estiró las piernas—. En cuanto a tus tobillos, es una tontería que la sociedad piense que mostrar un trocito de pierna vaya a convertir a un hombre en un salvaje incontrolable, incapaz de dominar sus instintos más primitivos —se inclinó hacia ella, agradecido al ver que no reculaba. Claro que algo le decía que no era mujer acostumbrada a recular—. El cuerpo debería ser honrado. Cada curva, cada protuberancia, cada línea. Todo encaja a la perfección. Es una auténtica maravilla. Su belleza me causa un gran placer. Hay estatuas de desnudos consideradas grandes obras de arte. Retratos de desnudos que la gente puede admirar, que casi les hace caer de rodillas por lo extraordinarios que son. La fotografía puede ser igual de artística, de fascinante, cuando se hace bien. No sé quién eres. Nadie sabrá que has posado para mí. Nadie verá la imagen resultante, salvo yo. Es para mi colección privada. No te quitarás la túnica. Simplemente la subiré un poco por encima de tus rodillas. Trabajaré con las sombras y la luz. Y serás inmortalizada en arte.

—Ese no es realmente el motivo por el que vine aquí.
—Viniste en busca de sexo.
Minerva abrió la boca, la cerró, y suspiró.
—Bueno, sí, para serte sincera. Sí.
—Pues también lo tendrás. Primero una foto, quizás otra después, si estás dispuesta. Una con túnica, otra bajo las sábanas. Contaremos una historia.
—Me parece inadecuado —ella sacudió la cabeza.
Para él no lo era. El duque se levantó, se acercó al fuego y contempló las danzarinas llamas. ¿Cómo podía explicarle a esa mujer lo que suponía soñar constantemente con cuerpos mutilados? Después de veinte años, aún había noches en que despertaba bañado en un sudor frío, noches en las que oía los aullidos del viento en los páramos y se imaginaba que eran los gritos de sus padres. No había dormido una noche entera desde que tenía ocho años. Pensaba que, si podía sustituir las espantosas imágenes de extremidades amputadas y retorcidas por la hermosa perfección, al final las pesadillas disminuirían. Incluso podrían llegar a desaparecer.
—¿Qué hay de malo en apreciar la belleza de una pierna torneada, de un bonito tobillo, el arco de un pie, de los diminutos dedos?
No iba a fotografiar nada que hiciera sentirse incómoda a ninguna mujer, ni aprovecharse de ella. Solo buscaba hallar la paz.
—Lo siento, pero no estoy preparada para ser exhibida de ese modo… durante toda la eternidad.
Él percibió la absoluta convicción en su voz y se sintió dividido entre admirarla por mantenerse fiel a sus convicciones y maldecirla por su tozudez. Se volvió hacia ella y le ofreció una mano.
—De acuerdo entonces, si no te sientes cómoda ante la idea de ser fotografiada, vamos a acabar con el motivo de tu presencia aquí. Me conformaré con eso.

—¿Te conformarás? —preguntó ella con descaro—. Yo había oído que eras un seductor, y ahora me pregunto qué otros rumores sobre ti serán falsos también.

—Sospecho que unos cuantos.

—Bueno, pues desde luego no pienso meterme en la cama con un hombre que no me desea, que simplemente se conforma.

Minerva se dio media vuelta, pero él la agarró del brazo. La ardiente mirada que ella le dirigió habría tumbado a un hombre menos viril. Pero al duque solo le hizo desearla aún más. Había fuego en esa mujer, ardiente, nunca antes apagado. Había acudido a ese lugar en busca de algo que era importante para ella, como las fotografías lo eran para él. Apostaría su vida en ello.

—Una mala elección de palabras por mi parte. Me decepciona que no quieras posar para mí, pero, créeme, no me decepciona la idea de que vayamos a... copular.

De nuevo maldijo la máscara que le impedía verla ruborizarse, maldijo las sombras que le impedían ver enrojecer su piel.

—No me deseas —afirmó ella.

—¿No te deseo? ¿Estás loca? Jamás he deseado tanto a alguien. Tengo la mirada del artista y, si bien esa seda te tapa, consigue revelar todo sobre ti. Por eso supe que serías perfecta para la fotografía.

—¿Perfecta?

Pronunció la palabra como si no estuviera muy familiarizada con ella, como si jamás se le hubiera aplicado.

—Sí, perfecta. No eres alta, pero tus piernas son largas. Basándome en el modo en que la seda se enrolla a su alrededor cuando caminas, creo que encontraría tus pantorrillas bastante atractivas.

—¿Atractivas?

De nuevo la duda. El duque empezaba a temer que bajo la máscara se escondía un troll. Sin embargo, por mucho que apreciara las curvas, ángulos y líneas, nunca había juzgado a nadie únicamente por su apariencia. Esa mujer era más que un rostro o un par de piernas, o un cuerpo. Su presencia allí lo atestiguaba. Las señoritas tímidas no se aventuraban por esos pasillos ni entraban en los dormitorios. Esa mujer sabía lo que quería, e iba tras ello. Lo cierto era que ese aspecto le resultaba más atractivo que cualquier cosa que pudiera descubrir bajo la seda, o bajo la máscara.

—Yo no fotografío a cualquiera —le informó—. Solo a quienes encuentro agradables.

—¿Y de qué cifra estamos hablando, Excelencia? Según tu reputación, sospecho que al menos cien.

—Ni siquiera llegan a una docena.

Ella pareció sorprenderse ante la respuesta.

—¿No pensabas que pudieras ser especial? —preguntó el duque.

La joven no contestó, ni siquiera asintió, pero él vio la verdad escrita en su mirada. Era evidente que se consideraba poca cosa. ¿Era ese el motivo de su presencia allí? ¿Deseaba sentirse apreciada? De nuevo se preguntó si estaría casada, si algún hombre le había negado la atención que se merecía.

—¿Hay alguna posibilidad de que cambies de opinión con respecto a posar para mí? —preguntó.

—No podría hacer algo tan obsceno.

—Te aseguro que lo hago con mucho gusto. Los aspectos más íntimos de tu cuerpo permanecerán tapados. Las sombras también ocultarán una buena parte. El foco serán tus piernas.

—¿Qué haces luego con las fotografías?

—No las utilizo para ninguna clase de estimulación erótica, si es eso lo que te estás preguntando. Simplemente aprecio la belleza.

—¿Belleza? ¿En mis piernas?

—Permíteme demostrártelo —apoyándose sobre una rodilla, Ashe le rodeó un tobillo con la mano.

Minerva pensó que debía haberse vuelto loca por seguir allí, por no haberse marchado de esa habitación, alejado de ese hombre, en cuanto había averiguado lo que pretendía de ella, más que un revolcón entre las sábanas. Por otra parte, ¿realmente era tan horrible lo que le estaba pidiendo, cuando ella estaba dispuesta a entregarle su inocencia? Entre ambos iba a producirse una increíble intimidad, ¿y se echaba atrás ante una fotografía? Sin embargo, pensar en sí misma inmortalizada para toda la eternidad... Él aseguraba que nadie más vería la fotografía, pero ¿cómo podía estar segura? ¿Cómo habían conseguido los últimos seis años convertirla en un dubitativo Santo Tomás, incapaz de fiarse de la palabra de un hombre?

La mano del duque era tan grande, tan cálida, tan increíblemente delicada, como si temiera romperle los huesos. Nadie le había hecho sentirse jamás tan delicada. La habían criado para valerse por sí misma, para saber que no estaba por debajo de nadie. Pero en esos momentos deseaba estar debajo de él.

Cuando hablaba de su belleza, la pasión que sentía por el cuerpo humano era evidente. A Minerva nunca le habían hecho sentirse hermosa, exceptuando los miembros de su familia. Era la niña bonita de su padre, incapaz, a sus ojos, de nada malo. Pero no era lo mismo que ser admirada por alguien con quien no guardara ninguna relación.

Asintió levemente, aunque al duque no le pasó desapercibido el gesto y sus labios formaron una sensual sonrisa que pareció clavarse en el mismo centro de su feminidad. Él se dio una palmada en la rodilla para indicarle que iba a apoyar su pie allí. Para no perder el equilibrio, la mano de Minerva se apoyó automáticamente en el fuerte, ancho y sólido hombro del duque. No debería sorprenderle su forma física, pues era un aventurero. Había escalado montañas, explorado pirámides, bailado con los nativos. Su piel estaba dorada por el sol.

Y resultó aún más evidente cuando él apoyó una mano junto al pálido pie de Minerva. Parecía la nieve junto a la tierra, la tierra junto a la arena blanca. Ella encogió los dedos de los pies contra el firme muslo. ¿Habría alguna parte de su cuerpo que careciera de esa firmeza? Se imaginó cómo sería deslizar sus manos por el fornido cuerpo, tantear cada músculo, no encontrar nada que no estuviera tonificado hasta la perfección.

—Tu pie es perfecto —observó él casi con reverencia.

—No estoy segura de que sea algo de lo que presumir.

El duque la miró y ella deseó que hubiera más luz para poder apreciar mejor el azul de sus ojos.

—El arco es delicado, los dedos exquisitos. Las líneas son buenas, proporcionándote un tobillo muy atractivo.

—Que desearías fotografiar.

—Sí —él deslizó las manos hacia arriba, le rodeó el tobillo y siguió ascendiendo por la pantorrilla.

Si se acostaba con él iba a permitir que esas manos se deslizaran mucho más arriba, que le recorrieran todo el cuerpo. ¿Cómo demonios se le había podido ocurrir que se sentiría cómoda con un hombre en una situación como esa? Grace, maldita fuera, había estado en lo cierto. La intimidad resultaba excesiva.

—Lo siento —Minerva soltó el pie y reculó—. No puedo hacerlo. Al final resulta que no soy tan atrevida.

—¿Es tu primera vez con un hombre? —Ashe se irguió, la viva imagen del depredador, aunque no transmitía amenaza alguna.

—Se me nota, ¿verdad? —ella bufó.

—Debería habérmelo figurado —él rio suavemente, pero sin rastro de regocijo. Más bien parecía decepcionado—. ¿Por qué? —añadió tras mirarla fijamente.

—¿Por qué se me nota?

—No, por qué buscas ser desflorada en un antro de pecado por un hombre que... —el duque bufó—. Iba a decir con un hombre al que apenas conoces, aunque no estoy seguro de que sea así. ¿Quién eres, lady V, para tener que recurrir a esto?

Confesárselo a Grace era una cosa. Desnudar su alma, exponer sus frustraciones ante ese hombre, que podría tener a cualquier mujer que se le antojara, rebasaba los límites.

—Porque quería saber de qué va todo esto. Nadie censura a los hombres por explorar sus deseos. ¿Por qué no deberían tener las mujeres el mismo derecho?

—Porque son mucho mejores que nosotros.

—Y sin embargo el acto carnal nos iguala, ¿no crees?

—Eres una mujer de increíbles conocimientos.

—Hablas de lo hermoso que es el cuerpo y de cómo no deberíamos ocultarlo —Minerva soltó un pequeño suspiro de frustración—. ¿Por qué lo que sucede entre un hombre y una mujer debería envolverse en susurros, por qué solo se puede hablar de ello en un rincón oscuro? ¿Por qué deben las mujeres reprimir sus necesidades naturales?

Debería cerrar la boca. Ese hombre la miraba como si acabara de decir algo tan profundo como estúpido.

—¿Tienes deseos? —preguntó con calma.

—Pues claro que los tengo. Y no creo que sea nada malo. Por eso estoy aquí.

El duque deslizó el nudillo del dedo índice por la barbilla de Minerva, que a punto estuvo de quitarse la máscara para que pudiera continuar por la mejilla.

—Cualquier otro hombre calmaría tus nervios y te tendría tumbada en la cama en un santiamén. Desgraciadamente para ambos, yo no me acuesto con vírgenes.

Una profunda decepción golpeó a Minerva. Debería sentirse halagada por el pesar que se reflejaba en la voz del duque. Sin embargo, estaba enfadada. ¿Hasta la virginidad era un factor que jugaba en su contra?

—¿Por qué?

—Porque me gusta fuerte y duro. Me gusta que las mujeres griten de placer, no de dolor. La primera vez, la mujer siente molestias. Tú te mereces a alguien con más paciencia. De hecho, debería ser alguien que sintiera algo por ti, alguien que situara tu placer por encima del suyo. Debería ser alguien a quien ames, aunque ese amor no dure más allá del acoplamiento, pero debería existir antes.

—En tu primera vez, ¿la amabas? —antes de que él pudiera contestar, Minerva alzó una mano—. Lo siento. No es asunto mío.

La mirada del duque se tornó cálida, la sonrisa de agradable recuerdo.

—Estaba locamente enamorado de ella, lo estuve durante quince días. Era la hija de un granjero, sus cabellos tenían el color del trigo y los ojos el de las hojas en primavera. Estaba dispuesto a hacer cualquier cosa para agradarle, y ella para agradarme a mí. La noche en que me introdujo a los placeres del cuerpo de la mujer había luna llena. Y luna nueva la noche en que la descubrí en el pajar haciéndole lo mismo a otro tipo. Aun así, no puedo contemplar la luna llena sin recordar esas largas piernas, esa cálida piel, y la fragancia del sexo. La primera vez solo sucede una vez, lady V. Procura estar un poco enamorada de él.

Y por Dios santo que ella sintió que acababa de enamorarse, al menos un poco, en ese mismo instante. Con una expresión de deseo, echó un vistazo a la cama.

—Gra... —a punto de pronunciar el nombre de su cuñada, se detuvo—. Mi amiga intentó explicarme por qué era tan mala idea venir aquí. Ella no fue tan elocuente como tú.

—Apenas he sido elocuente —él regresó al sofá y empezó a ponerse las botas—. Te acompañaré hasta tu coche.

—Alquilé uno. Así había menos peligro de que descubrieran mis aventuras.

—Haré que mi cochero te lleve a tu casa —el duque se levantó del sofá.
—No será necesario.
—No voy a permitir que andes por las calles buscando un coche a estas horas de la noche, y soy demasiado indolente para acompañarte.
—Mi anonimato se vería comprometido.
—Obligaré a mi cochero a asegurar bajo juramento que no me dirá adónde te llevó —Ashe se acercó a Minerva—. Puede que sea un rufián, pero respeto el espíritu de este lugar. Tus secretos estarán a salvo conmigo.
Seguramente cometía una estupidez, pero ella creyó en sus palabras.
—¿Y qué pasa con la cámara?
—Volveré a por ella en cuanto te haya instalado sana y salva en el coche.
Minerva se dirigió hacia la puerta, muy consciente de las pisadas del duque justo detrás de ella. Giró la llave en la cerradura, agarró el pomo, contempló la puerta de madera...
—Supongo que ni siquiera me besarías, ¿no?
Se despreció a sí misma por suplicar, pero marcharse de vacío después de todos los planes y preparativos, y riesgos, le parecía muy injusto.
—¿Nunca te han besado?
Minerva se sintió mortificada. No obstante, saber que él desconocía su identidad, su edad, su falta de atractivo, lo hacía más fácil.
—Nunca.
Sintió cómo se acercaba, el calor que emanaba de su cuerpo, envolviéndola. Tragó nerviosamente, a punto de volverse cuando sintió sus labios sobre la nuca. Apenas consiguió recordar que había deseado sentir esos labios sobre los suyos, pues una cálida humedad que describía un pequeño círculo en su piel se extendía por huesos y músculos en un lento, aunque intenso, avance provocándole deliciosos escalofríos a

su paso. Si ese hombre era capaz de provocar esas sensaciones solo con su boca...

Qué idiota había sido al cambiar de idea. Qué ridícula parecería si volviera a cambiar de parecer. Sin embargo, aunque lo hiciera, no sería el duque quien calmara el deseo que estaba despertando en ella. Seguía siendo virgen, y a él las vírgenes no le gustaban.

El duque deslizó una mano hasta la barbilla de Minerva, sujetándola y obligándole a girar el rostro para cubrir su boca con sus labios. La otra mano estaba posada sobre la nuca y con la lengua dibujó el contorno de los labios antes de instarle a abrirlos. La besó con pasión, explorando su boca tal y como ella se imaginó que habría explorado casi todo el mundo. A conciencia, prestando toda su atención en cada detalle. La saboreaba. La adoraba.

Un gemido gutural resonó entre ellos y Minerva lo sintió retumbar en el pecho de Ashe, presionado contra su espalda. Ella también gimió, sorprendida por la intimidad de los preliminares de algo mucho más primitivo. Ese hombre tomaba, no daba tregua. En la cama sin duda la habría conquistado y, a pesar de todo, estaba segura de que habría sido ella la triunfadora.

Casi lloró de deseo cuando él se apartó ligeramente y le acarició suavemente con el pulgar los hinchados y húmedos labios. Las excesivas sombras le impedían descifrar su mirada, su expresión.

—Haces que lamente mi aversión hacia las vírgenes —murmuró él, su voz retumbando en el interior del cuerpo de Minerva.

—Haces que lamente haberme acobardado.

—Acobardado no. Lo que has hecho es asegurarte de que mañana no despertarás arrepentida por lo sucedido.

Ella se preguntó si sería posible que una mujer despertara con otra cosa que no fuera una sensación de triunfo tras haberse acostado con él. El duque alargó una mano y abrió la puerta.

—Vámonos antes de que ambos cambiemos de idea.

Minerva no estaba segura de que fuera tan mala idea. El duque la acompañó hasta el vestidor. Una doncella la ayudó a vestirse y regresó al pasillo, encontrándose con Ashe, esperándola con la espalda apoyada contra la pared, la mirada distante. No pudo evitar preguntarse dónde le habrían transportado sus pensamientos. Seguía llevando la máscara puesta y agradeció el hecho de que ese hombre nunca descubriría la identidad de la mujer que acababa de hacer el más espantoso ridículo.

Él le ofreció un brazo y la condujo hasta la calle, donde los carruajes aguardaban en fila. Llegaron al que llevaba grabado el escudo ducal. Un lacayo y un cochero aguardaban de pie junto a los caballos. Ambos se pusieron firmes al verlos llegar.

—Wilkins, llevarás a la dama a su casa. Ella te facilitará su dirección. Si alguno de vosotros revela, a mí o a otra persona, dónde la habéis llevado, os arrancaré la lengua —con una sonrisa cargada de ironía, se volvió hacia Minerva—. ¿Será suficiente para salvaguardar tu identidad?

—Sí, gracias —contestó ella, consciente de que la amenaza había sido vacía y que, llegado el caso, se limitaría a despedir a su hombre.

Susurró la dirección al oído del cochero y el lacayo le abrió la puerta. Ashebury la ayudó a subir.

—Buenas noches, milady.

—¿Cómo sabes que soy una dama? —ella se detuvo antes de sentarse.

No deberían emplear ese tratamiento con ella. Si bien su madre era la hija de un duque, su padre era un plebeyo.

—Por tu porte, tu manera de moverte, de hablar. Y el hecho de que viniste a este lugar, esperando algo más que un revolcón. Espero que en un momento dado encuentres lo que buscas.

Lo curioso era que ella ya no estaba tan segura de saber lo que buscaba.

—Espero que consigas tu fotografía. Supongo que regresarás ahí dentro en busca de una dama más dispuesta.

—No —él sacudió lentamente la cabeza—. Tú eres lo que yo deseé para esta noche. Nunca me conformo con sustitutas.

El duque cerró la puerta y, con una sacudida, el carruaje arrancó. Minerva se quitó la máscara y la dejó sobre el regazo antes de echarse hacia atrás acomodándose contra la mullida tapicería.

«Tú eres lo que yo deseé para esta noche».

Minerva se preguntó si habría dicho lo mismo de haber sabido quién era.

CAPÍTULO 4

Olía a verbena.

Pasada la medianoche, recostado en un sillón de la librería frente a la chimenea, bebiendo whisky, Ashe aún olía la fragancia de esa mujer, fragancia que había permanecido pegada a sus dedos, y su sabor le atormentaba el paladar. Aún no comprendía cómo la había dejado marchar con tanta facilidad, por qué no se había esforzado más por convencerla de que posara para él, por qué había rechazado la posibilidad de acostarse con ella. Cierto que nunca le había quitado la virginidad a una mujer. No había mentido al hablar de su aversión a desflorarlas, pero ir en contra de sus preferencias le parecía un módico precio a pagar a cambio de descubrir los secretos de una persona tan enigmática.

Una mujer que había acudido al club Nightingale para algo más que para comprobar de qué iba todo eso. Algo más apremiante la había conducido hasta ese lugar, del mismo modo que a él lo llevaban los fantasmas de su pasado. Él no se encontraba en ese vagón de tren, pero, como si hubiera estado, porque tenía la sensación de haber muerto junto con sus padres en el fuego desatado tras la colisión de los trenes. En el momento de que partieran de viaje, había estado tan enfadado con ellos por irse sin él, una vez más, que había gritado que les odiaba a las espaldas que desaparecían en el interior del carruaje. Su niñera le había regañado, le había pegado con la regla en los nudillos, y cuando al anochecer seguía lamentándose, lo había mandado a la cama sin cenar.

Había sido uno de los últimos castigos que había sufrido en su vida.

El marqués de Marsden apenas castigaba. Se limitaba a deambular por los pasillos cual alma en pena, apenas consciente de la existencia de los chicos. Los niños tenían permiso para hacer lo que quisieran. El mayordomo era demasiado viejo para imponer disciplina. El cocinero preparaba las comidas, a menudo con más dulces que alimentos porque eran unos «pobres muchachos huérfanos». De no haber dedicado tanto tiempo a correr por los páramos, seguramente se habrían convertido en unos críos rechonchos, incapaces de moverse. Pero habían corrido como salvajes, trepado árboles, saltado sobre ruinas, y se habían roto más de un hueso cada uno. En una ocasión, Ashe había caminado hasta el pueblo más cercano con el tobillo roto para que un médico lo atendiera. Nadie podía decir que no fueran resistentes, si bien más de uno opinaba que estaban sin civilizar. Una sucesión de maestros intentó educarlos, pero estaban más allá de cualquier posibilidad de corrección.

Familiarizados con la facilidad y rapidez con que la muerte podía reclamarles, intentaban exprimir de la vida todo lo que podían. Así pues, hacían lo que les apetecía.

Y a él le hubiera apetecido acostarse esa noche con la misteriosa mujer. Le hubiera apetecido ver algo más que un tobillo y un pequeño trozo de la pantorrilla. Le hubiera apetecido enfocarla con la lente...

Del pasillo llegó un golpe y un estruendo, como si alguien hubiera tropezado con una mesa. Le siguió una disculpa formulada con voz gutural, seguramente dirigida hacia el objeto mismo ya que no había ningún criado levantado a esas horas de la noche. El duque dirigió la mirada hacia la puerta y vio entrar a trompicones a Edward Alcott.

—Ahí estás —anunció Edward—. Te he estado buscando. Necesito un alojamiento. La maldita mujer de mi hermano me ha echado de su casa.

Se tambaleó hasta la mesa sobre la que descansaban las bebidas y, con no poca torpeza que amenazaba con derribar más de un decantador, se sirvió una copa.

—Dice que huelo como una destilería, no le gustan mis horarios, y opina que soy una mala influencia.

—Pues parece que Julia ha dado en el clavo.

—Quizás —Edward frunció el ceño y se dejó caer en un sillón frente a Ashe—, pero sigo sin entender qué ve Grey en ese espanto de mujer. Es una gruñona, nada divertida. Ni siquiera le permite que venga de aventuras con nosotros.

—¿Y para qué quieres que venga? Cuando estáis juntos no hacéis otra cosa que discutir.

Ashe y Locksley habían aprendido a ignorarlos, a no interferir en sus disputas. Al final los hermanos siempre acababan por resolver el problema en cuestión antes de pasar inmediatamente al siguiente.

—Porque es mi hermano.

La sencilla afirmación parecía encerrar una gran fuerza y verdad. Ashe no tenía hermanos, aunque Edward, Grey y Locke eran lo más parecido a unos hermanos que nadie pudiera tener sin que les unieran lazos de sangre.

—Da igual —murmuró Edward—. Esperaba que me pudieras ofrecer una cama para unas noches. En caso contrario, me las apañaré en el club.

—Puedes quedarte aquí todo el tiempo que haga falta. No tengo planes para las habitaciones de invitados.

—Eres un buen tipo —el otro hombre se reclinó en el sillón, tomó un sorbo de whisky y alzó la copa—. Me alegra estar de vuelta en Londres. Aquí hay mucho whisky, antros de juego, y mujeres. Esta noche me he permitido las tres cosas. Creo que mañana haré lo mismo.

—¿No vas a asistir a la velada de Julia? —la condesa celebraba una fiesta por el regreso a Londres de Edward, Locke y Ashe.

—Por supuesto que iré, pero supongo que no durará toda la noche, ¿no? Después tendremos muchas horas libres para hacer travesuras. ¿Y tú qué has hecho esta noche?

—Fui al Nightingale.

—Desde luego te gustan las damas con clase —Edward sonrió.

—No sé qué tiene de clase una mujer casada que busca un amante.

—No todas están casadas. Yo he desflorado a un par de ellas.

El estómago de Ashe se revolvió ante la idea de que lady V hubiera regresado…

—Esta noche no, ¿verdad? —al propio duque le sorprendió la irritación que emanaba de su voz.

—No, esta noche no —Edward bufó—. Allí hay demasiada sofisticación. Esta noche necesitaba a una mujer sin reputación que proteger. En realidad han sido dos. Unos encantos.

—¿Y tú te preguntas por qué Julia te encuentra ofensivo?

—Esa mujer no tiene ni pizca de espíritu aventurero. Sin duda es tan aburrida en la cama como fuera de ella. Me sorprende que Grey no tenga ya una amante.

Aunque llevaban poco más de dos años casados, el tiempo no era un impedimento para esas cosas.

—La ama. Además, él nunca fue tan salvaje como nosotros.

—Se sentía obligado a ser responsable, un ejemplo para mí —Edward se encogió de hombros—. Me alegra ser el segundo hijo, sin responsabilidades. Además, como hermano pequeño, se me permite todo.

—Eres el más pequeño solo por dos minutos.

—Más bien una hora. Creo recordar que la niñera nos lo contó en una ocasión, antes de que el mundo saltara en pedazos.

La noche en que sus padres murieron.

A ninguno de ellos les gustaba hablar del tema, aunque Ashe solía referirse a ello como la noche en que todo se fue al infierno.

—¿Conociste a alguien interesante esta noche?

A Ashe no le extrañó el cambio de tema de Alcott. A pesar de su necesidad de llamar la atención, no le gustaba hablar mucho de sus asuntos privados. Era un rasgo que ambos compartían.

—No.

Ashe no sabía de dónde surgía el temor, pero no quería que Edward corriera al club Nightingale para desflorar a lady V. Estaba casi seguro de que la joven regresaría a aquel lugar en algún momento. Basándose en el beso que habían intercambiado, se trataba de una mujer apasionada y con deseos reprimidos. La tentación de arrancarle la máscara y descubrir su identidad había sido casi irrefrenable.

Maldijo su obsesión por capturar la perfección de la forma humana. Maldijo su aversión a despojar a una mujer de su inocencia. Ella había deseado acostarse con él. Debería haber accedido en lugar de soltar todas esas tonterías sobre el amor y la traidora hija del granjero que le había roto el corazón. Y por si fuera poco, al que había encontrado en el pajar con ella no había sido otro que Edward. Pero eso había sucedido hacía mucho tiempo, y con los años se había dado cuenta de que su corazón apenas había sufrido. Aun así, atesoraba buenos recuerdos de esa chica. Y podría haberle sucedido lo mismo con lady V si hubiera creído que ella comprendía perfectamente en qué se estaba metiendo. Había habido momentos en que le había parecido una mujer de mundo, fuerte y resistente. Y otros en que se había mostrado casi ingenua. Inocente. Demasiado confiada.

Las mujeres que solían acudir al club Nightingale habían sido curtidas por algún suceso acaecido en sus vidas: un esposo poco atento, cruel o indiferente. Un amante decepcionante. Habían renunciado a sus sueños, al amor, a finales felices. Lady V no encajaba en el molde de las mujeres que solían frecuentar ese lugar. Estuvo a punto de soltar un bufido. ¿En realidad qué sabía de ella? A lo mejor no merecía ser amada. A lo mejor era una arpía. Desagradable. A lo mejor se estaba muriendo. A lo mejor simplemente era joven y estúpida.

¿Por qué no la había interrogado al respecto? ¿Por qué no se había interesado por los motivos de su presencia allí? Porque, al igual que Edward, estaba acostumbrado a preocuparse únicamente de sus propias necesidades y deseos. Ella no era la estúpida, lo era él. Por desperdiciar una oportunidad solo porque algo en ella le había resultado impactante, porque había decidido que se merecía algo más que un revolcón anónimo.

Y sin embargo era eso precisamente lo que ella deseaba. Había acudido allí por elección propia. ¿Quién era él para cuestionarla?

¿Quién demonios era esa mujer? Lady V. Sin duda, para ella la «V», era de virgen. Para él era de verbena. Ashe se llevó la copa a los labios y el recuerdo del aroma de esa mujer lo inundó, le encogió el estómago. Si la seducía como era debido, conseguiría que posara para él. Pero para seducirla como era debido necesitaba saber algo más sobre ella. Necesitaba saber quién era.

—Voy a salir —de un salto se puso en pie—. Elige el dormitorio que más te plazca.

—Te acompaño —Edward se levantó con dificultad del sillón y tuvo que apoyarse para no trastabillar.

—No. Se trata de un asunto personal.

—¿Y tiene nombre ese asunto?

El problema de criarse con una persona era que acababa conociéndote demasiado bien.

—Seguro que lo tiene. Desgraciadamente, aún no lo he descubierto.

Dejando a Edward sumido en elucubraciones sobre la enigmática respuesta que acababa de recibir, el duque fue en busca del cochero para que preparara el carruaje. Pasaba de la medianoche, pero su hombre estaba acostumbrado a trabajar a horas extrañas. No sintió el menor remordimiento cuando Wilkins, vestido con ropa de dormir, abrió la puerta del dormitorio.

—¿Qué dirección te indicó? —exigió saber de inmediato.

El hombre parpadeó perplejo, claramente desconcertado por la pregunta.

—La mujer del Nightingale, la que te ordené que llevaras a su casa —le explicó Ashe.

—Preferiría conservar mi lengua intacta, Excelencia.

—De acuerdo —el duque suspiró.

Tenía muchos defectos, pero mentir a las mujeres no era uno de ellos. Le había dado su palabra de que ni el conductor ni el lacayo le revelaría la dirección. Para lograr lo que buscaba de ella, debía ganarse su confianza. Si su cochero la delataba…

—No puedes darme la dirección, pero sí llevarme allí —la incomodidad de Wilkins quedó claramente reflejada en su rostro—. Escúchame, le dije que no me la revelarías. No le prometí que no me la harías saber de algún otro modo. Comprendo que es una cuestión meramente semántica, pero funciona. Y ahora, vamos, vístete. Quiero ver dónde vive.

Con suerte reconocería la casa, sabría quién residía allí. En caso contrario, encontraría a alguien que lo supiera, o enviaría a Wilkins a hacer algunas discretas averiguaciones entre los sirvientes. Lo primero para conocer su identidad era saber quién era su familia.

Casi una hora más tarde, Ashe contemplaba el edificio, una fachada con la que estaba más que familiarizado. Dado que no se había molestado en despertar a su lacayo, el propio Wilkins le había abierto la puerta del carruaje y se encontraba en esos momentos de pie a su lado.

—¿Te hizo traerla hasta el Twin Dragons? —preguntó él incrédulo.

Unos años antes, Drake Darling había abierto las puertas de su exclusivo antro de apuestas a las mujeres.

—Sí, Excelencia.

—¿Y entró?

—Se dirigió directamente a la puerta. Un sirviente abrió antes de que la alcanzara. No me dio la impresión de que tuviera que mostrar su acreditación como miembro del club.

El hecho de que lady V hubiera acudido a ese lugar y no directamente a su casa indicaba que no confiaba en él, que era extremadamente inteligente y que tenía una reputación que guardar. O quizás fuera una adicta al juego. Desde luego había apostado fuerte aquella noche en el Nightingale.

—De modo que acude a este lugar con asiduidad. Es conocida —murmuró Ashe.

—Eso parece.

Era poco probable que aún se encontrara allí, pero ante la remota posibilidad... el duque corrió escaleras arriba. A diferencia de la joven, él sí tuvo que mostrar su tarjeta de miembro del club. No había acudido a ese lugar desde su regreso a Londres. Una vez dentro, se detuvo ante el mostrador donde una sonriente mujer recogía amablemente los abrigos y los vigilaba.

—¿Has visto...? —empezó él sin saber muy bien cómo seguir.

Lady V había salido del vestidor llevando una capa verde oscura que cubría un vestido de un tono verde más claro. ¿Cómo iba a poder describirla? Sus cabellos eran de un tono castaño que no había podido distinguir bien ante la penumbra que reinaba en el club Nightingale. Los ojos oscuros encajarían con cualquier mujer, y de nuevo le había resultado imposible identificar el tono exacto. No era excesivamente alta, eso seguro. No era robusta, pero tampoco especialmente delgada. Tenía el cuerpo perfecto para que un hombre se agarrara a él, y por Dios que eso era precisamente lo que le apetecía desesperadamente hacer.

La joven aguardaba expectante y Ashe empezó a sentirse como un completo idiota. Estaba acostumbrado a dominar la situación. No le gustaba que esa mujer tuviera tanto control sobre él, que hubiera sido capaz de hacerle perder la capacidad de razonar.

—Da igual.

A continuación se dirigió a la sala de juegos. A esas horas de la noche había muchos caballeros, pero solo una media docena de damas. Ninguna de ellas llevaba un vestido verde. También podría encontrarse en la zona restringida a mujeres. Desde luego no sería él quien enviara a alguien a buscarla allí. Así no iba a ganarse su confianza. De nuevo se le planteaba el problema de no poder ofrecer una descripción detallada. Quizás la reconociera si la veía, o quizás se limitaría a hacer el más espantoso ridículo.

Aun así, recorrió la sala buscando. Se paseó entre las mesas de apuestas, se asomó a las zonas reservadas para ambos géneros. Sin duda si ella lo veía se mostraría como mínimo sorprendida. Había muy pocas mujeres, y si bien todas le reconocieron, y un par de ellas incluso se mostró encantada de descubrir que había regresado a Londres, ninguna pareció sorprendida, avergonzada o nerviosa ante su presencia. O bien era una maravillosa actriz, o no se encontraba allí.

Decepcionado, Ashe tuvo que admitir que seguramente sería lo segundo.

Sin embargo, saber que frecuentaba ese establecimiento aumentaba sus posibilidades de encontrarla en algún momento. Regresaría al día siguiente, después de la maldita fiesta de Julia.

Minerva se sentaba acurrucada en el sofá del saloncito, leyendo a Brontë, cuando Grace entró. Siendo un miembro de la familia, no hacía falta que ningún mayordomo anunciara su llegada. Su mirada estaba cargada de preocupación y corrió hasta el sofá sin dejar de estudiar el rostro de su cuñada.

—¿Qué tal te encuentras?
—Bastante bien —Minerva sonrió.
—Gracias a Dios —Grace emitió un sonoro suspiro y se dejó caer contra los cojines—. Apenas he dormido esta noche pensando en que irías a ese lugar decadente. Me alegra que no fueras.
—Sí que fui.
—Entonces, ¿ya está? —la otra mujer se irguió de un brinco.
—No exactamente —Minerva se sonrojó visiblemente, casi escaldándose con su intensidad—. Al final resultó que no tuve agallas.
—Pero fuiste —Grace miró a su alrededor como si esperara descubrir espías escondidos detrás de los tiestos y habló en un tono más bajo—. ¿Y cómo es?
—Después de todas tus advertencias —Minerva soltó una carcajada—, ¿tienes la osadía de preguntar?
—Siento curiosidad. Jamás me atrevería a ir allí, pero tengo la oportunidad de que me lo cuenten.
—Por eso estás aquí, ¿verdad? Por curiosidad, no porque estuvieras preocupada por si me devoraba el arrepentimiento.
—Estoy aquí más que nada por ti. Me preocupaba mucho que eligieras a alguien que no se mostrara amable, o alguien que solo se preocupara de sus propias necesidades. No quería que tuvieras un amante egoísta.

Minerva no creía que Ashebury hubiera, llegado el caso, sido egoísta. Si ese beso era una muestra de algo, le habría dado mucho más de lo que habría recibido.

—Venga, Minnie, no seas mala. Satisfaz mi curiosidad. Cuéntamelo todo sobre ese lugar tan, tan, depravado.

Ella estuvo a punto de sugerirle que le preguntara a su hermano, pero estaba obligada a mantener en secreto a quién había visto allí, aunque fuera alguien a quien consideraba familia.

—No fue como me lo había esperado. Todo era muy formal. La gente charlaba. Las damas llevaban máscaras para preservar el anonimato. A los hombres no les importaba si los reconocían.

—¿Quién estaba allí?

—No puedo decírtelo.

—¿No puedes porque no los conocías?

—Juré que no revelaría ninguna identidad. La mujer que dirige el club lleva un vestido verde esmeralda y una máscara a juego. Muy llamativos. Tienes que presentarte a ella, de modo que ella sí conoce a todo el mundo. Si descubre que has revelado el nombre de algunos de los presentes, irá a por ti. No sé cómo podría averiguarlo, pero la creí.

—Pero a mí sí puedes decírmelo. Yo no se lo diré a nadie.

—De verdad que no puedo.

—Pues qué aburrida eres.

—Eso me ha asegurado más de un caballero.

—Minerva, yo...

—Lo sé —ella apretó la mano de Grace—. Solo estoy siendo dura. Y lo cierto es que me dan exactamente igual los miles de detalles de los que, según los hombres, carezco. Me da igual lo que piensen los demás siempre y cuando me mantenga fiel a mí misma, como mi madre, bendita sea, se ocupa de recordarme constantemente. Anoche, por primera vez en mi vida, lo sentí. Y resultó muy liberador.

Si bien no podía hablar de nada de lo sucedido en el club, a quien tenía enfrente era a su más querida amiga.

—Llamé la atención de un magnífico caballero.

—¿Quién? —Grace abrió los ojos desmesuradamente.

Minerva frunció el ceño.

—De acuerdo, no me lo puedes contar. ¿Era guapo?

—¿Por qué a todo el mundo le importa tanto el físico? Pues sí, extremadamente guapo.

—¿Encantador?

—Mucho.

—¿Noble?

—Sí.

—¿Cabello oscuro?

Minerva sacudió la cabeza y soltó una carcajada ante el intento de su amiga por deducir de quién podría tratarse.

—Ya basta, Grace, no voy a jugar a tu jueguecito. De todos modos, jamás lo adivinarías. Pero te diré que es muy enigmático. Me habló de la belleza de la forma humana, en especial de mis piernas.

—¿Te vio las piernas?

—Bueno, no enteras, solo hasta la pantorrilla. Cuando llegué, tuve que cambiarme y ponerme un trocito de seda como única prenda, parecida a las túnicas que llevan las mujeres romanas en los cuadros. Resulta muy sencillo de poner y, supongo, también lo será para que un hombre te lo quite. Iba prácticamente tapada, salvo por los brazos y el escote, pero tampoco quedaba mucho para la imaginación. Ningún corsé, ni enaguas. Lo cierto es que me gustó. Era ligero como una pluma. Pero supongo que su propósito era que los caballeros se hicieran una mejor idea de las formas que cubría.

—¿Y los hombres qué llevaban puesto?

—Esa es la parte más irritante —Minerva soltó un bufido—, ellos iban completamente vestidos. Nunca entenderé por qué hay reglas distintas para hombres y mujeres —sonrió—. Pero se quitó las botas para que yo me sintiera más cómoda. Aun así, no conseguí estarlo lo suficiente para meterme en la cama con él.

—Entonces, ¿qué hicisteis?

—Sé que te va a parecer ridículo, pero hablamos —ella se acercó un poco más a su cuñada—. Esa es la cuestión, mientras hablábamos, me miraba a los ojos. Y lo hacía con tal intensidad que parecía realmente interesado. He estado sentada en el salón con caballeros que se mostraban hechizados por el dibujo de la porcelana de la taza de té. Yo hago una pregunta y ellos la contestan con un monosílabo. Intento iniciar una conversación y ellos ni se molestan en continuarla. Yo soy irrelevante. Ellos pretenden impresionarme simplemente con su presencia. El hombre de anoche se mostraba atento. Era él quien formulaba las preguntas. Me contó una historia de su pasado —Minerva suspiró—. Resultó agridulce, Grace. Experimentar recibir las atenciones de un hombre que se mostraba interesado por mí. Tras regresar a casa, deseé no haberme marchado del Nightingale.

—Eso no era de verdad, Minnie.

—Te agradezco tu sinceridad, pero a mí me pareció real. Estoy bastante convencida que no todos los asistentes a ese club están allí por lo que sucede bajo las sábanas.

—¿Y por qué están allí?

—No estoy segura. Esperaba ver a la gente besándose con avidez, incluso fornicando sobre una mesa o una silla, pero no hubo nada de eso —ella ladeó la cabeza y se encogió de hombros—. Cierto que las parejas estaban muy juntas, y vi alguna mano sobre una cadera o un muslo, pero no se mostraban avergonzados por lo que estaban haciendo.

—¿Y cómo lo sabes? Llevaban máscaras.

—Los hombres no.

—Pero los hombres nunca se avergüenzan.

—Supongo que ahí tienes razón —Minerva sonrió—. Aun así, estaría bien que nos mostrásemos un poco más abiertos sobre las cosas.

—¿Te mostraste abierta con tus padres y les contaste adónde ibas?

—¡Claro que no! —Minerva le dio un empujón a Grace en el hombro—. No me refería a ser tan abiertos sobre las cosas. No, esperé a que se acostaran. Salí a hurtadillas, alquilé un coche. Luego, mi caballero insistió en que su cochero me trajera a casa, solo que le hice llevarme al Twin Dragons. No podía correr el riesgo de que descubriera quiénes son mis padres. No lo creo capaz de chantajearme, pero ya conoces a mi padre. Insistiría en protegerme, a mí y a mi reputación, a toda costa.

—Bueno, pues bien por tu hombre, por no permitirte vagar por las calles en medio de la noche en busca de un coche. Si alguna vez decides volver a ese lugar, házmelo saber y tendré uno de nuestros carruajes apostado al final de la calle. Debería haberlo pensado antes. Pero estaba tan aturdida ante la idea de que fueras a hacerlo que no reflexioné.

—¿Y cómo le explicarías a mi hermano lo del carruaje?

—No te preocupes —Grace sonrió con picardía—. Sé manejar a Lovingdon.

—Eres mi mejor amiga, pero dudo que vuelva a ese club. Por otro lado, no dejo de pensar en lo que podría haber ocurrido.

—Todavía puede ocurrir, pero en otro lugar —le aseguró su cuñada—. Mi madre se había quedado para vestir santos cuando se enamoró de mi padre.

—No estoy tan segura de que fuera considerada una solterona, porque no disfrutó de una puesta de largo. Era una plebeya, una bibliotecaria. No creo que los plebeyos se obsesionen tanto con casarse como nosotros.

—Supongo que ahí tienes razón.

—Y también soy una pésima anfitriona. ¿Pido el té?

—No puedo quedarme. Dentro de un rato voy a reunirme con mi madre, y vamos a hacer un recorrido por los orfanatos. Deberías acompañarnos.

—Eres muy amable invitándome, pero anoche me acosté muy tarde y creo que voy a echarme una siesta. Por cierto, ¿recibiste una invitación para la velada de lady Greyling esta noche?

—¿Esa para celebrar el regreso a Londres de los bribones? —Grace puso los ojos en blanco—. No sé por qué se arma tanto escándalo con su regreso.

—Estaban de safari. Creo que todos quieren oír cómo fue.

—¿Entonces tú vas a ir?

—Creo que sí —sobre todo porque Asheburyn sin duda estaría allí.

Sabía que era una tontería interesarse por él, cruzarse en su camino tan pronto, pero ese hombre había despertado su curiosidad. Además, no era muy probable que él la abordara, que adivinara que ella era lady V., pero tendría la oportunidad de observarlo, de imaginarse lo que podría haber sucedido entre ellos dos.

—¿Vamos juntas? —sugirió Grace—. Lovingdon y yo podríamos recogerte a las siete y media.

—Eso sería estupendo.

—Genial. Entonces te veo esta noche —su cuñada se levantó del sofá y se agachó para besar a Minerva en la mejilla—. Me alegra que anoche no sucediera nada inapropiado.

—Yo también —mintió ella.

CAPÍTULO 5

El salón de la condesa de Greyling estaba lleno de damas sentadas en sofás y sillones, y hombres de pie allí donde encontraran un hueco libre. Minerva y Grace habían conseguido instalarse en el centro de la sala, donde compartían sofá con lady Sarah y lady Honoria.

Apoyado contra la pared, junto a la chimenea, el duque de Ashebury irradiaba confianza mientras coqueteaba descaradamente con las damas que tenía más cerca, y ofrecía a otras una mirada enigmática que hacía que todas creyeran ser acreedoras de su incondicional devoción. Cierto que a Minerva no le había dirigido ni una de esas mirada. Esforzándose por no sentirse herida en el orgullo ante su falta de atención, se sintió inmensamente agradecida por no haberle permitido acostarse con ella. Verlo dedicar sus atenciones a otras, mientras que ella no recibía ni una mirada, le habría dolido inconmensurablemente a pesar de que su propósito al acudir al Nightingale había sido el de asegurar su anonimato. No tenía derecho a lamentarse si el duque no se había abalanzado sobre ella para saludarla. El que ni siquiera le hubiera dedicado una mirada cuando había entrado en el salón era tranquilizador porque significaba que no la había reconocido de la noche anterior.

Todos los esfuerzos dedicados a ocultar su identidad habían dado sus frutos. Su éxito debería producirle satisfacción, no decepción.

De pie frente a la chimenea, el señor Edward Alcott llevaba al menos media hora deleitando a su público con detalles de sus aventuras en África. Era muy expresivo y utilizaba las manos constantemente para añadir emoción a la narración.

Minerva había estado tan absorta observando a Ashebury, esperando en vano que le dedicara, al menos, una mirada de pasada, que apenas había prestado atención al señor Alcott, pero cuando lady Honoria se llevó una mano a la garganta y dio, sobresaltada, un respingo, desvió su atención al orador.

—Y allí estábamos en la sabana africana, esperando desde hacía media hora mientras Ashe montaba su equipo fotográfico —continuó el señor Alcott con una hechizante cadencia que conseguía que las damas sentadas en el sofá junto a Minerva se arrimaran al borde—. Cuando de repente…
—Edward dio un paso al frente y agitó los brazos— salió un león de la nada.

Las damas contuvieron la respiración, echándose hacia atrás como si la mismísima criatura feroz hubiera saltado de los dedos del narrador.

Varias manos enguantadas cubrieron sendas bocas. Los ojos se abrieron desmesuradamente. Minerva se sintió orgullosa de no haber reaccionado visiblemente, pues no soportaba a las mujeres demasiado delicadas para la realidad de la vida, aunque su corazón galopaba salvaje.

—La escena era espectacular. Los músculos y los tendones se tensaban, un rugido resonó…

—Por el amor de Dios, Edward, continúa —le rogó Ashebury desde su posición excesivamente relajada, los brazos cruzados sobre el pecho. La sala estaba iluminada por lámparas de gas en lugar de velas y los cabellos del duque, demasiado largos para la moda, hacían que el azul de sus ojos resaltara aún más. Parecía aburrirse y Minerva deseó haberlo visto mejor la noche anterior, cuando parecía más interesado. Ojalá no hubiera cerrado los ojos mientras se besaban. ¿Los había cerrado él también?

—Tengo un don para elaborar relatos hipnóticos —el señor Alcott se irguió—. Te rogaría que me disculparas, sobre todo dado que eres el héroe de la historia —se volvió de nuevo hacia su público—. Como iba diciendo, el león saltó magnífico. Locksley y yo nos quedamos petrificados ante ese despliegue de naturaleza salvaje, feroz. Me atrevería a decir que nos llevó varios segundos registrar que un león acababa de atacar a Ashe, derribándolo, que el duque era la presa de nuestro amigo, que la criatura tenía intenciones de convertirlo en su comida.

—¡Cielo santo! Podría haberlo devorado —exclamó lady Honoria—. ¡Qué manera tan espantosa de morir!

Ashebury se encogió de hombros y ladeó la cabeza, indicando con el gesto que ni por un segundo había dudado de que acabaría venciendo. Un tipo arrogante. Minerva no entendía por qué le resultaba tan atractivo.

—El rugido retumbaba en nuestros oídos, nos pusimos en acción y preparamos los rifles —el señor Alcott alzó los brazos, se inclinó ligeramente hacia delante, y bajó los brazos y la voz—. De repente, la enorme bestia se quedó inmóvil. En toda la pradera se hizo el silencio. Y entonces oímos un grito ahogado, «¡Por el amor de Dios, quitádmelo de encima!». Locksley y yo corrimos. De algún modo, Ashe había conseguido sacar el cuchillo de su funda y había matado a esa bestia —Edward se irguió—, pero no antes de que consiguiera hincar los dientes en su hombro.

Las damas sentadas cerca del duque agitaron las manos en el aire, al borde del desmayo, pero él se limitó a frotarse el hombro izquierdo. Minerva se preguntó si era siquiera consciente del gesto.

—Pero conseguí mi foto —de repente Ashe les dedicó una sonrisa torcida.

—Ciertamente —asintió el señor Alcott—. Una fotografía espléndida, además.

Las palabras, el porte, de Ashebury destilaban un inmenso orgullo. Minerva no pudo evitar preguntarse si la satisfacción habría sido la misma de haber logrado convencerla para que posara para ella. ¿Había deseado fotografiarla a ella tan desesperadamente como al león? Desde luego en ningún momento había arriesgado su vida, pero había hablado con mucha pasión de la forma humana. Ella se preguntó hasta qué punto se había sentido decepcionado ante su negativa. Aunque a lo mejor la velada no había sido más que una de tantas. ¿Había olvidado ya a lady V? Aunque le había asegurado que no buscaría una sustituta, no se creía que no hubiera encontrado a alguien que la reemplazara sin el menor esfuerzo, alguien más aventurera, menos remilgada. Minerva siempre se había jactado de su disposición para explorar distintas oportunidades, para probar nuevas experiencias. Echando la vista atrás, no podía sentirse más decepcionada consigo misma.

—¡Cuánto miedo debió pasar! —exclamó lady Sarah, casi sin aliento, ambas manos apoyadas en el pecho, llamando la atención de Ashebury sobre su escote.

El duque, maldito fuera, miró travieso a lady Sarah y su pecho que se movía al ritmo de la respiración agitada, y Minerva tuvo que esforzarse por contener una punzada de celos mientras se preguntaba si estaría pensando en fotografiar esas generosas esferas.

—Me quede petrificado —admitió él con gesto engreído—, pero comprendí que, si no actuaba, jamás regresaría a Inglaterra, y era evidente que ni Edward ni Locke iban a servir de gran ayuda.

—Sin duda tuvo que emplear muchísima fuerza para matar a esa horrible bestia —añadió lady Angela.

—Muchísima. Quizás después quiera comprobar mi musculatura.

Lady Angela se puso roja como un tomate y parecía sufrir una urticaria. Nunca le había sentado bien el rubor.

—Bueno, ya está bien de esta conversación indecente —intervino lady Greyling poniéndose en pie.

A Minerva siempre le había impresionado su capacidad para controlar a esos rufianes.

—En el salón principal hay un refrigerio preparado para todos, y también una exposición de las fotografías de Ashe. Propongo que vayamos todos.

Las damas empezaron a levantarse para unirse a los caballeros. Ashebury se apartó de la pared, tan lentamente como si fuera el gran felino que había matado. Minerva había visto leones en el zoológico, conocía sus gráciles movimientos. Pero no se imaginaba el terror de enfrentarse a uno en la naturaleza salvaje.

—Voy a abrirme paso hasta Lovingdon —anunció Grace, tocando el brazo de Minerva en un intento de llamar su atención.

—Sí, de acuerdo. Enseguida te alcanzo.

Grace se marchó y Minerva consideró acercarse a Ashebury para elogiarle su rapidez de pensamiento, su fuerza, su capacidad para mirar a la muerte de frente y salir victorioso, pero dos damas lo abordaron y él le ofreció graciosamente un brazo a cada una para dirigirse juntos al gran salón. La noche anterior, durante unos fugaces instantes, ese hombre había sido suyo.

—Me pregunto dónde estará lord Locksley —murmuró lady Sarah reteniendo a Minerva como si ella tuviera la respuesta.

—¿Por eso estás aquí? —le preguntó ella.

Sarah suspiró y agitó levemente la cabeza.

—Bueno, pues sí, debo admitir que siento cierta curiosidad por él. Siempre aparece en las historias del señor Alcott, pero casi nunca asiste a las reuniones sociales.

—¿Y a qué viene el interés?

—Porque es misterioso, y a mí me fascinan los misterios. Además, ¿a ti no te fascinan los lores de Havisham? Son tan aventureros, tan valientes, tan...

—Son unos consentidos —le interrumpió Minerva mientras se dirigían al otro salón—. La gente les permite hacer lo que quieren, cuando quieren y sin ninguna consecuencia. Aparte de Greyling, no creo que ninguno cumpla con su deber. ¿Cómo podrían si se pasan la vida recorriendo el mundo?

—Sus padres murieron en un terrible accidente de ferrocarril.

—Muchos padres murieron en ese accidente —hermanos, hermanas, hijos e hijas.

En realidad, Minerva no tenía ningún recuerdo de aquel suceso. Había sido una niña, pero veinte años después la gente seguía hablando del horror del suceso, sobre todo cuando los bribones estaban presentes.

—Se quedaron solos —insistió lady Sarah, como si los hubieran dejado tirados en la calle sin ningún medio para sobrevivir.

—Lo dudo —afirmó Minerva—. Tenían un techo sobre sus cabezas, comida en el estómago, ropa sobre sus hombros.

—Pero corrían salvajes por los páramos. Nadie se ocupaba de ellos.

Ella también había oído esas historias. El señor Alcott poseía todo un repertorio de infortunios para compartir durante las veladas.

—El señor Alcott tiende a adornar sus relatos.

—Eres muy aburrida.

—¿Por qué? —peores cosas le habían dicho—. ¿Lo dices porque me ajusto a los hechos?

—Precisamente.

—Pues los hechos pueden arruinar una buena historia —anunció una voz grave.

Minerva se volvió de golpe y se encontró con el señor Alcott apoyado contra una pared del gran salón, los brazos cruzados sobre el pecho, los cabellos rubios y rizados dándole un aspecto indómito. Sabía que no era Greyling porque el conde casi nunca se alejaba de su esposa. Minerva se preguntó cuánto de la conversación habría oído, cuánto le habría llegado desde el pasillo. Sus ojos, del color del chocolate caliente, oscuros y sombríos, delataban muy poco. Lady Sarah opinaba que el misterioso era Locksley, pero a ella le parecía más bien que era el señor Alcott el que tenía sus propios secretos.

—Bueno, y no querríamos que nos estropearan una buena historia, ¿verdad, señor Alcott? —preguntó Minerva mientras intentaba controlar el sarcasmo en su voz.

Él sonrió seductoramente de un modo que, a juzgar por lo que decían, lograba que las mujeres cedieran a todos sus deseos.

—Por favor, llámeme Edward. Y las historias están diseñadas para entretener.

—No deberían ser presentadas como la verdad cuando se alejan de los hechos.

—¿Es verdad que Ashebury mató a ese león? —preguntó lady Sarah, la voz cargada de admiración y ensoñación hacia el héroe.

—Lo hizo.

—¿Con un cuchillo? —preguntó Minerva, sin molestarse en disimular su incredulidad.

—Un cuchillo con una enorme y afilada hoja —Edward se encogió de hombros con aire despreocupado—. Aunque quizás le ayudaran algunos de nuestros guías. Claro que, ¿dónde estaría la emoción en una historia como esa?

—En los hechos hay belleza.

—La señorita Dodger es tremendamente pragmática —le explicó lady Sarah en el mismo tono que emplearía alguien para referirse a una vieja y excéntrica tía que estuviera aburriendo a todos los asistentes a la velada.

—Eso parece —asintió el señor Alcott—. Pero la pregunta es, ¿le gustó la historia?

—Me encantó —respondió lady Sarah con entusiasmo.

Sin embargo, la mirada de Edward permanecía clavada en Minerva.

—Sin adornos, señorita Dodger. Solo la verdad o, si le gusta más, solo los hechos. ¿Captó su atención?

Maldito fuera ese hombre.

—Me resultó fascinante —tuvo que admitir ella muy a su pesar.

—Es toda una alabanza. Ahora considero que la velada ha sido un éxito —el señor Alcott se alejó con un perezoso caminar.

Sin duda Minerva había conseguido insultarlo de algún modo. ¿Valorar la sinceridad era un defecto?

—Maldita sea —murmuró lady Sarah—. Debería haberle preguntado por lord Locksley.

—Puedes alcanzarlo si tanto interés tienes.

—Deséame suerte —lady Sarah se marchó mientras Minerva se preguntaba por qué necesitaba suerte para hacer una simple pregunta.

Sorprendida ante el brío de la joven, sacudió la cabeza. De repente se sintió muy mayor. Echó un vistazo al salón, en cuyo centro había dispuesta una mesa repleta de comida y otra con bebidas. Los criados, portando bandejas, se paseaban entre los invitados a los que ofrecían dulces y vino. En un extremo de la estancia había una serie de fotografías dispuestas sobre atriles. El trabajo de Ashebury.

De inmediato llamaron su atención, la instaron a acercarse. Se dirigió hacia una fotografía de un león agazapado, apenas visible, entre la hierba. Sin embargo lo que sí se veía claramente era su mirada, intensa, de cazador. Y en lo más profundo de su ser, Minerva lamentó la muerte de tan magnífica bestia.

Ashe llegó a la conclusión de que a los invitados en realidad no les interesaban las fotografías. Cierto que les dedicaban una ojeada de soslayo cuando pasaban junto a ellas, pero sin dejar de coquetear, comer o beber vino. Habían acudido a la velada para divertirse, para relacionarse, para flirtear. Todos menos ella.

La señorita Minerva Dodger.

La joven se tomaba su tiempo para estudiar a fondo cada fotografía, como si apreciara realmente lo que él había logrado con la luz y la sombra, como si lo entendiera, como si le transmitiera algo. En una ocasión la vio levantar una mano como si pretendiera acariciar a la criatura que él había inmortalizado con su lente. Para el duque la fotografía era más que un pasatiempo, era una pasión. Y sin embargo, muy pocas personas lo apreciaban. Tampoco buscaba ser elogiado, pero, por algún motivo, quería que sus fotografías fueran admiradas. Quizás porque casi le habían costado la vida.

De modo que cuando la esposa de Grey había anunciado su deseo de celebrar una pequeña fiesta para que tuviera la ocasión de exponerlas, Ashe se había mostrado más que dispuesto. Y sin embargo, en esos momentos se sentía muy expuesto y hubiera preferido dejarle las fotos a Julia y evitar todo ese tedioso asunto. A diferencia de Edward, a él no le gustaba llamar la atención, en realidad lo aborrecía. Haría cualquier cosa para evitar a las damiselas agitando sus abanicos y elogiándole por lo increíblemente valiente y fuerte que era. Una de las damas incluso había conseguido apretarle el brazo, comprobando por sí misma la consistencia de sus músculos mientras lo miraba con expresión invitadora. A Ashe no le habría supuesto el menor problema encontrar un lugar apartado al que llevarla para que la dama pudiera saciar su curiosidad y apretarle cualquier parte del cuerpo que le apeteciera...

Pero todo quedaba anulado por la curiosidad que le despertaba el interés de la señorita Dodger por su trabajo. Se demoraba en su contemplación, quizás porque no le gustaba. No debería intervenir, no debería preocuparle su opinión.

Sin duda le ofrecería su opinión sincera si se la pedía. Apenas la conocía, no habían hablado más de seis veces, si es que llegaba, pero desde luego no era ninguna mosquita muerta. Y ese era, sin duda, el motivo por el que aún no había encontrado marido. El dinero, desde luego, no era el problema. Su padre, antiguo dueño de un club para caballeros, la había cubierto de oro, pero esa propensión que tenía a decir lo que pensaba le dificultaba convertirse en esposa. Él, personalmente, ni buscaba ni deseaba encontrar una esposa. Valoraba demasiado su libertad. Grey se había echado a perder por completo al casarse con Julia.

Debería simplemente excusarse y marcharse al Nightingale con la esperanza de tener mejor suerte en conseguir la fotografía que deseaba. Sin embargo...

—Discúlpeme, pero tengo un asunto que atender —les informó a las tres damas que competían por lograr su atención.

Antes de que pudieran protestar o intentar disuadirle, se apartó de ellas y se dirigió hacia la señorita Dodger, los zapatos apenas haciendo ruido. Miró por encima de su hombro y sonrió. Los chimpancés. Una de sus preferidas. Le había gustado mucho el resultado.

—¿Le gusta? —preguntó, de inmediato deseando haberse mordido la lengua. Se sentía tan expuesto como las fotografías.

—Bastante —contestó Minerva sin siquiera volver la cabeza—. No creo haber visto fotografías tan expresivas nunca.

—Es por la luz y las sombras, por el modo en que las manejo. Se trata de una técnica relativamente nueva y que añade un toque artístico al método. Si me permite, eleva el trabajo por encima de una simple fotografía.

—Están enamorados —afirmó ella sin asomo de duda.

—¿Los monos?

—Sí —ella se volvió.

Ashebury no recordaba que sus ojos fueran tan oscuros,

la mirada tan intensa. A su mente acudió el recuerdo de otra mirada intensa y oscura. De repente captó un aroma a verbena y tuvo que hacer acopio de toda su capacidad de control para no reaccionar, para no girarla del todo, para no examinar con detenimiento cada centímetro de su ser. Tenía la estatura, más o menos, todo dependía de la altura de los tacones que llevaba, despojada de enaguas, rellenos y corsés, su cuerpo tendría la forma. Cuánto le gustaría poder ver sus cabellos a la luz de las velas. Lo recordaba más oscuro, sin reflejos rojizos. Allí, bajo la luz más intensa, el tono no parecía el mismo. Sin duda no era la misma mujer. Lo que le ocurría era que estaba tan desesperado por encontrar a lady V que la imaginaba en cada mujer con la que hablaba. Pero ¿por qué no se la había imaginado en ninguna de las otras damas con las que había hablado aquella noche?

—Está contando una historia en esta fotografía —observó ella—. Sienten devoción el uno por el otro.

Tenía la voz fuerte. No era grave y ronca, parecida a un susurro. ¿Sería capaz de alterarla? ¿Sin equivocarse ni una sola vez? Pero no era solo el tono lo que despertaba sus dudas. Esa mujer hablaba como si fueran dos extraños, como si no hubieran pasado una hora juntos, como si nunca se hubieran besado.

—Son animales, señorita Dodger.

—Son almas gemelas.

De no habérselo afirmado con tanta seriedad, el duque habría soltado una carcajada. Además, podría tratarse de lady V. No, esa mujer era demasiado pragmática. Y de repente se le ocurrió que quizás fuera lo suficientemente práctica como para querer saber de qué iba todo eso. Lo bastante atrevida como para ir a por todas. Aunque apenas había pasado tiempo en su compañía, pues la conocía sobre todo por su fama, la había observado de lejos durante los bailes, bailando con un caballero, y después con otro, aunque últimamente pasaba más tiempo de pie junto a los patitos feos, pero apartada de ellas. No era de las que se mezclaba. Mientras que la mayoría de las damas se acobardaba y arrugaba si su carné de baile estaba vacío, esa mujer siempre le daba la impresión de que no podría importarle menos, de estar dispuesta a echar el guante si surgía la oportunidad.

—No me diga que cree en esas tonterías.

—Al contrario que su compañero narrador de historias, yo no soy propensa a mentir, Excelencia.

—¿Edward? ¿A qué mentiras se refiere?

—Admitió que no derrotó al león usted solo —ella enarcó una ceja y señaló otra fotografía—. ¿Es ese el león que mató?

No había censura, pero sí tristeza, en su voz. Ashe deseó no haber incluido esa foto en particular. Había estado a punto de no hacerlo. A él también le entristecía, pero a la vez se sentía muy orgulloso de ella.

—Sí.

—Le estaba midiendo, y falló en sus cálculos. Le juzgó mal.

—Muchos lo hacen a menudo —el duque lamentó sus palabras, lamentó haber revelado ese detalle, sobre todo a esa mujer.

No recordaba ninguna de sus conversaciones previas. Y sin embargo en esos momentos estaba soltando disparates como si su lengua acabara de separarse de su cerebro.

—Encuentro su trabajo bastante impresionante —Minerva ladeó la cabeza y estudió atentamente al duque.

—Es mi pasión.

—¿En serio? Pues según los rumores, yo hubiera pensado que su pasión eran las mujeres.

Y lo dijo sin siquiera ruborizarse. La mayoría de las mujeres lo habría hecho. No, la mayoría no habrían pronunciado esas palabras en voz alta. Esa mujer no era tímida, pero ¿era lo bastante osada para acudir al Nightingale? A Ashebury le intrigaba la posibilidad.

—Una cosa no excluye a la otra, pero tiene razón. Las mujeres son lo primero, lo principal, mi mayor pasión.

—Aun así no hay ninguna retratada en su colección. Hay hombres y niños, pero ninguna mujer.

—Muchas mujeres nativas llevan los pechos descubiertos —con esa afirmación él esperaba provocarle un sonrojo, pero la joven lo miró a los ojos sin que sus mejillas mudaran de color, sin desviar la mirada—. Me temo que nuestra anfitriona se mostró bastante ofendida al verlas y no me permitió exponerlas. No tuve suerte en mi intento por convencerla de que el cuerpo humano no debe ser ocultado. Quizás le gustaría verlas alguna vez.

Ahí sí que la hizo sonrojarse, un profundo tono escarlata se adueñó del rostro de Minerva y, de algún modo, consiguió abrirse camino hasta el alma del duque. ¿Se sonrojaba ante la posibilidad de ver unos pechos desnudos o la mención de la belleza del cuerpo humano le había hecho recordar la escena vivida la noche anterior?

—No creo que fuera apropiado —contestó ella—. Parecen bastante atrevidas.

—Esas mujeres no se visten así para excitar. Más bien han sido educadas en la gloriosa libertad de no sentir vergüenza de lo que Dios les ha otorgado. Envidio su simplicidad en el vestir. Y, considerando lo mucho que debe pesar esa ropa que lleva, supongo que a usted le pasaría lo mismo.

—Supone demasiadas cosas —Minerva miró a su alrededor—. ¿Dónde está lord Locksley?

El repentino interés mostrado por su amigo golpeó al duque como si hubiera recibido un puñetazo, lo cual no tenía ningún sentido dado que no deseaba a esa mujer, no deseaba llevársela a una cama de la planta superior, aunque tampoco le apetecía alejarse de ella.

—Peleando contra sus demonios.

Ella lo miró perpleja y abrió ligeramente la boca. Ashe se preguntó que, si aprovechaba ese instante para besarla, sería capaz de averiguar si era la misma persona a la que había besado la noche anterior. Quizás al final sí que sentía algo de deseo.

—No se sorprenda tanto. Todos tenemos nuestros demonios, incluso usted, señorita Dodger. Quizás por eso la vi anoche en el Twin Dragons poco después de la medianoche.

CAPÍTULO 6

¡Que Dios la ayudara, la había reconocido!

El corazón de Minerva se golpeó con tanta fuerza contra las costillas que estuvo segura de haber oído el crujido de un hueso. Su primer impulso fue echarle en cara el haber roto su promesa de no exigirle al cochero que revelara la dirección a la que la había llevado. Sin duda por eso había mencionado el Twin Dragons. Sabía dónde la había dejado, y no podía mencionar el club Nightingale.

Pero siendo hija de una persona criada en la calle, había aprendido de su padre a considerar todas las opciones antes de dar una respuesta. El que hubiera aparecido por el Twin Dragons podría ser pura casualidad, aunque lo dudaba. Su cochero le había informado del lugar al que la había conducido. O el duque la había seguido.

Ella había entrado en el antro de juego y corrido rápidamente a la zona trasera donde estaban las oficinas y las salas privadas. El acceso había requerido una llave, la cual poseía. Tras atravesar la zona interna del establecimiento había llegado a otra puerta cerrada, que había abierto con otra de sus llaves, y que le había dado acceso a las callejuelas. Tras caminar un buen rato, había alquilado un coche para que la llevara a su casa.

A no ser que Ashebury fuera rápido como el rayo, era imposible que la hubiera visto en el Twin Dragons. Había lanzado el anzuelo al azar, sospechando que podría ser lady V, y buscaba una confirmación. ¿Qué la había delatado? ¿La forma de sus labios? ¿Tan característica era? ¿La barbilla? Era más cuadrada de lo que le gustaría, pero tampoco resultaba especialmente llamativa. No tenía lunares, ni verrugas de las que crecieran pelos. Era imposible que el duque supiera con seguridad que era la mujer que había conocido en el Nightingale. Quizás les había repetido las mismas palabras a todas las mujeres con las que había hablado aquella noche, en un intento de localizar a lady V. Si bien se sentía halagada al comprobar que él deseaba encontrarla, no se fiaba de los motivos que podría ocultar. ¿Qué quería? ¿Qué esperaba lograr? Le sedujo la idea de seguirle el juego, de comprobar hasta dónde podría llevarles, pero no quería renunciar a la satisfacción que le producía tener cierto poder de control. Lo mejor sería cortarlo de raíz antes de que se le fuera de las manos. Necesitaba elaborar una respuesta que alejara las sospechas, que hiciera que el duque dudara de estar en lo cierto.

—No sé cómo pudo verme —contestó con calma—. Anoche no estuve allí.

—Pero es miembro de ese club.

Al igual que muchas mujeres desde que el club abriera sus puertas al sexo débil.

—Mi padre fue dueño de ese club. Una de las condiciones que puso cuando lo vendió fue que él, y todos sus descendientes, fueran miembros vitalicios. De modo que, sí, soy miembro de ese club, y suelo acudir con frecuencia. Pero anoche no.

—Habría jurado que era usted —él ladeó la cabeza pensativo.

—Y la duquesa de Lovingdon jurará que estuve cenando en su residencia, en el caso que sea necesario que explique mis andanzas. Aunque debo advertirle que me siento como una sospechosa de esos casos de asesinato de los que tantos detalles se ofrecen en la prensa.

Si bien no le agradaba la afición de la sociedad por conocer hasta el último detalle de los asesinatos más macabros, no podía reprimirse y engullía con avidez toda esa información.

—Le pido disculpas, señorita Dodger, por ponerla en un apuro. Ahora que lo pienso mejor, sé que me equivoqué. La mujer que vi carecía de su... digamos de su, ¿vivacidad?

—No pretendía resultar ofensiva, Excelencia. Simplemente soy muy consciente de dónde estaba y dónde no.

—Una cualidad admirable, sin duda.

Minerva se mordió la lengua para no reaccionar al tono burlón. Menudo bribón. El duque no se mostraba ni la mitad de encantador de lo que había estado la noche anterior, claro que en el Nightingale había estado flirteando con lady V, no con Minerva Dodger. Le sorprendió que se hubiera acercado a ella siquiera. Sin duda había esperado encontrarse con alguien más atractiva, de rasgos más agradables. Y sin duda también iba a marcharse en ese mismo instante. Se había acercado en un gesto de travesura, para intentar confirmar que era lady V. Y ella había evadido sus preguntas.

Menuda estupidez asistir a la velada, atravesarse en su camino. Aunque sus pensamientos no se le habían reflejado en el rostro, el duque la había taladrado con la mirada, como si estuviera ansioso por conocer sus reflexiones. Sin contar la noche anterior, los hombres nunca la miraban con tanta intensidad. Minerva se esforzó por no sentirse halagada. Ashebury no se había acercado a ella porque se sintiera atraído, sino porque pensaba que iba a desvelar un misterio. Y eso la hizo preguntarse qué habría hecho si ella le hubiera confirmado sus sospechas. Quizás solo había buscado la satisfacción de resolver el enigma. Las normas del Nightingale le prohibían proclamar su identidad.

—Nunca hemos mantenido una conversación, ¿verdad? —preguntó él.

—No —al menos no en una situación socialmente aceptable.

—Un descuido que debería...
—¿Duque?

El aludido se volvió hacia la chillona voz que les había interrumpido, una voz que Minerva encontraba especialmente irritante, quizás porque la dama en cuestión había sido capaz de llamar la atención del duque con tanta facilidad. Odiaba sentir envidia y siempre controlaba la emoción cuando asomaba su fea cabeza.

Ashe sonrió amablemente, como si acabara de materializarse ante él la mujer de sus sueños.

—Lady Hyacinth. Qué regalo para los ojos.

Minerva sintió el impulso de propinarle un puñetazo en el hombro. Ahí estaba el motivo por el que nunca habían hablado realmente. Ella no era ningún regalo para los ojos de nadie. Haberlo dejado insatisfecho la noche anterior era la decisión más sabia que hubiera tomado jamás. Qué estúpida había sido al lamentarlo. No había considerado lo difícil que resultaría ver a un hombre con el que podría haber intimado flirtear con otras damas. De algún modo había pensado que sería inmune a esa clase de celos, que podría pasar una noche con él y luego seguir adelante. ¿Cómo conseguían los hombres hacerlo con tanta facilidad?

Lady Hyacinth se sonrojó de manera encantadora, aleteó las pestañas, y solo entonces saludó a Minerva con una casi imperceptible inclinación de la cabeza antes de volver a posar su mirada color esmeralda sobre el duque.

—Esperaba que pudiera tomar algo conmigo, si la señorita Dodger ha terminado de acapararlo.

Minerva se mordió la lengua, negándose a participar de la malicia tan típica de las damas. Le resultaba un comportamiento censurable. A los hombres, en cambio, parecía entusiasmarles.

—Me temo que era yo quien acaparaba su tiempo y no al revés —contestó Ashebury para sorpresa de Minerva.

No era de extrañar que las damas de Londres se mataran

por llamar su atención. Ese hombre había conseguido defenderla con suma naturalidad y sin ofender a lady Hyacinth.

—Pero tiene razón. Si me quedo mucho más, acabaremos por alimentar toda clase de habladurías —él tomó la mano enguantada de Minerva, hizo una leve reverencia y le besó los nudillos.

Minerva sintió el calor de su aliento atravesarle todo el cuerpo hasta los dedos de los pies, unos dedos que ya conocían la sensación de sus muslos.

—Gracias por apreciar mis penosos esfuerzos, señorita Dodger. Si alguna vez deseara ver las fotografías que lady Greyling encontró ofensivas, no tiene más que avisarme.

Pero Minerva no pudo hacer nada porque su voz la había abandonado repentinamente. La mirada de Ashebury se tornó somnolienta, como si acabara de despertar. Algo en esa mirada resultaba descaradamente carnal.

—También poseo una colección privada —añadió en un tono parecido a un ronroneo que, sin duda, había aprendido de alguno de los felinos que había visto en la naturaleza.

A continuación se dio media vuelta y acompañó a lady Hyacinth a la mesa. Minerva debería haber respondido a su comentario sobre la colección privada, debería al menos haber dicho algo que indicara que no sabía de qué demonios hablaba, aunque lo supiera de sobra. ¿Sabía él que ella lo sabía? ¿Habían sido sus palabras de despedida un valeroso intento por determinar si ella era la mujer cuyo tobillo había sujetado entre sus grandes manos? ¿Se había creído sus mentiras?

—Cielo santo, fue Ashebury —Minerva se volvió al oír la familiar voz y se preguntó de dónde había salido Grace, y cuánto tiempo llevaría observándola y, sobre todo, qué había podido leer en la expresión de ella que alguien que no la conociera tan bien no habría captado.

—¿De qué hablas? —le preguntó ella con toda la arrogancia de que fue capaz.

—Estuviste con Ashebury en el club Nightingale. Fue él el hombre que te dedicó su atención.

Minerva tragó nerviosamente, incómoda por mentir a su mejor amiga, pero había cosas que una mujer debía guardar para sí misma porque eran demasiado deliciosas para compartir. Por ejemplo, sus momentos con Ashebury.

—No seas ridícula. Simplemente hablábamos de las fotografías. Me parecen exquisitas.

—Me fijé en cómo lo mirabas. Te gusta mucho.

—¿Y puedes culparme por ello? Es muy atractivo, pero eso no significa que fuera él con quien estuve anoche. No saltes a conclusiones equivocadas, Grace. Resulta vulgar.

—Estás protestando demasiado —su cuñada se acercó y redujo la voz a un susurro—. Si fue él, hiciste bien en no permitir que las cosas llegaran más lejos. Él no te va.

—No buscaba un hombre que me fuera —contestó Minerva, también en un susurro. Había ido en busca de un hombre que pudiera proporcionarle unos buenos recuerdos—. Pero este no es ni momento ni lugar para hablar de eso. Admira las fotografías, Grace.

Con la duda reflejada claramente en su mirada, Grace al fin se apartó de ella y dedicó su atención al trabajo de Ashebury.

—Basándome en su reputación, no me extraña la sensualidad que reflejan.

Sensualidad, cierto. Luces y sombras enfrentadas. ¿Cómo las habría utilizado para fotografiarla a ella? Tenía que desviar sus pensamientos hacia otro terreno.

—Son retratos de animales, hombres trabajando, y niños jugando.

—Pero el león —insistió Grace sin abandonar el susurro, casi con reverencia—. Es como si estuviera mirando a una hembra que quisiera poseer. Se está preparando para reclamarla, tomándose su tiempo.

—Pues a mí me parece que se está preparando para cenarse a Ashebury.

—No seas ingenua, Minerva. He visto esa mirada en más de una ocasión en los hombres. Confía en mí, es deseo.

Minerva solo la había visto en una ocasión, la noche anterior en el dormitorio con Ashebury. Y le había dado la espalda.

A pesar de sus razonamientos anteriores, no pudo evitar sentir que había cometido una estupidez marchándose.

Mientras una dama tras otra pugnaba por recibir su atención, Ashe se preguntaba por qué su mirada seguía volviendo a la señorita Dodger, por qué la buscaba por todo el salón. Algunos caballeros la abordaron, pero era evidente, por su expresión de hastío, que lo hacían únicamente por cortesía o, quizás, por interés en una dote que prometía una vida regalada. También era obvio que a ella no le halagaban sus atenciones. No saltaban chispas, no se intercambiaban tórridas miradas.

Ashebury era incapaz de explicar el repentino interés que sentía por esa mujer. Si había estado cenando con la duquesa de Lovingdon, no podía ser lady V. Por otra parte, ¿cuánto habría durado la cena?

La había visto sonrojarse cuando le había hablado de la belleza del cuerpo humano, cuando la había invitado a ver aquello que no estaba permitido en una sociedad distinguida. Ashe había creído que ella sabía exactamente qué clase de fotografías eran las que más le interesaban a él. Creía haberla pillado, creía que le iba a proporcionar una pista que le indicara que, en efecto, habían estado juntos la noche anterior.

Estaba desesperado por descubrir la identidad de lady V, porque no podía quitársela de la cabeza. Ni siquiera cuando una de las debutantes más hermosas de Londres, lady Regina, le obsequiaba con su atención sin reservas, como hacía en esos momentos. El duque tenía que esforzarse por prestar atención a su anodino discurso sobre los ruiseñores.

De repente pensó que la joven le estaba dando pistas. La observó más atentamente. Los cabellos no eran los mismos. El tono de sus ojos, el pecho demasiado delgado. Nada encajaba. La manera en que soltaba sus pequeñas indirectas y lo miraba con una intención claramente sexual... No le cabía la menor duda de que no le costaría el menor esfuerzo convencerla para que posara para él. Pero la idea no le despertaba el menor entusiasmo.

Quería a la dama que se le había escapado.

¿La deseaba porque se le había escapado? ¿Había algo más? No quiso examinar sus motivos. Era poco probable que sus caminos volvieran a cruzarse. Le había soltado un montón de disparates sobre que no entregara su virginidad a cualquiera. Era poco probable que ella regresara al Nightingale. Lo más que podía esperar era encontrarse con ella en el Twin Dragons.

—¿Ves lo que te has perdido? —preguntó Edward a su hermano mientras contemplaba las fotografías.

—¿Una experiencia cercana a la muerte?

Era curiosa la manera tan distinta en que les había afectado la muerte de sus padres. Había transformado a Grey en una persona más precavida, como si temiera que la muerte acechara agazapada a la vuelta de cada esquina. En cambio a Edward lo había envalentonado, casi hasta el punto de que retaba a la Parca a que fuera a por él. Por Dios que si iba a morir joven iba a sacar el mayor partido a los años que le quedaban.

—Aventuras —contestó Edward.

—Creo recordar que en una de tus cartas te quejabas del calor y los insectos, y la falta de un buen whisky escocés.

—Si no recuerdo mal, tenía fiebre —Edward recordaba los escalofríos, el calor, el dolor en todo su cuerpo.

—Y mientras tanto yo disfrutaba aquí de una buena copa

de whisky, de todas las comodidades modernas, y noches en compañía de mi esposa.

Su hermano se esforzó por no poner los ojos en blanco ante el mortal aburrimiento que todo eso despertaba en él.

—¿No te apetece vivir una vida plena? Antes lo hacías.

—Supongo que sugieres que lo hacía hasta que conocí a Julia. El amor cambia a un hombre.

—Pues a ti te ha convertido en un flojo —gruñó Edward por lo bajo.

—Flojo, pero feliz. Está de nuevo embarazada. Rezo para que esta vez no lo pierda. La última vez creí que también la iba a perder a ella.

Quizás estuviera allí la razón de su cautela. Tenía miedo de enfadar a los dioses. En el lapso de dos años su esposa había perdido tres bebés.

—Solo digo que me gustaría que fuésemos a alguna parte, que hiciésemos algo divertido juntos. Como en los viejos tiempos.

—Ya no somos niños, Edward. Tenemos que madurar.

—Habla por ti mismo.

—Yo diría que estoy haciendo precisamente eso.

—Me apetece darte un puñetazo.

—Tienes una manera muy extraña de demostrarme tu amor —Grey sonrió.

Edward frunció el ceño, pero no contradijo al conde. Amaba a su hermano más de lo que había amado jamás a una persona. A los siete años, seguramente habría dejado de existir de no haber tenido a Albert para abrazarlo cuando supieron de la muerte de sus padres. No era capaz siquiera de imaginarse cómo había sido para Ashe, sin hermanos con los que compartir su dolor y su pesar.

—Por cierto —observó Grey—. No he visto a Locksley desde vuestro regreso. ¿Sigue en Londres?

—Ha ido a visitar a su padre —Edward sacudió levemente la cabeza.

—Mal asunto ese. ¿Te acuerdas cuando recorrió la mansión a caballo?

—Subió las malditas escaleras en medio de la noche —Edward rio al recordarlo—, persiguiendo al fantasma de su mujer. Una locura total. Cuando nos fuimos de Havisham, me llevó una eternidad acostumbrarme al tic tac de los relojes.

El desquiciado marqués de Marsden había parado todos los relojes de la residencia para que marcaran siempre la hora de la muerte de su esposa, como si todo lo demás se hubiera detenido en ese preciso instante.

—En su momento no lo entendía, pero ahora sí comprendo la profundidad de su dolor. Creo que yo también me volvería loco si perdiera a Julia. Sé que no os lleváis bien, pero es una mujer extraordinaria.

Extraordinaria aguafiestas.

—Te tomaré la palabra.

—Deberías intentar conocerla mejor.

—Un poco difícil de hacer, dado que me ha echado de casa.

—Y lo hizo con mis bendiciones. Eres un detestable borracho.

—No te darías cuenta si tú también bebieras. No es de muy buen gusto no acompañarme con una copa o dos.

—Son más de dos, y lo sabes muy bien. Además, tengo que atender las propiedades. No puedo relajarme tanto como tú —el conde se frotó la oreja derecha—. Ella quiere que te reduzca la asignación.

—Hazlo, si con ello logras mantener la armonía en tu matrimonio. Retíramela por completo.

—No seas ridículo. No pienso hacer tal cosa. Este no es ni el lugar ni el momento para hablar de ello. No debería haber sacado el tema.

Edward no soportaba que discutieran. Quizás debería beber menos, pero en su interior había un agujero negro que necesitaba llenar, y no sabía con qué.

—Me alegra que la tengas a ella —concedió no obstante—, que la ames.

—Así es. La amo. Es buena para mí.

Pero mala para Edward. Quizás no debería haberle robado un beso mientras fingía ser Albert. Había sido una broma inocente, pero ella se había ofendido tanto que cualquiera pensaría que le había levantado las faldas y visto los tobillos. Lo único que la salvaba, según Edward, era que, hasta dónde él supiera, su cuñada jamás le había hablado al conde del incidente.

—Caballeros —anunció Ashe uniéndose a ellos—. Lady Greyling empieza a empujar a los invitados hacia la salida, me voy al Dragons. ¿Alguien se viene conmigo?

—Por supuesto —respondió Edward de inmediato.

—Yo no —contestó Grey.

—Menuda novedad —su hermano gemelo bufó.

—Algún día te casarás, y agradecerás el tiempo del que dispondrás para estar a solas con tu esposa.

—Yo no soy el conde. No necesito proporcionar un heredero. No veo ningún motivo para adoptar una medida tan drástica como el matrimonio.

—El amor es motivo suficiente. ¿No estás de acuerdo, Ashe?

—Encuentro el amor bastante inestable. Yo amo a una mujer durante el tiempo que estoy con ella, nada más. Todavía no he conocido a la que me haga sentar la cabeza.

—No voy a rendirme con ninguno de los dos. Algún día encontraréis a una mujer que os cambiará la vida.

CAPÍTULO 7

Minerva no sabía por qué había decidido acudir al Dragons aquella noche. Seguramente porque había considerado regresar al Nightingale, pero temía que, si se encontraba allí a Ashebury, sus sospechas quedarían confirmadas. Maldita fuera su agudeza. Tras haber visto sus fotografías, había comprendido que no podría haber peor elección como amante de una noche. Ese hombre te observaba, te analizaba y se centraba con demasiada intensidad en los detalles. Sin embargo, después de haber visto su trabajo, casi lamentaba haberse marchado la noche anterior. Él había intentado explicarle lo que hacía, pero, hasta que no había visto el resultado de sus habilidades, no había comprendido realmente hasta dónde llegaba su talento. Se imaginó a sí misma tumbada en la cama con las luces y las sombras jugando sobre su cuerpo mientras él aguardaba tras la lente el momento perfecto para capturar su imagen. Y mientras tanto la estudiaría con tal intensidad...

Solo pensar en esa mirada azul fija en ella le elevaba la temperatura.

Y, sin embargo, de haber ido al Nightingale no se habría cruzado con él, no habría tenido la oportunidad de ser fotografiada. Porque él estaba allí, en el Dragons. Aunque ella prefería partidas de cartas privadas, con apuestas más elevadas, tras verlo allí eligió una mesa que no estuviera muy llena, con la esperanza de que el duque se uniera a ella.

El duque, no obstante, parecía preferir la ruleta.

A Minerva le resultaba un juego muy aburrido, ya que no requería ninguna habilidad, no le enfrentaba a ningún oponente. A ella le gustaban los juegos que implicaban más que suerte. Quizás había sido precisamente eso lo que la había animado a acudir al Nightingale. Ese lugar suscitaba una mezcla de emoción, misterio y ciertas dosis de habilidad para no ser descubierta.

Sin embargo, sería una estupidez permanecer allí, en el mismo salón de juegos, arriesgándose a que él confirmara que era lady V. Podría chantajearla, amenazar con destruir su reputación si no accedía a todas sus exigencias. Como si ella fuera a concederle a algún hombre tanto control. Se reiría en su cara...

—¿Disculpa? —preguntó lord Langdon.

¿Había soltado ese bufido en voz alta? Minerva sonrió a los caballeros sentados a la mesa.

—Esta noche las cartas no son buenas. Creo que voy a intentarlo con la ruleta.

—Tú aborreces la ruleta —contestó Langdon.

Ese era el inconveniente de participar en actividades con amigos de la infancia. Sabían demasiado de ti.

—Hoy me apetece algo diferente.

Algo diferente, más desafiante, un juego que no tenía nada que ver con cartas, dados o ruedas que giraban. Un juego que dependía de su inteligencia. Quizás el duque hubiera sospechado que podría ser lady V, pero ella se había encargado de quitarle esa idea. Pero ¿qué había de malo en volver a cruzarse en su camino? Sobre todo porque ese hombre le despertaba una enorme curiosidad.

—Si los caballeros me disculpan...

Dejó las cartas sobre la mesa, dos reinas y dos dieces con los que tenía un noventa y ocho por ciento de probabilidades de ganar a cualquier otra mano, incluso después de que los caballeros se hubieran deshecho de sus cartas malas, llamó a un joven criado para que le recogiera las fichas que le quedaban y le pidió que se las cambiara por un bono mientras ella se dirigía a la ruleta donde estaba Ashebury, al parecer mortalmente aburrido, a pesar de que lady Hyacinth prácticamente estaba colgada de su cuello.

Minerva no se había fijado hasta entonces en la presencia de la joven. Reconsideró su decisión y estuvo a punto de pasar de largo cuando la mirada de Ashebury aterrizó sobre ella. De repente ya no parecía aburrirse. Sus ojos azules brillaron con calidez ante el interés despertado. ¿O sería una simple ocurrencia suya basada en el deseo?

Minerva se situó justo enfrente de Ashebury. Tras saludarlo con una leve inclinación de cabeza, cambió unas monedas por fichas. Sin dudar, colocó la mitad de las fichas sobre el veinticinco negro. Esperó a que el resto de jugadores hiciera sus apuestas. Esperó mientras el crupier indicaba que ya no se admitían más apuestas y, con un hábil golpe de muñeca, hacía girar la rueda y mandaba la bolita rodando, saltando, rebotando, parándose…

La mirada de Ashebury permaneció fija sobre ella en todo momento, y Minerva esperó que no la estuviera imaginando con una máscara con plumas y lentejuelas. A lo mejor había sido una estupidez darle otra oportunidad para que la observara. No era tan presuntuosa como para pensar que ella, Minerva Dodger, se bastara para mantener el interés durante mucho tiempo, aunque, desde luego, fantaseaba con ello.

—Veinticinco negro —anunció el crupier.

Alrededor de la mesa se oyó un murmullo. Ashebury entornó los ojos.

—Llevo aquí dos horas y nadie había conseguido acertar.

—Tengo mucha suerte en el juego —contestó ella con toda la humildad de que fue capaz.

—Aunque no con los hombres —intervino lady Hyacinth con sarcasmo.

Los hombres que rodeaban la mesa se pusieron tensos. Una de las cosas que no había considerado Drake Darling al abrir su establecimiento a las mujeres era que, en ocasiones, la gatitas clavaban las uñas de una manera muy desagradable.

—No —reconoció Minerva—, con los hombres no. De modo que supongo que hago bien no andando por ahí colgándome de ellos como si fuera una prenda de vestir.

Lady Hyacinth parpadeó varias veces, abrió la boca y la volvió a cerrar, como si le costara descifrar las palabras que acababa de oír, aunque sospechara que se trataba de una especie de insulto.

—Tengo la impresión de que sus palabras han pretendido insultar mi carácter.

—Ha sido una simple observación. De todos modos, ¿le gustaría solucionarlo en el cuadrilátero de boxeo?

—Desde luego yo pagaría por ver eso —anunció Edward Alcott con una gran sonrisa.

—Apuesto todo mi dinero por la señorita Dodger —exclamó Ashebury.

Lady Hyacinth dio un respingo y se apartó del duque antes de mirar furiosa a Minerva.

—Las damas no arreglan los asuntos en el ring. Debería haber nacido para llevar pantalones.

¿Se trataba de un intento de ofender? Minerva debería dejar de provocar a esa joven, pero no podía.

—¿Y quién dice que no puedo llevarlos si quiero? Tengo dos piernas. Los pantalones también. A mí me parece que podría funcionar. A lo mejor pruebo. Ya se lo haría saber.

—No me extraña que sea una solterona y que ningún hombre desee estar con usted.

Mientras Minerva consideraba si había algo que ganar en señalar que muchos caballeros le habían pedido su mano, un hombre corpulento se acercó y agarró a lady Hyacinth del brazo.

—Milady, su coche aguarda.

—No he pedido el coche.

—Aun así, le aguarda.

—No pasa nada, Greenaway —intervino Minerva, dirigiéndose al encargado de mantener el orden—. Ya me había aburrido de este juego.

Hizo un gesto al muchacho que había recogido sus fichas en la mesa de las cartas. El chico se acercó rápidamente, le entregó el vale que había obtenido poco antes y empezó a recoger las fichas ganadas en la ruleta.

—Son para ti —le susurró ella al oído.

—Gracias, señorita Dodger —el muchacho abrió los ojos desmesuradamente.

—Caballeros. Milady —Minerva sonrió a las personas que rodeaban la ruleta—. Espero que mejore su suerte.

Cuando se hubo alejado unos doce pasos de la mesa, bajó las defensas y sintió la profunda puñalada de las palabras de lady Hyacinth. A pesar de las proposiciones de matrimonio, sabía que esos hombres no la habían deseado a ella. Solo deseaban su dinero. La mayoría habían sido amables. Algunos habían fingido interés. Otros se habían mostrado directos. Prefería a los directos, le gustaba saber en qué posición se situaba, y le resultaba mucho más fácil rechazar al pretendiente sin ofenderlo ni preocuparse por si lastimaba su orgullo.

Pero en esos momentos era su orgullo el que estaba profundamente herido. La noche anterior, Ashebury había mostrado interés por ella, pero desconocía su identidad. Ella se había mostrado misteriosa, provocativa, interesante. Hacía unos instantes había apostado por ella y, si bien su primera impresión había sido que lo hacía para mostrarle su apoyo, la segunda lo descartó. Había apostado por ella porque era muy consciente de que las probabilidades de tener un buen golpe de derecha eran mayores en el caso de la plebeya señorita Dodger. En realidad lo suyo era el golpe de izquierda, pero tanto daba. En una ocasión había tumbado a su hermano pequeño. Su padre era un plebeyo, antiguo dueño de un salón de juegos, y ella conocía los entresijos de ese mundo como la palma de su mano.

—¿No irá por casualidad al salón de baile? —preguntó una voz familiar a su espalda.

Minerva se paró en seco y reconstruyó rápidamente el muro protector antes de volverse hacia Ashebury.

—Excelencia, aún no he decidido qué juego probar a continuación, pero ni me había planteado ir al salón de baile.

—Pues ojalá lo hiciera. Me gustaría que me honrara con un baile.

Habría bastado con que la rozaran con una pluma para que cayera de bruces al suelo.

—¿Después del espectáculo que he montado? No me hace falta su compasión.

—No se trata de compasión, sino de admiración. Esa joven había bebido demasiado y, por otra parte, no es muy avispada. Usted, sin embargo, es afilada como un látigo y podría haberla hecho pedazos. Pero no lo hizo.

¡Por Dios santo! ¿A qué clase de mujeres maliciosas le gustaba seducir? En cualquier caso, a Minerva le halagaba que la considerara una mujer inteligente. Sus agudos comentarios solían intimidar a la mayoría de los hombres, pero Ashebury no era como la mayoría de los hombres.

—No se gana nada infligiendo esa clase de dolor. No ha sido propio de mí ni siquiera burlarme de ella.

—Pues yo diría que era ella la que se burlaba.

—Acaba de ser presentada en sociedad ante la reina. Es joven. Yo ya he vivido varias temporadas sociales. Debería haber mantenido la boca cerrada.

—Me alegra que no lo hiciera. Y creo que todos los caballeros que estaban en torno a la mesa de la ruleta estarán ahora mismo imaginándose a sus damas vestidas con pantalones.

El duque posó una penetrante mirada sobre las faldas de Minerva, que sintió que se le secaba la boca. Ese hombre parecía tener la habilidad para ver a través de la ropa y saber exactamente qué aspecto tenían sus piernas. No solo los tobillos y los pies, sino hasta las mismísimas caderas.

—¿Alguna vez los ha llevado?

No debería admitirlo, pero cuando estaba con Ashebury al parecer hacía cosas que no debería.

—En la residencia de mi hermanastro.

—¿El duque de Lovingdon? —Ashe frunció el ceño.

—Enhorabuena. Nuestro árbol genealógico es un poco complicado.

—Puede describírmelo entero mientras bailamos.

Las manos de Minerva, que nunca sudaban, de repente empezaron a humedecerse. La idea de bailar con ese hombre dibujó en su mente imágenes de otras cosas que podría hacer con él, cosas que habría hecho de no haberse marchado la noche anterior.

—Supongo que podría dirigirme hacia el salón de baile.

—Permítame acompañarla.

Y tal y como había hecho la noche anterior, el duque le ofreció su brazo, y ella lo encontró igual de firme y musculoso. Se lo imaginó paseando por la jungla, peleándose con leones.

—¿Qué hombro? —preguntó.

Él la miró. Si bien era considerablemente más alto que ella, no miró hacia abajo sino más bien por encima de ella. La hacía sentirse delicada, siendo probablemente la mujer menos delicada de todo Londres. Aun así, a Minerva le agradó la sensación que le despertaba. Ningún otro hombre había hecho nada parecido.

—¿Disculpe?

—El león. ¿En qué hombro hundió sus dientes?

—Ah. El izquierdo, aunque fue más bien rozar que clavar. Edward tiende al dramatismo. Le hace resultar atractivo a la par que irritante, según tu estado de ánimo en cada momento.

—Y aun así es su amigo.

—La tragedia produce extraños compañeros de cama —el duque sonrió con desprecio hacia sí mismo.

Minerva pensó que lo mismo sucedía cuando te convertías en una solterona, pero se guardó la opinión para sí misma.

—¿La ruleta está trucada? —preguntó él de improviso.

—¿Disculpe?

—Como le dije, llevaba dos horas perdiendo dinero. Y de repente se acerca a la mesa, hace su apuesta, y gana. Me resulta un tanto sospechoso considerando, además, su relación con este establecimiento.

Llegaron al salón de baile, rodeado de espejos. A Minerva siempre le había parecido un desperdicio de lugar, ya que era frecuentado por muy pocas personas, y no generaba ganancias. Había heredado el olfato para los negocios de su padre, así como la tendencia a analizar cada situación, cada caballero que mostrara interés por ella. No se dejaba llevar por las apariencias, sobre todo cuando se trataba de halagos y flirteos.

—No sé cómo podría trucarse. Además, no tiene ningún sentido permitirme ganar deliberadamente cuando este establecimiento fue el origen de la fortuna de mi padre.

—¿Una cuestión sentimental, quizás?

—No. Drake Darling tiene una mente para los negocios que no se lo permitiría. Por eso mi padre le vendió el negocio a él. Sabía que bajo su dirección seguiría siendo rentable. Además, los empleados me conocen lo suficiente como para saber que no me gustaría que me dejaran ganar. Me gustan los desafíos. Jugar no tiene ningún sentido si el juego está amañado a tu favor.

De repente, a Minerva se le ocurrió que quizás precisamente por eso había decidido renunciar a una nueva temporada social. Con su dote, las probabilidades de encontrar marido estaban amañadas a su favor. Pero lo que ella quería no era un marido. Quería a un hombre que la amara.

—Es que se la veía con tanto aplomo —insistió él—. No dudó ni un instante al hacer su apuesta.

—Cuando juego a la ruleta, me dejo guiar por mi instinto, no pienso a qué número apostar. Es una cuestión de suerte.

—Entonces se sitúa al mismo nivel que los hombres, sin lloriquear ni pedir consejo.

—Prácticamente me crie aquí. Sería una hipocresía por mi parte fingir que no conozco los entresijos de este lugar, ni a mí misma. Opino que cada persona debería responsabilizarse de sus acciones. Habría aceptado la derrota con elegancia.

—Pero siempre es más divertido ganar. ¡Ah, empieza un vals! ¿Bailamos?

Minerva apenas había asentido cuando se vio arrastrada hasta la zona de baile. El duque la abrazaba apretadamente, desafiándola con su intensa mirada a que lo rechazara. Estaban en un antro de vicio y pecado. No iba a comportarse como una hipócrita. Además, le gustaba sentirse tan cerca de él, aspirar la fragancia a sándalo mezclada con el olor a whisky.

—Nunca le he visto sentado a la mesa de las cartas, Excelencia.

—Las cartas exigen demasiado esfuerzo. Hay que pensar todo el rato, intentar constantemente ser más listo que los demás. Me gusta la ruleta porque es un juego sencillo que me permite la libertad de centrarme en cosas más... interesantes.

—¿Como lady Hyacinth? —preguntó Minerva. Su atención no se había desviado de ella ni un instante y empezaba a creer que la encontraba interesante.

—No. Como usted.

La señorita Minerva Dodger se había mantenido en la periferia del mundo de Ashe durante mucho tiempo, pero hasta que lady Hyacinth no se refirió a ella como «solterona», no comprendió cuánto tiempo había durado aquello. Se consideraba a sí misma vieja, y una mujer que se consideraba vieja y sin perspectiva de casarse podría muy bien decidir hacer una visita al Nightingale.

Si se lo preguntara abiertamente, ella lo negaría, de eso estaba seguro. También lo estaba de que ella era lady V.

El salón de baile no estaba tan bien iluminado como el de lady Greyling, y las llamas de las velas iluminaron los cabellos de la señorita Dodger de un modo que le recordó a los de lady V. Con ella en sus brazos, fue capaz de hacerse una mejor idea de su cuerpo. Hubiera preferido verla vestida con esos pantalones a los que había hecho alusión en la mesa de la ruleta. En ese caso no habría tenido la menor duda. Y, sin embargo, la duda que experimentaba en esos momentos era minúscula. De nuevo le asaltó la fragancia a verbena.

Se preguntó si habría alguna posibilidad de que ella regresara al Nightingale, de que permitiera a otro acompañarla a un dormitorio...

La mera idea hizo que todo su cuerpo se tensara, y tuvo que controlarse para no aplastar su cuerpo contra el de ella. Si otro hombre la tocara, sería capaz de cometer un asesinato. El duque no recordaba haber conocido a otra mujer tan osada, fuerte, segura de sí misma. No se echaba atrás. Le hubiera encantado verla en acción en el cuadrilátero de boxeo.

—Se habría manejado bien ahí abajo, ¿verdad? —preguntó.

—¿En el cuadrilátero? Bastante bien. Mi padre no me permitió crecer en la ignorancia. Desde muy pequeña me enseñó a valerme por mí misma. Me enseñó a golpear del modo más efectivo, y me dejó practicar con mis hermanos. Nunca tuve que soportar sus burlas como hacen otras hermanas. En realidad me temen. Incluso a día de hoy.

Una mujer con todas esas habilidades no tendría por qué temer ir al Nightingale. Y lady V ya había dejado caer que, si Ashe se propasaba, preferiría ser ella quien lo matara en lugar de dejárselo a su padre. Era una luchadora, nadie a quien se pudiera tomar a la ligera, a quien se pudiera ignorar, aunque parecía que muchos hombres hacían precisamente eso. Él mismo lo había hecho.

—Me estoy imaginando una fotografía en la que salga

detrás de las cuerdas, los puños en alto, la piel brillante de sudor.

—Yo jamás sería tan vulgar como para sudar. Como mucho, mi piel estaría empañada por una ligera humedad.

—Mejor aún. Los cabellos revueltos con varios mechones sueltos. ¿Sus cabellos son rojizos?

—Depende de la luz. Creo que es lo único que he heredado de mi madre. El resto, me temo, es de mi padre, lo que me convirtió en una mujer bien parecida según palabras de un caballero que deseaba ganarse mis favores. A mí no me pareció una descripción muy halagadora, sobre todo porque su tono indicaba que él mismo no se creía ni una palabra. Sus sentimientos iban más por la línea de que esperaba que Dios se mostrara misericordioso a la hora del nacimiento de nuestros hijos. Y no tengo ni idea de por qué se lo acabo de contar.

—Ese tipo parece un idiota.

La sonrisa de Minerva transformó su rostro en algo extraordinario. Algo que él se moría por capturar entre luces y sombras.

—Me atrevería a decir que a mí me pareció que lo era —asintió ella—. Puede que mi rostro sea anodino, pero no soy horrenda.

—No es anodina.

—Es muy amable al decirlo.

Era evidente que no se creía ni una palabra, hecho que al duque le resultó de lo más interesante.

—Si ya estaba hablando de hijos con el idiota, quiere decir que sus intenciones eran serias.

—Lo eran. Sin embargo, cuando rechacé su proposición de matrimonio, me advirtió que me quedaría para vestir santos. A lo que yo respondí que prefería ser una solterona antes que su esposa. Es evidente que no domino el arte de flirtear.

Quizás no, pero aun así Ashebury se sentía cada vez más fascinado por esa mujer. Le gustaba su franqueza. Era sincera hasta un punto que no creía haber visto nunca en una mujer.

Resultaba refrescante. Desafiante. Nunca sabía lo que podía esperar de ella.

—No me parece lo bastante mayor como para ser etiquetada como solterona.

—Pues lo soy. Dudo que asista a muchos bailes esta temporada.

—Entonces me alegra tener la oportunidad de poder bailar con usted esta noche.

—Me imagino de lady Hyacinth sentirá que la haya abandonado.

—Su hermano apareció en cuanto usted nos dejó y se la llevó.

A medida que las palabras salían de su boca, comprendió lo ofensivas que debían resultar para ella, sobre todo al ver el destello de decepción en su mirada antes de desviarla hacia la orquesta que tocaba en el balcón.

—De todos modos, la habría dejado —añadió presuroso, recuperando su atención—. No aguanto mucho a las jovencitas. Quizás porque yo crecí muy deprisa.

—Sé que han pasado muchos años, pero siento mucho la pérdida de sus padres. No puedo siquiera imaginarme la desolación que experimentaré cuando los míos se vayan.

—Sigo echándolos de menos. Es curioso, dado que solo los tuve durante los primeros ocho años de mi vida. Hay aspectos que apenas recuerdo de ellos, y en cambio otros están tan claros en mi mente como si hubiera estado con ellos ayer mismo. No obstante, no me entristece hablar de ellos, no tiene de qué preocuparse.

—¿Es verdad lo que dicen del marqués?

—¿Lo de que está loco?

Ella asintió.

—Completamente verdad.

Lo dijo con total naturalidad. Sin prejuicios ni temor o reproches.

—Debió resultar tremendamente complicado —observó Minerva.

—No especialmente. No era cruel. En muchas ocasiones no nos dedicaba su atención, pero nos teníamos los unos a los otros, de manera que nos daba igual. Creo que se rompió cuando su esposa murió.

—La amaba tanto… —afirmó Minerva asombrada, aunque sospechaba que sus padres podrían reaccionar de un modo muy parecido si uno de ellos muriera. Ni siquiera quería considerar esa posibilidad.

—Eso creo —Ashebury asintió.

—¿Y no le hizo querer buscar un amor así?

—Al contrario. Me convenció de que debía evitarlo.

Entonces, ¿por qué la sujetaba tan fuerte, guiándola sin esfuerzo por el salón de baile? Quizás se tratara de lujuria. Minerva estuvo a punto de soltar una carcajada. ¿Cuándo había sentido un hombre lujuria por ella?

La noche anterior. Quizás. Pero solo un poco. El beso desde luego había exigido un mínimo deseo.

El duque posó la mirada sobre los labios de Minerva que sintió las cosquillas, como si guardaran los recuerdos de aquel beso, de la sedosidad de su lengua mientras dibujaba el contorno de sus labios. Ashebury tenía una boca preciosa. Amplia y carnosa, hecha para el pecado, lo bastante habilidosa para que una mujer perdiera la cabeza. Ella sospechó que más de una ya lo había hecho. Y ella había estado a punto de ser incluida en el selecto grupo.

Con cierto sobresalto, se dio cuenta de que la mirada del duque se había deslizado más abajo. Parecía estar estudiando su mandíbula. Él era un hombre que apreciaba la fuerza y solidez. ¿Reconocería la suya? Qué mortificante resultaría si su mandíbula cuadrada la delataba.

Pero los ojos azules se fundieron de nuevo con los suyos y Ashe no pareció mostrar ningún indicio de haber averiguado algo nuevo, aunque ella habría jurado que la expresión de su mirada era como la del león. Qué extravagantes pensamientos.

La música cesó y dejaron de bailar. Pero Ashebury no la soltó.

—Realmente no recuerdo haber conversado con usted antes de hoy —observó él.

—Nunca le faltan mujeres adulándole.

—Pero usted no es de las que adula, ¿verdad que no, señorita Dodger?

—Nunca he conocido a un hombre que mereciera ser adulado —Minerva soltó una pequeña carcajada—. Quizás por eso soy una solterona.

—O quizás los hombres son idiotas.

—Eso se da por hecho, ¿no?

—Debería sentirme insultado —el duque rio por lo bajo.

—Pero no es así.

—No —él deslizó una mano enguantada por la barbilla de Minerva y ella deseó que no hubiera tejido que separara su piel de la suya.

Se estaba comportando como una estúpida, babeando por ese hombre como todas las damas de Londres.

—Gracias por el baile —ella carraspeó para aclararse la garganta—, pero debo marcharme. Se ha hecho muy tarde.

—¿Volverá mañana?

El corazón de la joven tembló ante la pregunta, ante el posible interés.

—No, tengo que estar en otro lugar.

—Quizás, con suerte, no evite todos los bailes de la temporada y tengamos la oportunidad de volver a compartir uno.

—Quizás. Buenas noches, Excelencia.

—Buenas noches, señorita Dodger —el duque se llevó la delicada mano a los labios, pero no interrumpió el contacto visual.

Aprovechando que las rodillas aún la sujetaban, Minerva se marchó con toda la calma de que fue capaz. Sin embargo a su mente solo acudía una imagen, la de ella tumbada en una cama mientras él la fotografiaba.

Tras la marcha de la señorita Dodger, el atractivo del Dragons pareció disminuir. Ashe se paseó entre las mesas de juego durante media hora antes de dirigirse al salón privado para caballeros donde se acomodó en un sillón junto al fuego. No llevaba ni un minuto allí cuando Thomas le acercó una copa con dos dedos de whisky escocés. No reconoció al criado, pero en esa estancia todos se llamaban Thomas, de ese modo se ahorraba a los socios del club la molestia de tener que aprenderse varios nombres. Todos los criados conocían las preferencias en cuanto a bebidas de cada miembro, sin duda labor del camarero jefe. El duque se deleitó saboreando el excelentísimo licor y permitió que sus pensamientos vagaran hasta la señorita Dodger.

Todavía notaba el olor a verbena. Si esa mujer no resultaba ser lady V, se comería su sombrero en medio de la plaza Trafalgar. Conocía su contorno, había rodeado el delicado tobillo con sus dedos, aún sentía la impresión del pequeño pie sobre su muslo. Pero lo que más le fascinaba en esos momentos no era lo que había descubierto la noche anterior, sino lo que había averiguado hacía unos minutos.

Bailar con ella tenía su encanto. Conversar con ella, mucho más. Se sintió atraído hacia esa mujer como nunca se había sentido atraído hacia ninguna.

—La señorita Minerva Dodger tiene la boca menos atractiva de todo Londres.

La afirmación, más bien balbuceada, fue recibida con murmullos de asentimiento. Ashebury se volvió lentamente hacia unos sillones agrupados, ocupados por varios caballeros que, a juzgar por el tono enrojecido de sus mejillas, llevaban ya unas cuantas copas. ¿Una boca poco atractiva? El duque no recordaba haber visto otra más atractiva en su vida. Los labios, con su forma acorazonada perfecta, eran carnosos. Los recordó como los había visto la noche anterior, enmarcados por la maldita máscara. Recordó cómo lo habían acogido cuando posó su boca sobre ellos, el modo en que se habían abierto para soltar un suspiro.

—Ya te dije que no aceptaría tu petición de mano, Sheridan —continuó lord Tottenham—. De modo que te toca pagar la apuesta.

—¡Déjame en paz, Tottenham! Y maldita sea esa mujer por las opiniones tan insolentes que salieron de su boca.

Al parecer no era la forma de esos deliciosos labios lo que Sheridan encontraba poco atractivo, sino las palabras que pronunciaba. Ashe tampoco podía estar de acuerdo con él en lo segundo, y no se le ocurría ninguna otra mujer que tuviera una conversación más interesante. Recordó su empeño en el enamoramiento de los chimpancés. Pero, aparte de su sinceridad, también era tierna y con pequeños toques de elegancia.

—¿Sabíais que esa mujer tuvo la audacia de decirme que no encajábamos? —continuó Sheridan.

Ashe estuvo a punto de gritar «¡Bravo por ella!». No se imaginaba a Minerva con ese sapo arrogante. Los dos habrían sido desgraciados. Pero lo peor llegó cuando pensó en Sheridan metido en la cama con ella. El duque tuvo que dejar el vaso a un lado so pena de romperlo por la fuerza con la que lo sujetaba ante la desagradable imagen que se había formado en su cabeza.

El lacayo apareció de repente a su lado para rellenarle el vaso.

—¿Thomas? —Ashe se dirigió al joven, que ya se apartaba discretamente.

El duque dio un golpecito en el vaso y el chico le echó un poco más.

—Hasta arriba, muchacho.

—Se habría convertido en condesa, mucho más de lo que se merece, teniendo en cuenta quién es su padre.

Un silencio, profundo y tenso, fue la única respuesta a la observación. Quienes aspiraban a morir de viejos sabían que no debían menospreciar a Jack Dodger, sobre todo en el antro de juego que había sido de su propiedad. Sheridan no era lo bastante avispado para la señorita Dodger y el respeto que Ashe ya sentía por ella subió varios enteros. A muchas mujeres solo les importaba el título. Al parecer, la señorita Dodger buscaba algo más.

—De todos modos, da igual quién sea su padre —murmuró Sheridan en medio del silencio—. No tiene ni un átomo de docilidad en todo su cuerpo. Nadie la quiere. Es prácticamente una solterona, debería haber estado mendigando mi atención, la muy inútil.

—No te lo tomes como algo personal —intervino lord Whittaker—. Esa mujer nos ha privado a todos de la posibilidad de acceder a su dote. Ella lo que busca es amor.

—Pues no va a encontrarlo, la muy arpía. ¿Para qué iba a querer alguien atarse a una mujer que dice lo que piensa en lugar de asentir a lo que dice su marido? Resulta malditamente irritante.

—Ahí tienes razón —asintió Tottenham—. Le hice una visita de cortesía y tuvo la osadía de mostrarse en desacuerdo con todas las opiniones que yo formulaba. Cásate con ella, acuéstate con ella, y envíala lejos de aquí. Es lo que yo digo. Es la única manera en que un caballero pueda tener algo de paz si la toma como esposa.

Ashe se levantó...

—Nunca he conocido una mujer tan mandona y desagradable.

...tomó el vaso de la mesita...

—Se merece convertirse en una vieja solterona.

...se acercó a los hombres en cinco grandes zancadas.

—Que le den a su dote.

—Aunque sea una dote impresionante —observó Whittaker.

—Pero ella, sin embargo, no es nada impresionante —

añadió Sheridan—. No es bella y, como he dicho, cuando abre esa boca…

Ashe arrojó el vaso entero de whisky escocés a la fea cara de Sheridan. El hombre se levantó de un salto, escupiendo y tosiendo.

—¿Qué demonios, Ashebury?

—Mis disculpas, milord. He debido tropezar.

Un lacayo arrancó discretamente el vaso que Ashe seguía agarrando con fuerza.

—Si vuelves a despreciar a la señorita Dodger, me temo que voy a tropezar de nuevo, solo que lo haré con el puño por delante.

—¿Y a ti qué te importa? Esa estúpida…

Y Ashe tropezó. Con el puño por delante. Aterrizando sobre la mandíbula de Sheridan. La cabeza del noble fue lanzada hacia atrás, seguida del cuerpo. Se tambaleó y cayó al suelo. Ashe dio un paso al frente y se colocó a su lado.

—Esa… dama.

—No es una dama —Sheridan lo miró furioso mientras se frotaba la mandíbula con la mano—. Su padre no posee ningún título.

—Aunque así sea, se comporta como una dama, mientras que vosotros no lo hacéis como caballeros. Más bien actuáis como un puñado de lavanderas cotillas. Muestra un poco de dignidad y guárdate tus fracasos para ti mismo.

Ashe se dio media vuelta y salió de la estancia. No sabía por qué había reaccionado tan visceralmente. Si lady V era, efectivamente, la señorita Dodger, empezaba a comprender sus motivos para acudir al Nightingale, sobre todo si tenía que vérselas con semejantes pomposos. Seguramente se había enfadado porque sentía que Sheridan estaba menospreciando su opinión.

Mientras bailaba con la señorita Dodger había estado a punto de llevarla a un rincón oscuro y robarle un beso, pero no lo había hecho porque no estaba seguro de ser capaz de detenerse ahí. Por otra parte, si estaba en lo cierto sobre su identidad, quizás ella no habría querido que se detuviera. Quizás le habría animado a que fuera mucho más allá, incluso lo habría acompañado a su casa.

Menudo aventurero, pues ni siquiera se lo había preguntado. Pero su instinto le decía que las cosas no habrían salido tal y como se las estaba imaginando. Era demasiado pronto. La dama aún no estaba preparada para dar el siguiente paso.

Sin embargo, con un poco de persuasión por su parte, sí habría accedido. Y él, que había jurado que solo tomaría una virgen en su vida, aquella con la que se casara, empezaba a considerar que quizás había hecho ese juramento un poco precipitadamente.

CAPÍTULO 8

—Estás muy callada esta mañana.

Minerva bajó el periódico y miró a su padre que, sentado muy cerca de ella, leía su propio periódico. En cuanto sus hijos habían aprendido a leer, había insistido en que el mayordomo les dejara un ejemplar del *Times* a cada uno de ellos en su sitio de la mesa para que lo tuvieran disponible en cuanto bajaran a desayunar. Debían estar al corriente de lo que sucedía en el mundo, aunque no necesariamente al corriente de la moda o el tiempo. Lo que esperaba de ellos era poder discutir sobre sucesos que tendrían algún impacto en la economía, los negocios y la nación. Y esa empresa requería estar informado al máximo. Él había reinado en el lado oscuro de Londres, pero estaba decidido a que sus hijos prosperaran y triunfaran lejos de ese lugar.

—Estoy leyendo el periódico —contestó ella.

La primera regla era no hablar mientras alguien leía.

—No, no lo estás.

Nada se le escapaba a Jack Dodger, y ese era la principal razón de su supervivencia en las calles, de que hubiera construido un negocio de éxito y de que, si los rumores eran ciertos, fuera el hombre más rico de Inglaterra. Él ni afirmaba ni negaba tal especulación. Su padre era también un hombre entusiasta de los secretos. Poseía unos cuantos, y se le daba muy bien guardarlos.

Y de repente era Minerva la que tenía un secreto, que seguramente rivalizaba con los más inapropiados de su padre. No era su único secreto. Le hurtaba los cigarrillos y el licor. Blasfemaba, aunque nunca delante de sus padres. Pero esos secretos parecían una chiquillada, una tontería, comparados con el último. El que la había mantenido despierta casi toda la noche, pensando en Ashebury, preguntándose qué pasaría si se atreviera a volver a aparecer por el Nightingale. Si volvía a encontrarse con el duque allí, no podría echarse atrás de nuevo. Se lo impediría, más que nada, su orgullo.

—¿Qué te preocupa? —preguntó su padre mientras dejaba el periódico a un lado.

Esa tozudez que tanto había contribuido a su éxito, rara vez permitía a sus hijos escapar a su escrutinio cuando sospechaba que ocultaban algo. Si bien se trataba de una habilidad admirable, a Minerva no le gustaba en absoluto cuando se dirigía contra ella. Aun así, sabía que su padre no se rendiría hasta haber conseguido su respuesta.

—Creo que ha llegado el momento de admitir que no soy la clase de mujer con la que los hombres se casan.

Sin apartar la mirada de su hija, el señor Dodger reflexionó unos instantes.

—¿Debería aumentar la dote?

—¡Cielo santo, no, papá! —ella rio—. Mi dote es lo bastante grande como para atraer a cazafortunas del otro lado del charco. No, tiene que ver más bien conmigo. Yo no soy la clase de mujer de la que los hombres se enamoran locamente. No me encuentran suficientemente dócil.

—Si no saben apreciarte, que se pudran. No quiero que cambies siquiera por uno de ellos.

Ese hombre defendería a sus hijos hasta la muerte, y ella lo amaba por eso.

—No era mi intención. Sin embargo, te pondré un ejemplo. Anoche, en el Dragons, desafié a lady Hyacinth a enfrentarse a mí en el cuadrilátero de boxeo.

—Pues habrías atraído a una buena cantidad de público —él enarcó las cejas y asintió levemente—. ¿Cuánto ibas a cobrar por la entrada?

En cualquier otro hombre habría sido una broma, pero Minerva sabía que su padre hablaba en serio. Él jamás declinaba una oportunidad de añadir más dinero a sus arcas. Cualquier otro padre se habría escandalizado, pero él valoraba la fuerza, el coraje y el valor.

—No tenía pensado cobrar nada. Fue un desafío vacío que no iba a cumplir. Ella me dijo algo muy desagradable y yo reaccioné estúpidamente.

—Hablaré con su padre esta mañana. Para esta tarde ya te habrá pedido disculpas.

La influencia de Jack Dodger era tal que obtenía lo que deseaba de cualquier confrontación. Algunos sentían terror cuando lo veían aparecer ante su puerta.

—No será necesario. Ya me encargué yo de la situación.

—¿Qué te dijo? —su padre la observó detenidamente, sin duda intentando decidir si él podía sentirse satisfecho con el modo en que ella se había ocupado.

—No me acuerdo exactamente. Algo sobre el motivo por el que soy una solterona. Nada importante. Lo que sí importa es que las damas no se enzarzan en peleas a puñetazos, y a pesar de eso le lancé la posibilidad, allí mismo, delante de todos, como si se tratara de algo perfectamente normal y aceptable. Doy la impresión de ser masculina, un marimacho, en lugar de femenina y delicada.

—Das la impresión de ser una mujer con recursos suficientes para cuidar de ti misma.

—No todo el mundo aprecia ese detalle en una dama.

—No te interesa alguien que no lo haga.

—Esa es la cuestión. No creo que exista un hombre que

me acepte como soy. Al menos no entre la nobleza. No cuando se tiene tan en cuenta el comportamiento apropiado, y se espera que las damas cedan ante sus esposos en todo. Yo no tengo la habilidad para ceder.

—Pues no te cases con un noble.

Hasta ese instante, Minerva ni siquiera había considerado la posibilidad de casarse con un plebeyo.

—¿No te sentirías defraudado? Sería como ganar un trofeo para ti, un hijo de la calle cuya hija entra a formar parte de la nobleza.

—Nunca he perseguido los trofeos —su padre sonrió comprensivo—. Cásate con un carnicero, un panadero, un fabricante de candelabros. O no te cases. Me da igual. Y a tu madre también. Lo único que queremos es que seas feliz.

De no ser una mujer tan pragmática, Minerva se habría echado a llorar. A pesar de su brusquedad, había momentos en que su padre decía cosas que en el fondo resultaban muy dulces y sentimentales.

—¿Y si mi felicidad residiera en hacer algo indebido?

—¿Robarme los puros, por ejemplo?

—¿Lo sabías? —ella lo miró con ojos desmesurados.

—Sé contar.

—Podrían haber sido mis hermanos.

—Ellos nunca han sido tan atrevidos como tú —el señor Dodger miró a su hija con severidad.

Eso era cierto, pero tampoco hacían lo que querían con su padre. Minerva se salía con la suya en muchas más cosas, y ellos eran lo bastante listos como para aceptarlo.

—De acuerdo, me has pillado. Pero volvamos al motivo de mi preocupación, sobre lo de hacer algo que no debería hacer.

—Tu madre no debería haberse casado conmigo —él volvió a retomar la lectura del periódico—. Y no ha salido tan mal.

Minerva supuso que le estaba diciendo que la apoyaría,

hiciera lo que hiciera, por grande que fuera el lío en el que se metiera.

—¿Qué demonios insinúas al decir que mi situación financiera es desesperada? —rugió Ashe mientras apartaba la mirada de la hoja del balance de cuentas que su administrador acababa de mostrarle.

—Son las inversiones, Excelencia. Como puede ver, basándonos en las partes que he marcado, no van tan bien como esperábamos.

Lo que ese hombre había marcado no era más que un amasijo de sumas. Al duque nunca se le habían dado bien los números, lo que le había granjeado no pocos castigos del tutor contratado por el marqués. El maestro no había tenido inconveniente en enseñar a un chico, pero cuatro era mucho más de lo que su paciencia era capaz de aguantar. Al principio, Ashe le había echado la culpa por su incapacidad para enseñarle a dominar los números. Pero más tarde había sufrido los mismos problemas en Harrow, y al final había aprendido a hacer trampas para evitar las denigrantes notas cada vez que se equivocaba con una respuesta. Al hacerse mayor se había dado cuenta de que el problema residía en él y no en sus maestros. Sencillamente era incapaz de comprender las matemáticas. El latín no le causaba el menor problema. Destacaba en caligrafía. Era un lector voraz. Era capaz de recitar la historia de Gran Bretaña, incluyendo el nombre de cada monarca. Podía redactar un detallado informe sobre sus viajes, sin olvidarse de un solo detalle. Dominaba varios idiomas. Durante sus viajes al extranjero, siempre era él quien ejercía de intérprete. Si se encontraba con alguien que hablaba un idioma desconocido, enseguida conseguía comunicarse. Pero cuando le enfrentaban a números, y esperaban de él que les encontrara algún sentido, su mente los veía como poco más que pelotitas de colores con las que hacer malabarismos.

Y ese era el verdadero motivo por el que evitaba jugar a las cartas. Tener que sumar el valor asociado a cada carta suponía toda una pesadilla para él. Pero ¿la ruleta? Ahí no había que encontrarle ningún sentido a los números. Simplemente apostar por un número o una línea.

—¿Cómo es posible? —se levantó de un salto del sillón y empezó a caminar por la estancia—. Te pago un buen sueldo para que me aconsejes decentemente. Fuiste tú quien me recomendó esas inversiones.

—Quería obtener grandes beneficios, y eso implica correr riesgos. Sin duda analizaría las cifras que le proporcioné.

El cuerpo de la mujer no le resultaba nada difícil de analizar. Pero el uno, el dos, el tres, cada uno de los malditos números escapaban a su comprensión en el momento en que tuviera que hacer algo más que simplemente mirarlos. Y aun así parecían moverse ante sus ojos como las bailarinas de danzas exóticas que había visto en Oriente. Y esa era la razón por la que siempre había insistido en que Nesbitt le proporcionara informes verbales. Nesbitt, un hombre amante de los números, y que podía navegar entre ellos durante horas, también le proporcionaba toda esa información por escrito, para respaldar sus afirmaciones. A Ashe no le venía nada bien esa práctica ya que, para tomar una decisión, se veía obligado a concentrarse en cada palabra pronunciada por Nesbitt. Lo que sí había entendido era que los ingresos que le proporcionaban sus tres propiedades menguaban, los arrendatarios se trasladaban a las ciudades para trabajar en fábricas, pues la agricultura había dejado de ser lo que era desde que resultaba más barato importarlo todo de América. Al duque le habían aconsejado diversificar. Invertir había parecido el camino adecuado.

Debería haberle pedido consejo a Grey o a Locksley. Grey gestionaba sus propiedades bastante bien, mientras que Locksley hacía tiempo que había sustituido a su padre. Pero él se moriría antes que admitir que no era capaz de manejar sus propios asuntos. El orgullo. El maldito orgullo.

Era capaz de escalar una montaña, cruzar un desierto y sobrevivir, navegar en barco por el Nilo. En las carreras era rápido, no se echaba atrás a la hora de pelear, protegía lo suyo. Sus propiedades eran suyas. Iba a arreglar las cosas, hacer lo que fuera necesario para recuperar su posición.

—Habrá que vender inmediatamente las acciones de estas compañías —el duque se paró y se enfrentó al hombre sentado tras el escritorio.

—No le darán mucho por ellas. Quizás lo mejor sea dejarlas para ver si cambia la suerte.

«Nunca te juegues lo que no puedas permitirte perder». Ashe conocía de sobra ese mantra. Las inversiones habían parecido de lo más prometedoras cuando Nesbitt le había hablado de ellas.

—No está completamente arruinado, Excelencia. Solo necesita apretarse un poco el cinturón.

Hasta estrangularse. Ashebury sabía muy bien lo que le costaba mantener sus propiedades. En vida de su padre habían sido muy lucrativas y le habían proporcionado suficientes ingresos para cubrir costes. Pero ya no. Ya no podía permitirse más inversiones, no podía arriesgar más dinero. Necesitaba algo seguro, un modo de aumentar sus fondos que garantizara beneficios. Y lo necesitaba pronto.

Terminada la reunión con Nesbitt, Ashe se sentía inquieto. Sopesó la posibilidad de ir al Dragons, pero no quería ver más números esa noche, ni siquiera los de la ruleta. Si se ponía más tenso de lo que estaba, sin duda se rompería. Necesitaba algo que le proporcionara felicidad sin restricciones, y eso solo le dejaba dos opciones: una mujer o una fotografía. Por eso, siendo un bastardo egoísta, había acudido al Nightingale con la esperanza de lograr ambas cosas.

Bebiendo a sorbos un whisky, repasó las opciones disponibles, la espalda apoyada contra la pared. Llevaba más de una hora observando a las damas, incapaz de decidirse por ninguna que cumpliera sus propósitos. Una era demasiado alta. Otra demasiado baja. Otra demasiado rolliza. Demasiado delgada. No agradablemente proporcionada. No especialmente elegante en sus movimientos.

¿Qué demonios le ocurría? Normalmente no era tan exigente. Disfrutaba del desafío que le proporcionaba transformar la imperfección en algo perfecto. Era un maestro de la luz y la sombra, las controlaba a su antojo, gobernaba sobre ellas.

Debería olvidarse de la fotografía, contentarse con el sexo. Varias mujeres lo habían abordado, pero su desinterés había resultado tan obvio que rápidamente habían pasado de largo. Ninguna le servía. Ninguna...

La idea lo golpeó con la fuerza de un mazazo contra la cabeza. La necesitaba a ella, en el Nightingale, esa noche. No sabría decir por qué. Solo sabía que era así.

Con o sin máscara. Le daba igual. Quería a lady V.

Sabía que con ella, al menos durante un rato, conseguiría olvidar sus problemas. Podría dejar de recriminarse por haber administrado mal su herencia, su legado. Había intentado asegurar que sus propiedades no se deterioraran, que los arrendatarios tuvieran menos preocupaciones, poder pagar a sus empleados, no tanto por sus propias necesidades sino más bien por las de ellos. Algunos llevaban cuidando las residencias desde hacía años. Para mostrarles su gratitud por sus servicios, tenía la intención de dejarles en buena situación cuando se retiraran. Y luego estaba la cuestión de encontrar una esposa, un heredero, otros hijos. No quería que su hijo fuera único. Él había sufrido ocho años de soledad, sin nadie con quien jugar o hacer travesuras. Por supuesto no se sentía agradecido por la muerte de sus padres, jamás podría sentirse agradecido por algo así, pero se alegraba de haber conseguido tres hermanos con los que poder hacer travesuras. Normalmente, habría acudido a ellos para hablarles de las decepcionantes noticias que le había comunicado Nesbitt, pero su orgullo no se lo permitía.

Debería haber acudido al Dragons, aunque ella ya le había asegurado que no iría allí. Había repasado posibles invitaciones, pero no había ninguna para esa noche. ¿Dónde podía estar la señorita Dodger? En el teatro, o atendiendo algún asunto privado. Sin embargo, él la necesitaba allí.

—Excelencia.

El duque se volvió de mala gana hacia la dulce voz. Una dama, que llevaba una máscara color burdeos con gemas negras incrustadas, le sonrió. Él alargó una mano y le rozó la barbilla, detestando que únicamente ese diminuto cuadrado de su rostro resultara visible. Las máscaras cada vez eran más grandes y elaboradas. Su creador debía estar ganando una fortuna.

—Querida.

Él siempre las llamaba «querida», a todas. Salvo a lady V. ¿Por qué a ella le había preguntado el nombre? ¿Cómo había sabido desde el instante en que la había visto que sería diferente de todas las demás?

—Llevo un rato observándolo —Burdeos deslizó un dedo por el musculoso brazo—, me han dicho que es muy habilidoso proporcionando placer —la mujer se humedeció unos labios que no resultaban tan tentadores como los de lady V—. Pues resulta que yo también lo soy. Haríamos una excelente pareja.

De eso no le cabía duda a Ashe. Era casi tan alta como él, con una robustez amortiguadora. Sus piernas eran largas, larguísimas, pero no eran las que deseaba sentir rodeándole las caderas.

—Estoy esperando a alguien.

Y seguramente esperaría toda la noche, sospechó. Ella no iba a regresar, y su razón para estar allí quedaría de nuevo insatisfecha.

La dama apretó los labios contrariada. No iba a reaccionar elegantemente a su rechazo. Casi ninguna lo hacía. Aun así, estaba seguro de que lady V sí lo habría hecho. Ella no montaría un escándalo. Ella entendía que algunas cosas no podían ser.

—No le facilitaré otra oportunidad para que me haga el amor —contestó Burdeos, mirándolo con una dureza que el duque jamás habría experimentado de haber sido abordado por ella antes de haber conocido a lady V.

Porque de no haber conocido a lady V no se le habría ocurrido rechazar a Burdeos. Aun así, en esos momentos, no conseguía entusiasmarse ante la idea de yacer con ella. También le asqueaba pensar que antes se hubiera contentado simplemente con el aspecto físico. Antes.

—Yo me lo pierdo —él asintió despacio.

—Desde luego —la mujer alzó la barbilla.

Sus movimientos alejándose de él no resultaban especialmente elegantes. Recorrida la mitad del salón, cambió a un paso más tranquilo y para cuando alcanzó a Rexton volvía a ser toda confianza y aplomo. Desde luego no iba a permitir que la hierba creciera bajo sus pies.

Ashe no se molestó. Uno de los propósitos de aquel lugar era propiciar una gran variedad de parejas. Sin embargo le disgustaba la idea de que lady V, de tener algún conocimiento carnal, pudiera elegir a más de un amante. ¿Por qué no lograba quitarse a esa hechicera de la cabeza? Debería haber ido al Dragons…

Sus pensamientos fueron interrumpidos por una angelical visión vestida de blanco que se deslizaba al interior del salón como si sus pies no rozaran el suelo siquiera. La estatura era perfecta, la figura también. Todo era perfecto. El duque ya había soltado el vaso de whisky, apresurándose a reunirse con ella antes de darse cuenta de lo que estaba haciendo. En algún lugar de su mente, si bien había deseado que ella se presentara, esperaba que no lo hiciera, que fuera lo bastante inteligente para evitar ese libertinaje disfrazado de decencia.

Un lugar para gente de igual pensamiento, un círculo secreto que se rebelaba contra las costumbres y normas de moralidad. Allí lo único sagrado era el privilegio de hacer lo que a uno le viniera en gana.

Siempre le había gustado esa noción, la consideraba un adelanto, pero no quería que ella formara parte de aquello. Aun así, no era capaz de disimular la felicidad que le producía su llegada. Incapaz de apartar la mirada de ella, se esforzó por no rodearla con un brazo y apretarla contra su cuerpo para inhalar ese delicioso aroma a verbena. Los labios, de un tono rosa claro, se curvaron en una fugaz sonrisa al verlo a su lado.

—Lady V.

—Excelencia.

Su voz era profunda y ronca, envolviéndolo, atravesándolo, instalándose en algún lugar profundo de su alma, llenando un vacío que llevaba allí demasiado tiempo. Esa voz era el único aspecto que podría haberle hecho creer que se había equivocado en la identificación. Sin embargo, el tono de voz podía alterarse. Era una mujer muy lista y no sería extraño que lo hubiera hecho con la esperanza de preservar mejor su identidad. De todos modos, la mayoría de los hombres ni siquiera se habría molestado en intentar revelar la identidad de sus parejas. El misterio formaba parte del atractivo.

—Debo admitir que me sorprende que haya regresado —anunció él.

—No es la primera vez desde nuestro encuentro.

—¿Disculpe? —el estómago del duque se encogió con tanta fuerza que casi lo obligó a doblarse por la cintura.

—Estuve aquí anoche —la sonrisa de la joven se hizo más amplia.

—¿En serio?

—Sí, pero solo hasta alrededor de la medianoche.

Imposible. A esa hora había estado con él, bailando en sus brazos. A no ser que estuviera equivocado con respecto a su identidad. Podría hacer algunas preguntas, pero no quería llamar la atención sobre ella. También era posible que, siendo una chica lista, se hubiera inventado esa historia para intentar despistarlo. Porque, en caso de que estuviera diciendo la verdad, si él estaba equivocado...

Había ignorado su consejo, había disfrutado de un hombre entre sus piernas.

De repente lo invadió el irracional impulso de aplastarle la nariz a algún caballero, machacar una mandíbula, amoratar un ojo. Pero lo que más deseaba en el mundo era a esa mujer.

—Tengo una habitación —le informó.

Sin esperar respuesta, la tomó de la mano y la arrastró hacia las escaleras.

Minerva debería haberse resistido a su contundencia, a su determinación. Sin embargo, verlo tan ansioso por estar a solas con ella le resultó incluso halagador.

Había mentido. Por supuesto. No había acudido allí la noche anterior, pero necesitaba desviar cualquier sospecha que tuviera el duque de que lady V era la señorita Dodger. El interrogatorio que le había dirigido en casa de Greyling la había intranquilizado más de lo que hubiera deseado, sobre todo después del baile en el Dragons. Ella sabía que acudiendo al Nightingale estaba jugando a un juego muy peligroso, que lo mejor sería mantenerse alejada, pero deseaba concederle esa fotografía y, quizás, algo más.

Le sorprendió la calma que sentía mientras subían las escaleras. Las imágenes que había visto de África la atormentaban. La exquisita belleza subyacente, la historia que contaban. Esas imágenes quedarían allí para la eternidad. Aunque nunca se había considerado a sí misma vanidosa, pues no poseía nada de lo que presumir, le gustaba la idea de la mujer misteriosa observada eternamente.

Al llegar al descansillo, tomaron el mismo corredor. La

mano grande del duque aferraba con fuerza la más pequeña de Minerva. Antes de que la noche hubiera acabado, quizás la tocaría en otra parte de su cuerpo, una parte más íntima. Aún no había decidido si estaba dispuesta a llegar tan lejos. Había acudido allí con el único propósito de posar para él. Aparte de eso, no tenía nada decidido.

No podía negar lo atraída que se sentía hacia Ashebury. Pero ¿menospreciaría él a las mujeres que posaban para su cámara? ¿Las admiraba? ¿Cómo se sentía una vez que todo había terminado?

El duque la condujo hasta la misma habitación, introdujo la llave en la cerradura y abrió la puerta. Minerva se detuvo nada más entrar, apartándose para que él pudiera acompañarla. La puerta se cerró.

Sin previo aviso, se encontró con la espalda aplastada contra la puerta y los labios del duque hambrientos sobre su boca. Debería haberlo apartado de un empujón, pero le rodeó el cuello con los brazos y, ante la insistencia de la lengua de Ashe, abrió la boca para recibir un apasionado beso, tan ardiente y arrollador que solo pudo dejarse llevar por él. Era lo que siempre había deseado: pasión desenfrenada, locura, ardiente deseo.

Sintió las grandes manos a ambos lados de la cintura y luego deslizándose hacia arriba. Esas manos no se detuvieron al alcanzar los brazos, continuaron hasta llegar a la cabeza. Con una sola mano le sujetó ambas muñecas y hundió la otra entre sus cabellos, sujetándole la nuca, profundizando el beso, como si fuera su dueño y señor. No dejó nada sin explorar.

A Minerva se le ocurrió que le encantaría viajar con ese hombre por el mundo, experimentar sus diversas facetas, examinar detenidamente, con valentía, todo lo que se presentara ante ellos. Pero rápidamente su atención regresó al presente, a él. Saboreó el whisky de su aliento. Aspiró el sándalo de su fragancia. Deseó poder disfrutar de la libertad para tocarlo, pero no podía negar el placer que sentía al estar atrapada por él como estaba, los pechos aplastados por el fuerte torso. El duque soltó un gruñido salvaje. Era un animal que acababa de atrapar a su presa y podía juguetear con ella a su antojo, divertirse, hacer que ella agradeciera haber sido capturada.

Deslizó la boca hasta su barbilla y descendió por el cuello hasta el escote del vestido, donde los pechos aguardaban impacientes.

—¿Quién? —exigió saber con voz ronca, y también con una emoción que ella no supo identificar.

—¿Quién qué? —Minerva apenas conseguía respirar.

—Anoche. ¿Con quién te acostaste? —preguntó él, olvidándose del tratamiento formal.

De no ser imposible, ella habría jurado que había agonía en la voz, como si hubiera forzado la salida de las palabras a través de los dientes encajados. ¿A qué se debía una reacción tan visceral? Aun así, no pudo negar que su actitud posesiva le producía cierto placer.

—Nadie. No vine por ese motivo.

El problema de una mentira era que debía ser constantemente reconstruida para que no se derrumbara desde la base. ¿Qué hacía allí jugando a ese juego? ¿Por qué no se mostraba sincera con él? Ese hombre había bailado con ella. Claro que también lo habían hecho otros y, al final, solo le habían provocado desilusión y dolor.

Siempre luchaba con fuerza para ignorar el dolor del rechazo, pero la habían rechazado tantas veces que sabía que era imposible ignorarlo. Tarde o temprano regresaba como una enorme ola y la arrollaba.

El duque alzó la cabeza bruscamente.

—Entonces, ¿qué hacías aquí?

—Cambié de idea sobre la foto. Se me ocurrió que quizás no me hice ningún favor actuando tan cobardemente. Si no era capaz de acceder a una petición tan sencilla como esa, ¿cómo iba a meterme bajo las sábanas con un extraño?

—No vas a hacerlo. Con el único con el que te vas a meter en la cama es conmigo.

El primer impulso de Minerva fue objetar. Era demasiado independiente para soportar que le dijeran lo que debía hacer. Pero por otra parte ya había decidido que, cuando llegara el momento, sería con él. Y el hecho de que el duque la deseara dio por zanjada la cuestión.

—Tú no te acuestas con vírgenes —le recordó ella, adoptando también el tuteo.

—He decidido hacer una excepción. Que Dios me ayude. No he podido dejar de pensar en ti.

De nuevo la boca de Ashebury tomó posesión de la de ella, con fuerza, pasión, exigente, como si estuviera decidido a devorar cada milímetro de su ser.

Menuda tonta estaba demostrando ser al glorificarse por ser deseada. Tanto daba que lo único que deseara el duque, lo único que conociera de ella, fuera la superficie, su cuerpo y sus piernas. Porque al fin un hombre la deseaba en la cama. La deseaba a ella. Estaba loco por poseerla.

No era completo ni perfecto, profundo ni vinculante. Pero sí era puro fuego y pasión, urgencia y necesidad. Y pensaba tomar todo lo que él le ofreciera.

Deseaba rodearle con sus brazos, pero Ashe seguía sujetándole las muñecas con fuerza, controlando, tomando sin cuartel. Cuando al fin interrumpió el beso, respiraba tan entrecortadamente como ella.

—Quítate la máscara. Muéstrate —le ordenó.

—No —Minerva sacudió lentamente la cabeza. No podía concederle el control completo.

—¿Por qué?

«Porque la ilusión de la perfección quedaría hecha añicos, y ya no volverías a desearme».

—No puedes saber quién soy. Esa es la magia de este lugar. Las damas somos anónimas y no tememos ver arruinada o dañada nuestra reputación.

—Quiero saber quién eres.

—Si lo haces, no podré continuar con esto —ella sacudió la cabeza de nuevo—. No podré continuar con nada, ni siquiera podré posar para ti.

—¿Temes que te juzgue?

—No —«lo que temo es que cambies de idea»—, pero me siento más cómoda detrás de la máscara.

Minerva contó cada segundo que transcurrió entre su respuesta y la reacción del duque, esperando a que dijera algo, lo que fuera.

—Entonces déjatela puesta —asintió él con calma mientras le soltaba las muñecas y daba un paso atrás.

—¿Estás enfadado? —Minerva bajó los brazos.

—Decepcionado. Pero todos tenemos nuestros secretos. Todos tenemos el derecho a guardarlos.

—No me parece que tú tengas ninguno.

—Entonces, lamentablemente, adoleces de una gran falta de imaginación —Ashebury se acercó a la mesa—. ¿Escocés o brandy?

—Brandy.

—Nunca se me ocurrió que fueras una tímida damisela —observó él mientras servía dos copas.

—Lo que hacemos aquí... temo quedar expuesta cuando todo haya terminado. No me siento del todo cómoda con ello, pero no podría soportar vivir conmigo misma si resulto ser una absoluta cobarde.

El duque regresó junto a ella y le entregó un vaso. Minerva tomó un sorbo y agradeció el calor que sentía enroscarse en su interior. Sin embargo, ni se acercaba al calor y el placer del beso.

—¿De modo que esta noche has venido solo para ser fotografiada? —preguntó él.

—Esa es la idea de momento. No estoy segura de estar preparada para nada más, lo cual debe poner en duda mi buen juicio por decidir venir aquí la primera noche. La desesperación en ocasiones nos priva de ese buen juicio. Sé que resulta frustrante...

—Yo obtendré mi fotografía —Ashe le sujetó la barbilla con un dedo y la obligó a levantar ligeramente la cabeza para besarla de nuevo, no con la pasión de momentos antes, sino más bien con los rescoldos de la hoguera. Dio un paso atrás y, sosteniéndole la mirada, sonrió travieso—. Y a lo mejor consigo un poquito más.

Cuando la miraba así, resultaba imposible resistirse a él. Negar la atracción, rechazarlo después de haber acudido a ese lugar la primera noche en busca de un hombre con el que yacer, sería una estupidez.

—Súbete a la cama —él señaló el colchón con una enérgica sacudida de la cabeza.

Minerva sintió que el estómago se le hundía hasta el suelo.

CAPÍTULO 9

Sabía, por supuesto, que acabaría allí, pero llegado el momento, resultaba un poco inquietante. De repente la cama le pareció enorme y muy lejana.

—¿Dónde quieres que me ponga exactamente? —preguntó Minerva, casi olvidando alterar el timbre de su voz hasta dotarlo del tono gutural que precisaba.

No le gustaba no tener el control, pero sospechaba que esa noche iba a ser una simple marioneta, su marioneta. Debería sentirse airada, asustada. Debería dejarle bien claro al duque que no era ningún instrumento, que podría marcharse en cuanto quisiera. Él nunca la forzaría, de eso estaba bastante segura. No era más que un hombre que sabía lo que quería. Y ese aspecto suyo le resultaba muy atractivo.

Ashebury tomó con ambas manos la mano con la que Minerva sujetaba la copa. Ella se preguntó cuándo se le habían helado los dedos y se sorprendió por lo rápido que él consiguió calentarlos de nuevo. Sería muy agradable que ese hombre la abrazara en invierno mientras caía la nieve.

—Por ahora, limítate a sentarte a los pies de la cama —Ashe le quitó la copa de brandy y se volvió para dejarla a un lado, permitiéndole a Minerva unos instantes de intimidad.

Ella se acercó a la cama con dosel y se sentó en el borde del colchón. Una vez acomodada, los pies colgando, levantó la vista y sintió que los pulmones se le vaciaban de aire. Ashebury permanecía de pie junto a la chimenea, los ojos fijos en ella, desatándose lentamente el pañuelo del cuello. La chaqueta ya descansaba sobre el respaldo del sofá. Retirado el pañuelo, lo dejó a un lado y comenzó a desabrocharse el chaleco.

—Trabajo mejor si estoy cómodo —le explicó, como si hubiera comprendido la inquietud de la joven por el modo en que se revolvía sobre la cama, como si le estuviera exigiendo una explicación.

No queriendo parecer azorada, Minerva se contuvo de preguntarle hasta qué punto iba a ponerse cómodo. ¡Por el amor de Dios! Había caminado sin escolta por los barrios bajos para asistir a los pobres. No era ninguna damisela puritana.

Lo que sí era, sin embargo, era una damisela cada vez más acalorada a medida que veía al duque despojarse del chaleco para luego desabrochar varios botones de la camisa hasta dejar expuesto un fragmento en forma de «V», del pecho. Le siguieron los puños de la camisa y, mientras se encaminaba lentamente hacia ella, se remangó las mangas, todo ello sin dejar de mirarla fijamente a los ojos. Minerva tuvo la loca sensación de que iba a saltar sobre ella, aplastarla sobre la cama y devorar cada centímetro de su cuerpo con ardientes besos.

El duque se detuvo al alcanzar las rodillas de Minerva con sus muslos.

—Voy a quitarte las horquillas del pelo.

—Se soltará.

Las comisuras de los labios de Ashe se curvaron en esa sonrisa tan sensual que en más de una ocasión había estado a punto de detener el corazón de la joven.

—Ese es el efecto que busco. Lo utilizaré para ocultar la máscara.

—Puedo quitarme las horquillas yo sola —Minerva levantó las manos, pero él las agarró, impidiendo que alcanzaran su destino.

—Lo haré yo —insistió el duque en un tono que no permitía ninguna objeción.

La idea de un gesto tan íntimo... ¿qué demonios le pasaba? Había acudido al club con la esperanza de encontrar a un hombre con el que vivir un momento más que íntimo. Qué ridículo resultaba su puritanismo.

—De acuerdo —asintió, como si lo hubiera decidido ella.

Cuando Ashe le soltó las manos, ella se obligó a apoyarlas sobre el regazo, aunque hubiera preferido hacerlo sobre el fuerte torso del duque. Mientras él se afanaba en encontrar las horquillas, los dedos apenas rozándole el cabello, Minerva posó la mirada sobre la «V» de piel que partía de la garganta. No había visto jamás un hombre tan bronceado. Sin duda no debía llevar siquiera camisa mientras recorría África, Oriente Medio o cualquiera de los lugares por los que se atrevía a viajar. La tentación de besar esa piel, de sentir el calor y tacto sedoso contra los labios, resultaba casi irresistible. Pero antes de sentirse capaz de tanta osadía fue consciente del sonido que hacían las horquillas al aterrizar en el suelo.

Minerva agarró la muñeca del duque, que la fulminó con la mirada.

—Dámelas, no las arrojes al suelo. De lo contrario tendremos que buscarlas todas para poder recomponer el peinado cuando hayamos acabado.

—Ya encontraremos alguna cinta para atarlo. Doy por hecho que no te dirigirás a ninguna fiesta cuando salgas de aquí.

—¿De madrugada? ¿Te refieres a algo decente? Es poco probable.

—Entonces no veo qué problema puede haber. Salvo por la máscara. Los lazos estorban.

—No me la voy a quitar.

—Entonces, sujétala en su sitio.

Minerva la sujetó con ambas manos, pero extendiendo los dedos para no taparse los ojos. Ashebury deshizo delicadamente el lazo. La máscara se desplazó ligeramente. Si él no se lo hubiera advertido, su identidad habría quedado revelada. Algo dulce y cálido prendió en las entrañas de Minerva. Ese hombre no iba a tomar lo que ella aún no estaba dispuesta a darle.

Él devolvió toda su atención a las horquillas, que seguían sonando al caer al suelo. Minerva sintió cómo se le deshacía el peinado, los cabellos cayendo sobre los hombros.

—Glorioso —murmuró él instantes antes de atar de nuevo el lazo de la máscara.

Minerva bajó las manos y lo miró a través de los pequeños agujeros en los que se enganchaban una y otra vez sus pestañas. Quizás lo mejor sería deshacerse de esa maldita cosa, pero la mirada del duque reflejaba tal apreciación que, por un momento, ella se quedó sin palabras, incapaz de actuar. Le sujetó un mechón de pelo entre dos dedos y lo frotó como si jamás hubiera tocado el pelo de una mujer.

—Podrías haberme descubierto —observó ella con calma.

—Tú deseas mantener tu identidad en secreto —él desvió la atención de los cabellos a sus ojos—. Voy a concederte ese deseo. Dios sabe que en más de una ocasión a mí también me hubiera gustado.

—¿Cuándo?

—Cuando era más joven. No siempre fui el más brillante de los alumnos. Cuando no sabía la respuesta, a menudo deseaba que nadie supiera quién era. Apuesto a que fuiste una estudiante excepcional.

—¿Por qué lo dices?

—Tienes una mirada expresiva e inteligente. Siempre estás vigilante, observando, intentando calcular hacia dónde nos dirigimos antes de que lleguemos.

—¿Y todo eso lo has deducido en el poco tiempo que hemos pasado juntos?

—Soy un buen observador, lady V. Por eso se me da tan bien lo que hago —la ardiente mirada implicaba que se refería a mucho más que a la fotografía. Sus habilidades incluían besos, caricias y encuentros mucho más íntimos—. Antes de terminar aquí, espero que tengas la oportunidad de disfrutar de todas mis habilidades.

—Menudo arrogante eres. ¿O no? Las dos veces que he venido aquí, te encontré solo y apoyado contra la pared. No había ninguna dama revoloteando a tu alrededor.

—Porque la mayoría sabe que soy yo quien elige. Y solo elijo a cada dama una vez.

—Y sin embargo a mí me elegiste en dos ocasiones.

—Al parecer, cuando se trata de ti, hago muchas excepciones. Por otra parte, aún no hemos cumplido ni mis intenciones ni las tuyas al venir aquí. De modo que puede que esto no sea más que una extensión de nuestro primer encuentro. Y ahora túmbate.

Continuar la conversación, pretender conocerle mejor, era una tontería. Grace, maldita fuera, tenía razón. ¿Cómo iba a poder intimar con un hombre que era más extraño que amigo? Si bien había acudido a ese club con el único propósito de posar para él, empezaba a contemplar la posibilidad de que él posara para ella, mientras ella se tomaba ciertas libertades…

—¿Un cambio de parecer, lady V? —preguntó él.

—No, yo… solo son nervios, pero ya se me está pasando —Minerva se tumbó de espaldas y miró hacia arriba…

Y se sentó de nuevo de un salto.

—¡Por Dios santo! ¡Ahí hay un espejo!

Ashebury soltó una carcajada, gutural y profunda, que le arrancó una sonrisa. Minerva se alegró de tener el poder de despertar una reacción así, aunque fuera a su costa.

—Supongo que debería habértelo advertido.

—¿Qué hace ahí?

—A algunas personas les gusta contemplarse mientras… copulan.

—¡Oh! —su idea original había sido yacer con los ojos firmemente cerrados, pero si hacía eso se perdería la belleza de la forma masculina. Aun así, no deseaba contemplar la unión. Reflexionó sobre lo que ya sabía acerca del acto—. Te referirás a las damas. A las damas les gusta mirar.

—Y a los hombres también.

—Pues no debe ser nada fácil teniendo en cuenta que estáis encima.

—Yo no estoy siempre encima.

—¿No lo estás?

—No. A veces estoy debajo. De lado. Incluso alguna vez de pie —el duque agarró un poste de la cama—. A veces me arrodillo. Hay toda clase de posturas.

—¿Y las conoces todas?

—Lo dudo. Pero sí conozco unas cuantas. Puedo compartirlas contigo cuando estés preparada.

Ella no estaba segura de que fuera a estar preparada nunca, pero las posibilidades le intrigaban. Se había imaginado su acoplamiento solo una vez, pero, al igual que empezaba a temer que jamás iba a poder hartarse de sus besos, quizás le sucediera lo mismo con las demás facetas de ese hombre.

De repente, y sin que casi se hubiera dado cuenta de que él se había movido, se encontró acurrucada en sus brazos.

—¿Qué estás haciendo?

—Antes de que pierdas los nervios, voy a colocarte donde quiero que estés. Mis modelos no suelen hablar tanto. Es mejor ponerse a ello. Voy a tocarte, pero puedes detenerme si mis atenciones te resultan incómodas.

El duque se dirigió a una esquina de la cama mientras ella se sentía cada vez más frágil. Habiendo heredado los rasgos de su padre, siempre se había sentido poco femenina, casi masculina. Y no la había ayudado nada su afición a trepar árboles y perseguir a sus hermanos.

Ashebury la tumbó delicadamente en medio del colchón, tratándola como si fuera el más frágil de los cristales. Apoyó una mano sobre su hombro y otra sobre la cadera, para inclinarla ligeramente.

—Te quiero sobre el vientre, aunque no del todo. Estira el brazo izquierdo hacia arriba. Puedes apoyar en él la cabeza. La mano derecha aquí, junto a las costillas, para apoyarte.

Minerva obedeció. Y entonces, tal y como le había asegurado que haría, el duque empezó a colocarle los cabellos sobre el rostro, sobre la máscara que ya empezaba a detestar. ¿Qué pasaría si se la quitaba? ¿Qué pasaría si él averiguaba su identidad? ¿Seguiría dispuesto a acostarse con ella o le echaría atrás saber que estaría con una mujer a la que ningún hombre deseaba? Inesperadamente sintió el irreprimible deseo de ser él quien la desflorara. De pie, de rodillas, de lado, debajo de ella, encima de ella. Quería ser su primera virgen. Quería que él fuera su primer amante. Aunque fuera solo por una noche, lo deseaba.

A través de la cortina creada por sus cabellos, Minerva lo vio dirigirse de nuevo a los pies de la cama. Envolvió un pie con ambas manos y, aunque no tenía ningún sentido, a ella también le parecieron muy delicados.

—Pierna izquierda estirada, pierna derecha ligeramente flexionada.

Sujetándole los tobillos, el duque guio la pierna.

—Ahí. Perfecto.

Una palabra que jamás se había asociado a su persona hasta entonces. Y ella descubrió que le gustaba.

—Ahora voy a subirte la túnica porque quiero que el foco esté en tus piernas. Casi todo lo demás estará oculto por las sombras. Si te sientes incómoda, pararé. Pero espero que seas lo bastante osada como para permitirme concluir. Resultará agradable para ambos.

Era el mayor desafío al que se hubiera enfrentado jamás.

El duque deslizó la túnica de seda hacia arriba sin dejar de rodearle las pantorrillas con las manos, y luego las rodillas...

Dio un pequeño tirón para soltar la tela atrapada bajo las

piernas, y luego continuó deslizando la túnica por los muslos, lenta, muy lentamente, para que ella pudiera protestar. Solo que no iba a hacerlo. Era hija de su padre, un hombre marcado en su juventud por ser un ladrón, y que le había enseñado a no echarse atrás nunca.

—Buena chica —Ashe detuvo las manos justo bajo la curvatura del trasero—. Chica valiente —añadió en un murmullo cargado de apreciación.

La felicidad que inundó a Minerva al saber que lo estaba complaciendo resultaba algo desconcertante. Hacerle feliz la hacía feliz.

—¿Sabías que tienes una diminuta marca de nacimiento con forma de corazón en la cadera?

El duque colocó la túnica, subiéndola más de un lado antes de besar casi con reverencia el punto exacto, marcando su carne, conquistando su alma.

—No muevas ni un músculo —le ordenó antes de apartarse.

Minerva estuvo a punto de emitir un sollozo ante el abandono.

Ashe estaba duro como el granito. Normalmente se centraba tanto en la tarea que su cuerpo no solía reaccionar cuando colocaba a una mujer para la cámara. Toda su atención se dirigía a decidir cómo colocar mejor a la modelo para plasmar toda la belleza de la forma humana. Pero con ella era diferente. Todo era diferente con ella. Deseó no haberse detenido en la cadera. Y al descubrir la pequeña marca de nacimiento, había deseado continuar con la exploración de todo el cuerpo, revelar todos los secretos que ocultaba.

Apenas capaz de caminar, se colocó tras la cámara y miró a través del objetivo. Exquisita. Pura perfección. Eso tampoco era habitual. Normalmente tenía que volver a recolocar a la mujer. Pero había disfrutado de dos días para fantasear sobre lady V, para considerar cada detalle de lo que haría con esas piernas si alguna vez tenía la posibilidad de fotografiarlas. Lo único que le quedaba por hacer era ajustar la luz.

Colocó las sillas y las mesitas, situó lámparas en un primer plano, aumentó la luz, sonrió al sentirse el señor de las sombras. Unas sombras que obedecían a su voluntad.

En más de una ocasión había estado a punto de probar su teoría sobre la identidad de la joven, casi la había llamado «señorita Dodger». Pero no quería que se sintiera incómoda, no quería perder la oportunidad. No quería perderla a ella.

Se iba a acostar con ella. Quizás no esa misma noche, pero muy pronto. No estaba seguro de cuándo había sentido esa certeza, pero no iba a permitir que ningún otro hombre la hiciera suya. Ni allí ni en ningún otro lugar, no la primera vez. Con su valentía, su decisión de perseguir lo que deseaba, se merecía algo más que un hombre que solo buscara saciar su lujuria. Aunque Ashe tuvo que admitir que el principal factor que le motivaba era un deseo como no había sentido jamás. Deseaba lo que no tenía ningún derecho a poseer.

Esa mujer era pura contradicción. Lo bastante osada para acudir al club para acostarse con un hombre, pero lo bastante reservada para insistir en el anonimato, que ni siquiera su amante supiera quién era ella. ¿No se fiaba de que no fuera a lastimarla? ¿Alguna vez la habían lastimado? Aparte, claro, de ese imbécil que había rezado para que sus hijos no se parecieran a ella. Si le revelaba su nombre, él sería capaz de tomar medidas para que ese tipo no tuviera hijos con ninguna mujer. No era una persona con inclinaciones hacia la violencia, salvo en situaciones de supervivencia, pero esa mujer conseguía que se comportara de forma distinta a como era él.

Y sin embargo, confiaba en él lo suficiente para estar allí, para permitirle deslizar las manos por su cuerpo, confiaba en que no fuera a hacerle daño. Tenía que haber alguna otra razón que explicara su negativa a quitarse la máscara. Y era un misterio que le gustaría resolver. Despacio, con tiempo, con momentos deliciosos y besos apasionados. Debajo de toda esa reserva había fuego. Y él tenía el poder de liberarlo.

Podría quedarse perfectamente allí de pie toda la noche, observándola. Deseó poder capturar sus verdaderas sombras. La palidez de su piel, el profundo tono rojizo de sus cabellos. La manera en que las sombras la abrazaban como a él le gustaría hacer. La manera en que la luz la revelaba tal y como merecía ser vista.

Aunque solo para él. No quería que nadie más la viera tal y como él la veía. Jamás compartiría con otro ser la forma de sus piernas, la marca de nacimiento. Nadie más la conocería como la conocía él en ese instante.

—Ya puedes relajarte —el duque se apartó de la cámara—. Ya está.

Minerva se apoyó sobre un codo y él vio en esa pose otra fotografía extraordinaria... si tan solo se quitara la máscara.

—No he oído nada.

—Es el último modelo en cámaras. Apenas un susurro —mintió él.

Ella jamás comprendería sus motivos para no hacer la fotografía. Ni siquiera estaba seguro de entenderlos él mismo.

Minerva empezó a incorporarse.

—No te muevas —le ordenó él.

Ella se quedó petrificada. Ni siquiera esa odiosa máscara de seda y plumas fue capaz de ocultar la sorpresa en su mirada.

—Aún no he terminado contigo.

Minerva se esforzó por conservar la calma cuando una de las rodillas del duque se instaló entre sus piernas. Le siguió la otra. Él apoyó las manos a ambos lados de su cuerpo para sujetarse en vilo y, sin apenas rozarla, se acercó hasta tener el rostro prácticamente pegado al de ella, borrándole la visión de todo lo que no fuera la mandíbula ensombrecida por la incipiente barba, la intensidad de su mirada, la firmeza de sus labios ligeramente abiertos. No alcanzaba a ver su reflejo en el espejo del techo. No veía nada más. Su visión había quedado reducida al rostro de ese hombre.

Ashebury, un hombre que le hacía sentir cosas que había creído incapaz de sentir. Un hombre que la hacía sentirse apreciada y, al mismo tiempo, la hacía darse cuenta de lo que podría haber poseído si ella fuera una mujer de la que un hombre pudiera enamorarse. Saber lo que podría haber sentido... haber conocido únicamente el hueco cascarón exterior... bueno, al menos era mejor que jamás haberlo conocido. Mejor que nada.

El duque reclamó sus labios, todavía sujetándose en vilo. Minerva solo sentía el ligero roce de su torso sobre el pecho. Los pezones se irguieron dolorosamente, tensos contra el tejido. Quería abrazarlo con fuerza, pero optó por enterrar los dedos en la gruesa y oscura mata de pelo mientras él la devoraba. La rendición era una victoria muy dulce.

Ser deseada así resultaba embriagador más allá de lo imaginable, y todas las reservas que aún hubiera podido albergar sobre acudir a ese club se desvanecieron. Ashebury ya no era un extraño. Sabía que olía a sándalo. Conocía la rugosidad de su mandíbula después de medianoche, cuando ya habían pasado varias horas desde el afeitado. Sabía cómo retumbaba su risa gutural, el modo en que le hacía cosquillas en la piel solo con mirarla, aunque estuvieran apartados varios metros. Sabía que era un hombre que se rendía ante la belleza y deseaba capturarla. Cuando estaba con él, Minerva sabía que iba a recibir su atención incondicional.

—Quítate la máscara —le ordenó él de nuevo tras interrumpir el beso.

La petición fue hecha en poco más que un susurro, gutural y lleno de promesas. Pero ella no podía permitir que se rompiera el hechizo.

—No.

El duque deslizó los labios por debajo de la barbilla de Minerva. ¿Cómo podía ser tan sensible esa zona del cuerpo?

—En ese caso, no te arrebataré la virtud, pero sí te regalaré el placer para expresarte mi agradecimiento por tu decisión de posar para mí.

Ashe deslizó la ardiente boca por el cuello de Minerva y continuó por el escote y la tela de seda que cubría las dulces lomas de sus pechos. Le ofreció una lánguida mirada que hizo que se le encogieran los dedos de los pies, y una sonrisa que daba a entender que sabía muy bien el efecto que ejercía sobre ella. A continuación cerró la boca sobre uno de los erectos pezones, lamiéndolo, humedeciendo la túnica de seda, desencadenando una cascada de puro placer. Atrapó el pezón entre los dientes y, con el más delicado de los mordiscos consiguió que ella despegara las caderas del colchón, alargara los brazos hacia él buscando la rígida dureza que presionaba contra los pantalones.

—Aún no —insistió el duque—. Aún no.

Lenta y provocadoramente, él se deslizó hacia abajo, con la presión justa sobre su cuerpo para volverla loca, para que se diera cuenta de que necesitaba más, que la liberación requería de algo más. Por fin, de pie a los pies de la cama, él le tomó las caderas con firmeza y la arrastró hasta el borde del colchón antes de agacharse.

—Ahora vas a comprobar lo que sucede cuando me arrodillo.

Sin apartar la mirada de sus ojos, apoyó las piernas de Minerva sobre sus hombros y deslizó la túnica de seda hacia arriba, hasta descubrir lo más íntimo. A ella ni se le ocurrió protestar. Cuando un hombre miraba a una mujer como si ella fuera la luna y las estrellas para él, ¿cómo iba a protestar? Cuando la mirada de un hombre prometía un placer que iba más allá de sus más locos sueños...

Ashe giró levemente la cabeza y besó sutilmente el lado interno de uno de los muslos, justo por encima de la rodilla.

La sensación era maravillosa, depravada. Hizo lo mismo con el otro muslo, aunque un poco más arriba. En esa ocasión dibujó con la lengua un pequeño y húmedo círculo. Una increíble sensación de asombro descendió desde los tensos pechos de Minerva hasta la punta de los dedos de los pies, todavía encogidos. El duque repitió el gesto, adelante y atrás, como si estuviera subiendo unas escaleras, llevándola al cielo. Cuando llegó arriba, a la unión entre piernas y cuerpo, la miró de nuevo con pasión y sostuvo la mirada durante un latido, dos.

Y entonces deslizó esa boca hasta el mismo centro de su feminidad. ¡Por Dios santo! Ella alzó la vista y se vio a sí misma reflejada en el espejo, expuesta cual ofrenda. La oscura cabeza estaba acomodada entre sus muslos, los dedos agarraban con fuerza sus caderas mientras él tomaba y daba, provocándole las sensaciones más intensas y exquisitas que hubiera experimentado jamás. Era delicioso, maravilloso.

Él hizo girar la lengua y atrapó con los dientes el pequeño botón, como había hecho con el pezón. El calor de su aliento la abrasaba en la misma medida en que le encantaba. Ashebury chupaba, mordía, la colmaba y aplicaba presión allí donde ella lo necesitaba. Como si fueran uno, como si pudiera sentir lo que sentía ella. Sin embargo, era imposible que él estuviera sintiendo aquello. Nadie podría sobrevivir a algo así.

El placer describía una espiral en su interior, tan tensa que Minerva creyó que iría a romperse. Y lo hizo. Estalló en pedazos de un éxtasis tan intenso, tan impresionante que sin duda no podía ser otra cosa que la muerte. Sus gritos resonaron a su alrededor, la espalda se arqueó, su cuerpo tembló. Respirando entrecortadamente, apenas fue consciente de Ashebury subiéndose a la cama, tomándola en sus brazos, apoyándola contra su pecho, abrazándola con fuerza mientras el mundo regresaba poco a poco a su ser.

—Si vamos a continuar con esto —anunció el duque tras

unos minutos—, esas plumas tendrán que desaparecer. Me hacen cosquillas en la nariz.

Minerva se incorporó riendo y contempló a Ashebury tumbado en la cama, como un gigantesco y perezoso gato. Él le tomó un mechón de sedosos cabellos y los enrolló alrededor de su dedo, estudiándolo. ¿La delataría el tono? Tampoco era tan extraño. No era más que cabello.

—Quiero que vuelvas a posar para mí.

—¿Ahora?

Él le soltó los cabellos y saltó de la cama.

—No, otra noche.

Ashebury se dirigió al sofá mientras se abrochaba la camisa. Se puso el chaleco, lo abotonó, y rodeó el cuello con el pañuelo, comenzando el intrincado proceso de hacerle el nudo.

—Déjame a mí —Minerva se bajó de la cama y, acercándose a él, le apartó las manos.

—¿Una mujer intacta posee la habilidad para atar el pañuelo de un caballero?

—No estoy segura de poder seguir siendo calificada como intacta —contestó ella. La cercanía, el aroma que desprendía ese hombre, le dificultaba la concentración en la tarea—. Pero tengo un hermano que necesita continuamente que le ayude a arreglarse.

—¿Cuántos hermanos tienes?

Sin tener en cuenta las consecuencias, había hablado a un hombre con el que se sentía muy cómoda. Aquello empezaba a ser peligroso. Debía tener sumo cuidado para no ofrecer demasiadas pistas sobre su identidad. Su reputación, la de su familia, no podía quedar mancillada.

—De momento, bastará con uno.

—Me confías tu cuerpo, pero no tu identidad —él le sujetó la barbilla y la obligó a alzar el rostro.

—Si me atreví a venir aquí fue porque confiaba en que siguiera siendo un secreto.

—Nada es eternamente un secreto.

Minerva sintió una opresión en el pecho al pensar en la decepción de sus padres si supieran que había acudido al Nightingale, lo mortificada que se sentiría ante el reconocimiento público de su desesperación. Era la hermanastra de un duque. Por nada en el mundo lo avergonzaría.

—Esto sí debe seguir siendo así —afirmó mientras daba el último toque al nudo del pañuelo.

—Te deseo... desesperadamente. Pero quiero que te muestres por completo ante mí —él se volvió, agarró la chaqueta y se la puso—. Si tienes algún interés en que lo nuestro siga adelante, me encontrarás aquí mismo mañana por la noche. Pero la máscara debe desaparecer.

—Yo no...

—No contestes ahora —Ashebury le tapó los labios con un dedo—. Consúltalo con la almohada. Mañana por la noche, a la hora bruja, tu presencia o ausencia me dará la respuesta.

Le quedaba el resto de la noche para reflexionar, para soñar con ello.

—Bueno, pues ya veremos.

—Eso es. Haré que mi cochero te lleve de regreso a tu residencia.

El duque sabía bien que no la iba a llevar a la residencia, pero Minerva no podía revelar que estaba molesta con él porque había asegurado ver a Minerva en el Dragons aquella noche, no a lady V. Por Dios santo, mantener dos personalidades separadas iba a resultar todo un desafío. Sin embargo, después de lo que acababa de suceder, quizás mereciera la pena el esfuerzo.

Ashe permaneció en la calle mientras el carruaje se alejaba camino del Twin Dragons. Pensó en alquilar un cabriolé. Llegaría poco después que ella. De nuevo iba vestida de verde. Encontraría ese vestido, y a la dama que cubría. Si se trataba de la señorita Minerva Dodger, ya tendría su respuesta. Si no lo era, sabría quién sí era. En cualquier caso, le permitiría prolongar el tiempo en su compañía. Esa mujer lo intrigaba. Deseaba que regresara para poder terminar lo que habían empezado.

¿Lo odiaría por desvelar su secreto? Era una posibilidad. Y por eso permaneció donde estaba.

CAPÍTULO 10

A última hora de la mañana siguiente, Ashe estaba sentado a la mesa del desayuno, leyendo el *Times*, cuando Edward entró con aspecto de estar muerto a pesar de su vestimenta formal. Tenía los ojos hundidos y su palidez era tal que parecía casi gris.

—Necesito un café, bien fuerte —murmuró mientras se dejaba caer en una silla.

Un lacayo le acercó una cafetera de plata y llenó la taza.

—Tráeme tostadas —le ordenó él antes de mirar a Ashe—. Esta mañana no sería capaz de comer nada más.

—¿Demasiada bebida anoche? —preguntó el duque.

—Entre otras cosas —Edward se llevó la taza a la boca, aspiró el aroma y tomó un sorbo—. Cuéntame, ¿quién era el cisne blanco?

—¿Disculpa? —Ashe se puso tenso.

—Llegué al Nightingale en el preciso instante en que arrastrabas a una dama escaleras arriba. Seda blanca, máscara blanca. Tu actitud resultaba bastante posesiva. ¿O estabas simplemente obsesionado?

¡Maldición! Con las prisas por acostarse con ella, casi había olvidado que podría haber otros hombres observándoles, hombres que también querrían disponer de una oportunidad con la dama. No la forzarían, pero sí intentarían engatusarla.

—Lo creas o no, no tengo ni idea de quién es —lo sospechaba, pero no podía asegurarlo con total certeza.

En cualquier caso, ella no deseaba que nadie lo supiera, y él iba a respetar su deseo.

—Eso no es propio de ti. Normalmente consigues que todas se quiten la máscara.

De jóvenes solían presumir de sus conquistas, pero Ashe ya no tenía ninguna necesidad de hacer tal cosa. En lo concerniente al Nightingale, poseía sus propios secretos.

—Esa dama no es la primera que no desea revelar su identidad.

—Resulta poco deportivo por su parte, sin embargo, cuando adoptan esa actitud. A mí me gusta saber de quién es la esposa con la que me estoy acostando.

—Como bien sabes, y ya hemos hablado con anterioridad de ello, allí no todas las mujeres son esposas de alguien.

—¿Tu cisne no lo es? —Edward era todo interés.

—No lo sé.

—¿Viuda o solterona?

—De nuevo, no lo sé.

—¿Es una salvaje bajo las sábanas, o se limita a tumbarse sin más?

Salvaje. Sin trabas. Se había muerto de ganas de hundirse dentro de ella mientras la sentía desgarrarse en el clímax de la pasión, había imaginado esos músculos tensándose alrededor de su masculinidad, exprimiéndolo.

—No es de tu incumbencia.

—¿Por qué te muestras tan protector? Resulta un poco extraño que te importe si ni siquiera sabes quién es.

—Las mujeres acuden a ese club y esperan de los caballeros que mantengan la boca cerrada. Yo simplemente me adhiero a esa norma no escrita.

—¿Es aventurera?

—No pienso hablar de ella ni del rato que pasamos juntos.

—A lo mejor fracasaste. A lo mejor no conseguiste que se te levantara.

—¿A qué viene tanto interés? —en realidad había necesitado más de media hora para que se le bajara.

—Me estaba preguntando si no debería estar atento, quizás buscarla para divertirme con ella.

Ashe fue consciente del periódico que se arrugaba en sus manos.

—Si te acercas siquiera a un metro de ella, no vivirás para contarlo.

—Parece bastante especial —Edward enarcó una ceja—. No recuerdo haberte visto tan posesivo nunca.

Porque nunca lo había sido. Y no sabía por qué lo estaba siendo en esos momentos. A lo mejor porque aún no la había disfrutado por completo, no la había montado, no había experimentado la sensación de verse envuelto en el femenino calor. El duque agitó el periódico en un intento de zanjar la conversación sobre lady V.

—Voy a dejar esta residencia.

—¿Qué? Espera. ¿Por qué?

—Me parece ridículo gastar dinero en este lugar cuando la residencia de mis padres está disponible.

Era el último lugar en el que había visto a sus padres y únicamente había regresado allí en una ocasión después de cumplir la mayoría de edad. Los muros todavía conservaban el eco de sus gritos. Pero ya no podía permitirse más gastos superfluos.

—Me trasladaré en los próximos días. Si te interesa alquilar esta casa, te venderé gustoso todos mis muebles.

Amueblar una segunda residencia había demostrado ser, con el tiempo, un despilfarro, pero en aquellos momentos había confiado en que sus inversiones triplicaran la inversión inicial.

—Mi hermano me proporciona una generosa asignación, pero no lo suficiente. Y la bruja de su mujer está intrigando para que me la reduzca. Aun así, seguramente podría lanzarme a alquilarla —miró a su alrededor—. Es bonita. ¿Podríamos ponernos de acuerdo para comprarte los muebles poco a poco?

—¿Por qué no decides qué muebles te gustaría tener y yo vendo el resto? —sugirió Ashe mientras regresaba a la lectura del periódico.

—¿Va todo bien?

—No podría ir mejor.

—Ashe.

El duque bajó de nuevo el periódico y se encontró con la mirada de Edward fija sobre él. Además de compañeros de aventuras, juergas y bromas, también se habían convertido en familia desde el instante en que habían sido llevados a la residencia del marqués de Marsden.

—Podría ser que me haya cargado mi patrimonio —admitió él al fin, a pesar de lo mucho que le costaba admitirlo.

—Habla con Grey, incluso con Locke. Están forrados. Estoy seguro de que te ayudarían.

—No pienso aceptar su dinero.

—Un préstamo. Podrás devolvérselo a tu conveniencia.

—Nada hace más daño a una amistad que tomar dinero prestado de un amigo. Además, me metí en este lío sin ayuda de nadie. Podré salir del mismo modo.

—¿Y cómo piensas conseguirlo?

—Me voy a casar.

Minerva llegó a casa de Grace poco después del desayuno. Tras saludar a su hermanastro, le pidió a su cuñada que dieran un paseo por el jardín.

—Vosotras y vuestros secretos —Lovingdon sonrió antes de devolver su atención a los asuntos que tenía sobre el escritorio.

—Puede que haya cometido una estupidez —Minerva

esperó a que llegaran junto a los rosales para susurrar su confesión al oído de Grace.

—¡Cielo santo! —su cuñada la agarró de un brazo y la empujó detrás de una pérgola, mirándola fijamente como si sus acciones estuvieran grabadas en la frente—. Cuéntamelo.

—Le di permiso a Ashebury para que me fotografiara los tobillos desnudos —anunció Minerva tras tomar aire.

—¿Le mostraste los tobillos desnudos? —preguntó Grace como si no estuviera segura de haberlo oído bien.

—Y puede que también las pantorrillas —ella asintió.

—¿No estás segura? —la otra mujer abrió los ojos desmesuradamente.

—Pues claro que estoy segura. Quiero decir que sí, las pantorrillas también —Minerva hizo una mueca—. Y los muslos. Justo hasta el borde del trasero.

—¡Minerva! ¿Te has vuelto loca? —susurró Grace en tono severo—. ¿Le permitiste fotografiarte todo eso? ¿Cómo llegaste a esa situación?

—Anoche regresé al Nightingale.

—De modo que sí era él, el de la primera noche —la otra mujer le dirigió una mirada significativa.

—Lo era —Minerva suspiró—. Y le gusta... —sacudió la cabeza—. Se supone que no debo hablar de lo que sucede allí.

—Sabes que tus secretos están a salvo conmigo.

—Sí, pero estos son los suyos.

—También guardaré los suyos —Grace miró hacia el cielo, los árboles, como si estuviera implorando paciencia.

Si descubría que se lo había contado a alguien, quizás no se lo perdonaría jamás. Por otra parte, ella no era la primera que lo había acompañado a una habitación. Las otras damas lo sabían. Confiaría a Grace su vida, junto con todos sus secretos.

—Le gusta fotografiar a las damas que suben con él a las habitaciones.

Su cuñada abrió la boca y la cerró de golpe. A continuación frunció el ceño.

—Eso suena lascivo e indecoroso.

—Eso pensé yo también, la primera noche. Entonces no accedí, pero cuando vi sus fotografías de África... no podía dejar de pensar en ellas. No eran como las fotografías que nos hacían de pequeños en las que simplemente nos quedábamos ahí parados. Anoche... ¡Oh, Grace! Fue tan delicado, tan respetuoso. Lo vi en sus ojos, en la concentración reflejada en su rostro. Es muy importante para él. Y se aseguró de colocarme con mucho gusto.

—¿Colocarte con mucho gusto? No estoy segura de que suene muy tranquilizador, ni de que alguien desnudo pueda quedar colocado con mucho gusto.

—Había sombras, tantas sombras que me sentí... casi tapada. Si alguien llega a ver esas fotografías, no sabrá que soy yo.

—¿Estás segura?

—Llevaba puesta la máscara. Aunque es cierto que tengo una pequeña marca de nacimiento. En su momento no pensé en ello, pero ahora... de todos modos no creo que se la enseñe a nadie.

—¿Quién sabe lo de la marca de nacimiento?

—Mi madre, desde luego. Seguramente mi padre. Hay una pequeña probabilidad de que mis hermanos lo sepan, aunque no creo. Recuerdo que de niños nos bañábamos juntos, pero no creo que se fijaran entonces. Sin duda.

—Aun así. ¿Dónde tiene pensado exponer esas cosas?

—No piensa hacerlo. Son solo para él. Eso no es lo que me preocupa.

—Entonces, ¿qué es? —Grace le tomó ambas manos y se las apretó en un gesto tranquilizador.

—Creo que sospecha que yo podría ser lady V.

—¿Quién es lady V? —su cuñada parpadeó perpleja.

La carcajada de Minerva resonó a su alrededor.

—Me temo que yo. La primera noche tuve que darle un nombre y se me ocurrió lady Virgen.

—¿Lady Virgen? —Grace sonrió—. ¿En serio? Minerva, te pasas de atrevida.

—No soy tan atrevida. Y sigo siendo virgen —ella entrelazó los dedos de las manos y los apretó—. Se ha ofrecido a desflorarme esta noche.

—¿Vas a hacerlo? —la sonrisa de Grace se esfumó, sustituida por una expresión de preocupación.

—Sabe lo que hace. Creo que sería un amante extraordinario, pero no me siento muy cómoda con la idea de que me conozca. Se muestra intrigado por el misterio que le despierto. Si supiera la verdad, se sentiría decepcionado.

—Pero si sospecha... Sinceramente, Minerva, no puedes pretender mantener algo así en secreto. Llevas una pequeña máscara.

—En realidad es bastante grande, deja muy poco al descubierto.

—Pero él va a verlo... —Grace bajó la mirada hasta los pies de su cuñada y la deslizó hasta sus ojos— todo.

—¿No se puede hacer el amor a oscuras?

—Bueno, sí, supongo que sí, pero ¿no te apetece verlo? —Grace se tapó la boca con una mano—. ¿Qué estoy diciendo? No quiero animarte. Ojalá no te hubiera facilitado esa dirección.

—Por cierto, ¿dónde la conseguiste?

—De mi hermano. Estoy bastante segura de que Rexton se reúne allí con su amante. Lo viste, ¿a que sí?

—No puedo decírtelo.

—Tantos secretos —la joven hizo un gesto de desagrado—. No creo que salga nada bueno de todo esto.

—¿Me seguirás queriendo si sigo adelante?

—Pues claro, pero si él sospecha algo, ¿por qué no le confirmas tu identidad y luego ves lo que pasa?

—No espero que comprendas lo que sufre la autoestima después de seis años viendo cómo otras se enamoran y celebran buenas uniones, uniones que no están basadas únicamente en la dote. Yo quiero a un hombre que me mire como mi padre mira a mi madre, como Lovingdon te mira a ti. Como si no hubiera nadie más importante en el mundo, como si te idolatrara. Mi hermano moriría por ti.

—Casi lo hizo. Pero al final vivió para mí, y eso es mucho mejor, Minerva. ¿Te gusta Ashebury?

—Muchísimo.

—Tú nunca has sido una cobarde. Si lo quieres, ve a por él —su cuñada sonrió resplandeciente—. Así conseguí a Lovingdon. Yo apostaría por ti.

—Pues yo no apostaría mucho. Las probabilidades están en mi contra. Él podría tener a cualquiera. Pero al menos sé que le gustan mis piernas.

Ashe se detuvo en lo alto de las escaleras y contempló la oscura puerta de caoba que daba paso a la residencia de sus padres. Era una estupidez referirse a ella como tal. Sus padres hacía veinte años que no habían cruzado ese umbral.

Suspiró y giró la llave en la cerradura antes de descorrer el cerrojo y propinarle un fuerte empujón a la madera. Los goznes chirriaron y se quejaron a medida que la abertura dejaba ver el interior. Entró en el vestíbulo y cerró la puerta, encerrándose con los recuerdos.

Las motas de polvo bailaban en los haces de luz que se filtraban a través de las ventanas con parteluz que había a ambos lados de la puerta. El aire era denso y apestaba a cerrado y desuso. El silencio, espeso, propio de una residencia abandonada, no querida, no deseada.

Había sido el orgullo y felicidad de su madre, un símbolo de la riqueza y posición de su padre. Incluso a los ocho años, Ashe había comprendido el simbolismo de la exquisita construcción. Pero en esos momentos cada mueble estaba cubierto por un trapo blanco, proporcionando al conjunto un aspecto fantasmagórico.

Se dirigió a las escaleras, sus pisadas resonando sobre el mármol negro. Como si necesitara apoyo, se detuvo y se sujetó con fuerza al poste de la barandilla mientras contemplaba el sexto escalón, aquel sobre el que había estado cuando vio a sus padres por última vez, aquel desde el que les había gritado que los odiaba y que esperaba que no regresaran jamás.

El dolor del recuerdo se manifestó como una afilada puñalada en la base del esternón. Todavía le parecía oír las odiosas palabras resonando en la entrada, rebotando en las paredes y techos. Sin embargo, esas palabras habían seguido a sus padres, envolviéndolos. Los ojos azules de su madre habían reflejado tristeza al girarse sobre su hombro, antes de que su padre la empujara hacia fuera. ¿Qué había pensado su madre de él en esos instantes? Seguramente lo mismo que él pensaba de sí mismo en esos momentos.

«Heredero mimado, niñato consentido, criatura despreciable».

Al menos esas habían sido las palabras de la niñera mientras lo arrastraba de vuelta al salón infantil.

Debería vender la casa con todo lo que contenía. Sin embargo, hacerlo sería como aceptar una derrota. Ya era un hombre lo bastante fuerte para enfrentarse al pasado, para ocuparse de él, para seguir adelante. Ese lugar representaba una parte de su herencia, de su historia.

Debería dar gracias a que todo aquello que no deseaba recordar hubiera sucedido allí y no en la residencia de campo. Aunque le resultaba extraño pensar en ellos en Londres en noviembre. Pero ¿qué podía importar después de tantos años?

No importaba. Con largas y rápidas zancadas, como si intentara escapar de los demonios del recuerdo y el remordimiento, entró en el salón, donde fue recibido por los trapos blancos recubiertos por una fina capa de polvo. Allí solía presentarse a su madre todas las tardes para informarle de cómo había pasado el día. Le hablaba de los juegos en el parque, las clases de equitación, sus progresos en los estudios. Aún podía oír al tutor proclamando que no era un chico brillante, aún podía ver la decepción grabada en la mirada de su madre. Pero al menos sí era lo bastante brillante para comprender que los números eran unos traviesos. Cada vez que intentaba explicar cómo le gastaban bromas, ella desviaba su atención a los pájaros que revoloteaban al otro lado de la ventana. De modo que había aprendido a mantener la boca cerrada para no decepcionarla, para no perder su afecto.

Dudaba mucho que su madre se sintiera orgullosa de él si pudiera verlo en esos momentos, al comprobar su incapacidad para mantener el legado que había recibido. Y lo mismo le sucedería a su padre. Lo que más recordaba del anterior duque era su rigidez, su habilidad para caminar sin apenas mover el cuerpo, el modo en que enarcaba una ceja en un gesto de censura. Ashe sentía pánico a esa ceja enarcada, pues normalmente la seguían siempre las mismas palabras:

—Tráeme una vara.

Recordó el dolor del mordisco de la vara sobre su trasero desnudo, sobre sus piernas. Aun así, a pesar de la frialdad y rigidez de sus padres, al conocer su muerte se sintió perdido. Había gritado y llorado. Había prometido ser bueno si ellos regresaban.

Pero ni el mejor comportamiento del mundo podría haber enmendado lo que había sucedido.

A pesar de sus esfuerzos por evitarlo, su mente regresó a la última vez que había estado en ese salón, velando el féretro de sus padres. Habían recuperado tan poco de sus cuerpos que los habían juntado en un mismo ataúd. Al menos eso le habían contado. Había permanecido estoicamente sentado y en silencio mientras la gente le presentaba sus respetos. Demasiado joven, demasiado aturdido, para comprender todas las implicaciones, las consecuencias, de haber quedado huérfano, solo en el mundo, sin ningún pariente cercano. Los que se habían presentado ante él como parientes, le eran totalmente desconocidos. Y no había vuelto a ver a una sola de esas personas después del entierro. Nadie comprobó si estaba bien. Nadie le escribió una carta para preguntarle cómo estaba. Nadie se interesó por su salud, su seguridad, su bienestar. A nadie le importaba lo más mínimo.

Los taciturnos pensamientos amenazaban con consumirlo. Por eso se había negado a vivir allí. No era un lugar de felices recuerdos. Sí, debería vender la residencia familiar.

Pero no lo haría.

El día era perfecto para pasear por el parque. Minerva se alegró de que cuando lord John Simpson, hermano del duque de Kittingham, había ido a visitarla, hubiera sugerido dar un paseo. Era mucho más agradable que quedarse sentados en el saloncito, donde los pensamientos la bombardeaban con sus dudas. Aún no había decidido qué hacer aquella noche. De no sentirse tan atraída hacia Ashebury, no habría tenido ninguna decisión que tomar, pero, después de lo sucedido la noche anterior, había descubierto que deseaba experimentar todo lo que él pudiera ofrecerle. Aunque sospechara su identidad, no la conocía con certeza. Y ella casi prefería que fuera así.

—...como verá.

Minerva se volvió hacia su compañero de paseo, que no parecía tener más de diecinueve años. Era alto y de cabello rubio, y su bigote era poco más que una pelusilla de melocotón.

—Lo siento. ¿Qué decía?

—Mi hermano y yo nunca nos hemos llevado bien —el joven sonrió indulgente—. Es una persona malvada, rencorosa. Bastante desagradable, si le soy sincero. Tiene intención de quitarme la asignación cuando alcance la mayoría de edad, y eso me preocupa bastante.

—Ya me lo imagino. Pero resulta muy aceptable que el segundo hijo se convierta en clérigo.

—El problema es que te pasas la vida interesándote por los problemas de los demás —él hizo una mueca de desagrado.

—Pero estoy segura de que debe resultar muy gratificante proporcionar consuelo a quien lo necesite.

—Eso no es lo mío —él sacudió la cabeza.

—Quizás podría alistarse en el Ejército.

—Ahí hay que trabajar muchísimo, caminatas, recibir órdenes.

—Siempre será mejor que verse arrojado a la calle.

—Esperaba que me concediera el honor de casarse conmigo —el joven se detuvo y se volvió hacia ella.

—Soy mucho mayor que usted —Minerva tuvo que hacer un enorme esfuerzo por reprimir una carcajada.

—Soy consciente de ello, pero dejaría de quedarse para vestir santos.

—No tengo ningún problema con ser soltera. En realidad, me gusta la independencia que me proporciona.

—Y yo no le privaría de ella —los ojos del joven pretendiente brillaron—. Sería un matrimonio solo sobre el papel. Siendo el segundo no necesito proporcionar ningún heredero. De modo que no tendrá ninguna obligación conyugal.

—Tampoco las tengo ahora.

—Pero ahora todo Londres sabe que no las tiene. Cuando estemos casados, será nuestro pequeño secreto.

Los planteamientos de ese crío cada vez sonaban más ridículos. Minerva consideró seriamente la conveniencia de poner un anuncio en el *Times* para informar de que no buscaba esposo.

—Usted obtendría mi dote. Pero no acabo de entender bien qué ganaría yo.

—Dejaría de ser una solterona. Sería mi dama. Y gozaría de mi protección.

—Ya tengo protección.

—Su padre no vivirá eternamente.

—Cuando falte, tendré hermanos que ocupen su lugar. Además, tengo un buen gancho de izquierda.

—¿Se metería en una pelea a puñetazos? —él parpadeó perplejo.

—En caso necesario, sí.

—¿No hay nada que pueda ofrecerle para que casarse conmigo le resulte atractivo? —el joven suspiró y dejó caer los hombros.

—Amor.

—Amo a otra —la expresión era de clara derrota.

—Pues cásese con ella.

—Su dote es ridícula. Iba a emplear la suya para darle todo lo que no puedo ofrecerle ahora.

—Deberíamos abandonar esta conversación antes de que le haga experimentar mi gancho de izquierda.

—La he fastidiado —él sonrió de soslayo.

Su aspecto era tan juvenil. Ella se sintió muy mayor.

—Considere la opción del Ejército, milord. Le ayudará a madurar —Minerva se dio media vuelta e inició el camino de regreso a su casa.

Pasaron unos minutos antes de que él le diera alcance.

—No le hablará a nadie de mi proposición, ¿verdad?

—Claro que no.

—Gracias, señorita Dodger —caminaron en silencio un buen rato antes de que él volviera a hablar—. ¿Y si no consigo salir adelante yo solo?

—Tengo fe en usted, milord. No será sencillo, pero, si de verdad ama a esa chica, encontrará el camino. Uno que no incluya la dote de otra mujer.

Mientras se acercaban a su casa, Minerva se preguntó cómo había llegado a eso. La noche anterior no había habido decepciones. Solo diversión y placer.

Deseaba pasar otra noche con Ashebury, pero con sus condiciones.

—¿Me ha llamado, Excelencia?

De pie junto a la ventana de la biblioteca, tomando una copa de whisky, Ashe observaba menguar la luz sobre el jardín. Iba a echar de menos la tranquilidad, no tropezarse con un recuerdo cada vez que girara una esquina. Durante horas había recorrido los pasillos de su juventud, recordando unos pocos momentos dignos de mención. Su madre rociándole con su perfume, haciéndole cosquillas hasta que él le suplicaba que parase. Su padre intentando atar un hilo alrededor de un diente suelto de Ashe, asegurando un extremo al picaporte para luego cerrar la puerta de golpe y así arrancar el diente antes de darle una palmadita a su hijo en el hombro.

—Buen muchacho. Serás un buen duque.

Por supuesto, Ashe no volvió a contarle a su padre que se le movía un diente. Y luego ya no tuvo la oportunidad de hacerlo nunca más.

—Nos vamos a vivir a Ashebury Place. Que el servicio prepare la residencia para nuestra llegada. Me gustaría instalarme a lo largo de esta semana.

—De acuerdo, señor. Habrá que contratar más personal.

Ashebury Place era el doble de grande que la casa que ocupaban en esos momentos.

—De momento tendremos que apañarnos con lo que tenemos.

—Como guste.

No era cuestión de que le gustara. Lo cierto era que seguramente iba a necesitar despedir a alguien. Pero le costaba tomar esa decisión cuando el único crimen cometido por esas personas había sido el de trabajar para un señor que había caído en desgracia.

—¿Algo más, Excelencia?

—No, nada más por ahora, Wilson.

—Muy bien, señor —Wilson se marchó tan silenciosamente como había llegado.

Ashe presionó la ventana con un puño y apoyó la frente contra el cristal. No quería revivir los recuerdos que habían acudido a su mente horas antes, pero parecía estar atrapado en un barril que rodaba cuesta abajo. Por primera vez en todo el día, sonrió. En una ocasión, en Havisham, se habían metido por turnos en un barril y se habían lanzado colina abajo, de manera que estaba bastante familiarizado con la sensación. Además, podía enorgullecerse de que había sido el único que no había vomitado el desayuno.

El recuerdo del que tanto se enorgullecía despertó en él otro: el de sus fotografías, que tanta satisfacción le producían. Y siguiendo ese hilo de pensamientos, a su mente acudió la imagen de lady V tumbada en la cama, con las piernas descubiertas, esperando a que él se las separara para hundirse entre ellas.

La necesitaba esa noche. Y esperaba ansiosamente encontrarla allí.

CAPÍTULO 11

Llegaba tres minutos tarde, ciento ochenta segundos pasada la hora bruja, y ya había encontrado una sustituta. Con el corazón gritando y una amarga decepción instalándose en su pecho, Minerva se quedó paralizada en el umbral de la puerta que daba al salón del club Nightingale mientras veía a Ashebury asentir y sonreír a una mujer que portaba una máscara morada y un elegante vestido de noche. Apenas reflexionó un instante sobre el motivo por el que esa mujer no llevaba el sencillo atuendo de todas las demás damas presentes.

Le preocupaba más que se le hubiera ocurrido pensar que podría significar algo para el duque. ¿Por qué había dado crédito a su invitación, al placer que ese hombre le había proporcionado, a las excepciones que le había asegurado hacer con ella? De su boca lujuriosa y traicionera no habían salido más que mentiras, como las de cualquier otro hombre que alguna vez hubiera considerado ofrecerle su atención. En cuanto dejaba de verla, dejaba de pensar en ella. En ella. En lady V.

Se censuró severamente a sí misma. ¿De verdad había creído que una mujer que visitara un lugar como ese podría aspirar a recibir respeto y afecto durante más tiempo del que durara su interludio sexual?

El duque avanzó hacia ella con grandes zancadas, la sonrisa amplia, y se le ocurrió que esa sonrisa nunca había sido para la mujer vestida de morado. Esa sonrisa había aparecido en el instante en que ella había cruzado el umbral de la puerta, en el instante en que la había visto.

Se había retrasado tres minutos. Y no había transcurrido un minuto cuando ya estaba a su lado.

—Al parecer esta noche no buscas pareja —espetó ella en un tono de voz arisco que odió al instante.

Intentaba evitar mostrar hasta dónde llegaba su irritación y decepción, sacudiéndose la mano, grande y cálida que él había posado en su hombro ofreciéndole ese contacto que Minerva había planeado recibir con cada átomo de su ser.

La sonrisa de Ashe se debilitó ligeramente, la mirada fija en sus ojos, sin permitirle mirar hacia otro lado.

—Lady Eliza es la dueña. Me estaba asegurando de que todo estuviera tal y como yo lo había solicitado.

—¿Y qué has solicitado?

El duque deslizó la mano por el brazo de Minerva, le tomó la mano y se la llevó a los labios. Ella fue consciente de la calidez de su aliento, de la suavidad de esos labios.

—¿Es que quieres arruinar la sorpresa que he planeado para ti?

El pecho, antes encogido, se abrió como una rosa que floreciera con el primer rayo de sol.

—¿Y si no hubiese venido?

—Me habría marchado de aquí, un hombre destrozado.

—Lo dudo —ella sonrió.

—Bueno, puede que destrozado no, pero muy decepcionado. ¿Subimos?

Había llegado el momento. Sentía los nervios a punto de saltar y respiró hondo para intentar calmarse. No iba a echarse atrás de nuevo. Había decidido acudir allí, encontrarse con él esa noche, porque quería estar en sus brazos. Era él. Él a quien deseaba, él quien quería que la llevara más profundamente al reino del placer. Confiaba en él. Podría haberse aprovechado ya de ella, podría haberse enfadado cuando ella cambió de idea. Pero en todo momento se había mostrado paciente, comprensivo, delicado, a pesar de haberle explicado que le gustaba fuerte y duro. El beso contra la puerta, sin duda, había sido un ejemplo.

Minerva no había sentido temor, y la idea de lo que iba a suceder en esos momentos tampoco le asustaba. Quería estar con él. Pues esa noche viviría la fantasía de que él deseaba yacer con ella.

Minerva asintió. Rodeándole la cintura con un brazo, él la giró hacia las escaleras y la atrajo hacia sí mientras subían los peldaños. Al llegar al final, la condujo por otro pasillo, al final del cual encontraron más escaleras. La guio hacia arriba. Al final había solo una puerta.

Ella hervía de anticipación mientras Ashe introducía la llave en la cerradura y abría la puerta. En esa ocasión, tras cruzar el umbral, no le sorprendió oírla cerrarse de golpe y sentir la espalda pegada a la madera. Lo siguiente que sintió fueron los brazos firmemente sujetos por encima de la cabeza y la boca del duque devorando hambrienta la suya. En esa ocasión, ella lo recibió sin dudar, sin reservas.

—Has llegado tarde —la censuró.

—Tres minutos —ella rio.

Y había estado a punto de no ir siquiera. Se había subido al carruaje, y se había bajado. De nuevo se había subido. Después le había pedido al cochero que la dejara a unas manzanas del Nightingale y lo había despedido, y rezado para que no le dijera nada a su padre. ¿Por qué iba a hacerlo? El sirviente desconocía su destino final, y el lío en el que se estaba metiendo.

—Cada uno de ellos fue una eternidad de agonía —masculló Ashebury entre dientes.

La alegría que se enroscaba en el interior de Minerva aumentó cuando él volvió a tomar posesión de su boca. La deseaba, se moría por ella, la quería. La hacía sentirse hermosa y elegante. La hacía sentirse como si le importara.

—Quítate la máscara —le exigió con los ardientes labios pegados al cuello.

—No.

Esa noche era para la fantasía, los sueños de una chica sencilla que nunca había conocido la pasión, que nunca se había sentido deseada. Una chica convencida de estar destinada a un matrimonio de conveniencia, hasta que había decidido ir por la vida con su cabeza de solterona bien alta antes que inclinarse ante un hombre que no la amara.

Ashebury se echó ligeramente hacia atrás y miró a través de los pequeños agujeros que permitían ver sus ojos, le sujetó el cuello con ambas manos y le acarició las mejillas con los pulgares.

—Después de todo lo que hemos compartido hasta ahora, ¿por qué no quieres mostrarte ante mí?

—Porque lo cambiaría todo.

—Podría cambiarlo para mejor.

—No lo creo. Yo me sentiría expuesta, incómoda. Seguramente no podría seguir adelante. Pero deseo estar contigo —ella le acarició la mandíbula—. Aun así, necesito el misterio.

Ashe cubrió una de las manos de Minerva con la suya y giró la cabeza para besarle la palma.

—¿Cómo vas a explicar tu condición en la noche de bodas?

—No voy a casarme.

—¿Y si recibes una proposición? —él la miró fijamente.

—No me fío de ningún hombre cuando me dice que me desea. Ninguno ha asegurado amarme —ella deslizó la mano hasta la solapa y la apretó entre sus dedos—. Esta noche no pronuncies esas palabras. Entre nosotros quiero sinceridad.

—Dice la mujer de la máscara dorada.

—No hay ninguna deshonra en no revelar mi identidad cuando, además, es la norma de este club. ¿No aceptaste esas mismas condiciones con otras mujeres?

—Pero ninguna me ha intrigado tanto como tú. No obstante, si debo elegir entre aceptar tus términos o no tenerte... acepto tus términos —el duque la soltó y se apartó—. Y ahora disfrutemos de lo que nos ha preparado lady Eliza.

Minerva contempló más detenidamente la estancia. Era más grande que la otra. Del dosel de la cama colgaba un cortinaje de terciopelo rojo que contrastaba violentamente con las sábanas de raso blancas que brillaban bajo la luz de las velas. En la zona de estar ardía un fuego en la chimenea. Junto a la ventana, una mesa cubierta por un mantel estaba dispuesta con un ligero refrigerio y una botella de vino. Ashebury estaba sirviendo dos copas de un líquido color burdeos.

—No sé si podré comer algo —observó ella mientras se acercaba a la mesa.

—Si no es ahora, después —el duque la contempló—. Necesitas mantener tus fuerzas. Tenemos toda la noche.

Minerva estuvo a punto de aclararle que necesitaba estar de regreso en su casa para cuando sus padres despertaran, y su padre era madrugador. Pero decidió que ya se preocuparía de ese asunto más tarde. Aceptó la copa de vino y tomó un sorbo.

—Muy bueno.

—Me alegra que te guste.

—¿Por qué esta habitación? —ella miró de nuevo a su alrededor.

—Solo la utilizan los clientes más exclusivos, para ocasiones especiales. No tiene un aspecto tan sórdido. Está aislada, y pensé que te sentirías más a gusto aquí en caso de que necesites gritar de placer.

Después de lo de la noche anterior, a Minerva no le cabía la menor duda de que ese hombre era muy capaz de hacerle gritar con suma facilidad. Tomó otro sorbo de vino, se lamió los labios y vio cómo los ojos de Ashebury se oscurecían.

—No has colocado la cámara.

—Esta noche no he venido a hacer fotografías.

—¿Salió bien la que me hiciste?

—Es sin duda mi mejor obra.

—Esperaba que la trajeras para enseñármela.

—Nunca comparto mis fotografías con otros —él sacudió la cabeza—, ni siquiera contigo.

—Eso no me parece justo. Quizás consiga que me enseñes a manejar una cámara para así poder hacerte una fotografía a ti.

El duque tomó una fresa y la deslizó sobre los labios de Minerva.

—Me encantará añadir eso a la lista de cosas que tengo intención de enseñarte.

Ella mordió la fresa y se deleitó con la jugosa dulzura mientras él se la terminaba de comer. Todo iba muy despacio, mucho más de lo que ella había pensado.

—Creía que íbamos a ponernos a ello de inmediato.

—La primera noche te expliqué que una seducción lenta aumenta la anticipación y, por tanto, el placer final.

—La seducción lenta comenzó hace dos visitas, ¿no crees?

—Solo hay una primera vez, V —las sensual sonrisa que Ashe le dedicó daba una idea del diablillo que llevaba dentro.

—Veo que has optado por la familiaridad —ella sintió la boca repentinamente seca—. ¿Debo llamarte A?

—Ashe. ¿Preferirías que te llamara de otro modo? ¿Querida, quizás?

—No quiero falsas palabras de afecto.

—Si te los dedico, créeme, no serán falsos. Yo no juego. Cuando me llevo a una mujer a la cama, soy muy serio —Ashebury dejó la copa y se acercó a ella, taladrándola con la mirada—. Y esa máscara va a desaparecer. Si quieres que haga travesuras contigo, tendrá que desaparecer —deslizó un dedo por el rostro de Minerva, justo por debajo de la máscara—. Te voy a quitar la ropa, después apagaré las velas y echaré las cortinas del dosel, de modo que no habrá nada más que oscuridad. Tú te meterás y te quitarás la máscara. Cuando estés preparada, me reuniré contigo —se inclinó un poco más hacia ella—. Y, cuando ambos estemos preparados, me deslizaré dentro de ti —susurró.

Minerva temblaba de deseo a medida que su mente era bombardeada por las imágenes que suscitaban las palabras del duque. Seducción lenta. En un intento de calmar el galopante corazón, apuró la copa de vino.

—Pero antes —él se irguió—, tengo algo para que te pongas, así no te sentirás tan expuesta —tras hundir la mano en la chaqueta, sacó una pequeña cadena de eslabones de oro separados por pequeños dijes dorados.

—¡Qué pulsera tan preciosa! —ella contempló fijamente al duque—. No es posible que pretendas regalármela.

—No es exactamente una pulsera —Ashe se arrodilló y se dio una palmada en el muslo mientras levantaba la vista—. Es para el tobillo. La compré durante un viaje a la India. No sé por qué sentí la necesidad de adquirirla, pero sé que debe pertenecerte.

—Sinceramente, no puedo aceptar un regalo como este.

—Dentro de un rato voy a tomar algo de ti. Considero que debería darte algo a cambio —de nuevo se dio una palmada en el muslo—. Vamos. Sabes que la deseas, y será nuestro secreto. Puedes ponértela, y nadie la verá debajo de las faldas.

Minerva recordaba que Ashebury le había dicho que necesitaba sentirse un poco enamorada del primer hombre con el que yaciera. ¿Intentaba asegurarse de que lo estuviera de él? Porque, desde luego, se estaba enamorando de ese hombre. Dejó la copa sobre la mesa y, apoyando una mano sobre el hombro del duque para no perder el equilibrio, posó un pie sobre el firme muslo, encogiendo y estirando los dedos ante la familiar sensación. Ashe le colocó la cadena de oro alrededor de un tobillo, cuyo aspecto jamás le había parecido a ella tan delicado.

—La mayoría de los caballeros seguramente regalarían una pulsera, un collar o unos pendientes —observó ella.

—Yo no soy la mayoría de los caballeros —Ashe irguió el magnífico y atlético cuerpo—. Y tú, desde luego, no eres la mayoría de las damas.

Sin apartar la mirada de ella, el duque deslizó un dedo de cada mano bajo los tirantes de la túnica y empezó a retirarlos a un lado.

Minerva contuvo la respiración. El momento para el que tanto había esperado había llegado. Se preguntó si debería sentirse asustada o nerviosa. Si lo habría estado en su noche de bodas. Pero simplemente desbordaba ansia y anticipación.

La túnica se deslizó ligeramente hacia abajo y él la siguió con la mirada antes de posarla de nuevo en sus ojos. Inmóvil. Expectante.

—Va a caerse al suelo —anunció él al fin—. Y entonces te tomaré en brazos y te llevaré a la cama.

—No antes de que yo te desnude a ti —contestó ella con algo más de confianza de la que sentía.

—Y yo que creía que las vírgenes eran tímidas —la sonrisa de Ashebury era cálida y su mirada brillaba de placer.

—Cuando sé lo que quiero, no siento timidez. Y te quiero a ti.

Con un gruñido salvaje, el duque soltó los tirantes y tomó el rostro de Minerva entre las manos ahuecadas, reclamando su boca mientras el trozo de seda caía al suelo. Debería haberse sentido expuesta, pero no fue así. Él la abrazó y la atrajo hacia sí mientras su boca tomaba posesión de sus labios. Fuerte y duro, le había dicho en una ocasión, y ella sospechaba que se estaba controlando para no asustarla. Sin embargo, no sentía escrúpulos, dudas ni reservas. Necesitaba desesperadamente a ese hombre, como necesitaba el aire para respirar.

Ashebury interrumpió el beso y la levantó en brazos para dirigirse hacia la cama.

—Tu ropa —le recriminó Minerva.

—Necesito acercarte a la cama antes de perder las fuerzas. Me debilitas.

Ella soltó una carcajada y tomó la fuerte mandíbula entre sus manos. Debía haberse afeitado poco antes de acudir al club, pues la piel estaba suave y lisa. No le habría importado un poco de rugosidad, pero le gustaba que se hubiera molestado por ella. Olía a jabón y a fragancia de sándalo recién aplicada. Se había tomado muchas molestias para prepararse para el encuentro.

—Eres exquisita —el duque la dejó en el suelo y deslizó la mirada por todo su cuerpo.

Una sencilla frase, pero que la hizo sentirse perfecta, amada, apreciada. Ashe dibujó un ocho tumbado alrededor de sus pechos que se tensaron de inmediato y parecieron alargarse hacia él.

—Suéltate el pelo —le ordenó.

—Creía que te gustaba arrancarme las horquillas.

—Quiero ver cómo se alzan tus pechos cuando levantes los brazos. La oscuridad me va a impedir verlos después. Concédemelo ahora.

A Minerva no se le había ocurrido. Ella tampoco vería nada.

—¿Suele hacerse a oscuras?

—No siempre —Ashe la miró con expresión lánguida, mientras volvía a recorrer su cuerpo con la mirada—. En ocasiones la oscuridad añade sensualidad al acto. A veces la luz lo convierte en algo igual de provocativo. Eso depende de lo que desees. Domino ambas artes.

Minerva se sintió tentada de acusarlo de ser un fanfarrón, pero había comprobado la veracidad de sus palabras en sus fotografías. Tragó nerviosamente y alzó los brazos, observando atentamente cómo las aletas de la nariz del duque se hinchaban y los labios se entreabrían ligeramente, los ojos emitiendo destellos de deseo. Mientras se arrancaba las horquillas, casi lamentó haber exigido oscuridad, lamentó que él hubiera exigido la retirada de la máscara. Y sin embargo, sentía tantas ganas como él de verla desaparecer, y no deseaba que constituyera un obstáculo entre ellos.

Las horquillas cayeron al suelo sin ningún decoro. Cuando sintió moverse los cabellos, la máscara aflojarse, le dio la espalda al duque por si la máscara se deslizaba en exceso antes de que tuviera tiempo de sujetarla. Oyó la respiración entrecortada cuando la mata de pelo cayó sobre su espalda. Sujetándose la máscara con las manos, se volvió de nuevo hacia él.

—Creía saber qué aspecto tienes —observó él—. Me basaba en cómo caía la túnica de seda sobre tu cuerpo. Pero me equivoqué. Eres mucho más deliciosa de lo que me imaginé.

Minerva no sabía qué contestar a sus cumplidos, a sus elogios. Lentamente bajó los brazos, sintiéndose poderosa, con el control de la situación porque no le afectaba el examen visual al que Ashe le estaba sometiendo.

—¿A qué esperas? —preguntó él.

—¿Disculpa?

—Mi ropa. ¿No dijiste que me la ibas a arrancar del cuerpo?

—¿Y cómo te irías a casa si hiciera eso? —preguntó ella mientras deslizaba las manos por dentro de la chaqueta, aplastándolas contra el torso, deleitándose al sentir cómo él contenía la respiración.

Continuó deslizando las manos hacia arriba, sobre los hombros, bajando por los brazos, sin hacer amago de sujetar la chaqueta cuando esta cayó al suelo.

Siguió con el chaleco, que desabrochó con dedos sorprendentemente firmes.

—No estás nerviosa —él también lo había notado.

—Deseo que esto suceda —ella alzó la mirada y le ofreció a Ashebury lo que, esperaba, fuera una sonrisa descarada.

—Nos está llevando demasiado tiempo —mientras Minerva desataba el pañuelo, Ashe empezó a desabrocharse la camisa. Luego, se deshizo de las prendas, dejando al descubierto un torso bellamente cincelado.

Y de repente los dedos de Minerva sí empezaron a temblar al rozar la irregular cicatriz del hombro izquierdo.

—El señor Alcott no exageró.

—¿Disculpa?

Ella levantó la vista y vio la mirada inquisitiva, vio la pregunta reflejada en sus ojos. Y sin pensar en lo que hacía, cometió un error, uno que podría haber desvelado su identidad de haber dicho más.

—Estuve en casa de lady Greyling, en la fiesta de bienvenida que os ofreció. Oí los relatos, vi tus fotografías. Esas fotografías son el motivo por el que cambié de opinión sobre lo de posar para ti.

—No hablamos. Me habría acordado. Tu voz es muy característica.

—Suelo ser el patito feo de eventos como ese —ella suspiró aliviada al comprobar que no se había delatado.

—Es una lástima. Y parece que mis cicatrices han ensombrecido el ambiente. Súbete a la cama. Yo me ocupo del resto.

—No me parecen espantosas. Son un símbolo de valor.

—Más arrogancia que valor. Cuando son capturadas por su belleza, olvido con facilidad que las criaturas de la jungla son salvajes —Ashebury le sujetó la barbilla y la besó—. Estoy ansioso por descubrir lo salvaje que puedes ser. Súbete a la cama.

Al parecer no tan salvaje, puesto que dudó ante la idea de verlo sin pantalones. Asintió brevemente y se subió sobre las sábanas de raso, consciente del tintineo de la tobillera mientras él soltaba las cortinas del dosel. La pesada tela de terciopelo cayó delicadamente en su sitio, envolviéndola lentamente en la oscuridad.

Minerva se quedó sentada y dobló las rodillas, apoyándolas contra el pecho, abrazándolas mientras escuchaba atenta los sonidos ahogados de las pisadas del duque, que daba vueltas por la habitación, sin duda para apagar las velas. Oyó el ruido de una bota al caer y luego de la otra. Esforzándose por oír, percibió el ruido que hizo él al quitarse el pantalón. Y de repente no hubo más que silencio.

—¿Ya te has quitado la máscara?

Minerva se sobresaltó ante la brusquedad de la voz que oyó al otro lado de la cortina.

—¿Y tú los pantalones?

—Sí.

Ella habría jurado que había un toque de humor en la voz de Ashebury.

—Vamos, V, me muero por devorarte entera.

Minerva respiró hondo y soltó el lazo que sujetaba la máscara. Arrodillándose sobre la cama, la dejó en una esquina a los pies de la cama. Allí estaría segura.

—Estoy preparada —anunció en un susurro.

La oscuridad cedió paso a unas profundas sombras. Ella apenas distinguió la forma humana. La cama crujió cuando él se subió al colchón, las cortinas se cerraron.

Rodeándola con un brazo, el duque la atrajo hacia sí, piel con piel, desde los hombros hasta los dedos de los pies, la ardiente dureza presionando contra el estómago de Minerva. Infalible, él encontró sus labios y se zambulló en un apasionado beso.

Ella casi se había delatado. Él casi le había dicho que sabía quién era. Pero, por algún motivo incierto, Minerva necesitaba guardar el secreto, no quería confiarle la verdad. De todos modos, en esos momentos, excitado como estaba, lo único que le importaba era que le confiara su cuerpo.

Ashe estaba decidido a asegurarse de que ella no sintiera remordimientos al respecto.

Maldijo la oscuridad. Le hubiera gustado hacer algo más que deslizar un dedo por su piel al verla desnuda ante él, pero sabía que, si le hubiera tomado uno de esos perfectos pechos entre la manos, si hubiera pellizcado el rosado pezón, hundido los dedos en los rizos entre los muslos, no habría podido controlarse. Se habría arrojado sobre ella para saciarse en ese instante.

Pero había tenido que aguantar porque quería que esa maldita máscara desapareciera.

Y en esos momentos ya no había nada que le impidiera disfrutar completamente de su dama. Ashebury hundió las manos en la espesa mata de rizados cabellos de Minerva, sujetándole la cabeza mientras le besaba a conciencia cada rincón y recoveco de su boca. Sabía a vino y fresa, decadencia y deseo. Y, sobre todo, no se contenía, pues ella también exploraba la boca del duque con igual medida, sus dedos hundiéndose en los hombros, en su espalda. Esa mujer estaría a la altura de cualquier hombre, y por eso algunos la censuraban. Pues más tontos eran ellos. El entusiasmo de Minerva no conocía igual, sus ansias eran incomparables. Y él había estado a punto de rechazarla por ser virgen.

Eso sí que habría sido una estupidez.

Pero había hablado con ella en casa de Greyling, y se había sentido intrigado. Era una mujer que manifestaba sus propias ideas, una mujer valiente y sincera. Ella jamás revelaría su identidad. Y por mucho que él deseara que lo hiciera, comprendía su reticencia. Lo que estaba sucediendo entre ambos en esos momentos sería censurado por la buena sociedad. Aunque ella asegurara que no quería casarse, si se descubrían sus visitas al Nightingale, el matrimonio jamás sería una opción para ella. Sería una proscrita, ni siquiera bienvenida en los salones de baile o las residencias.

De modo que no podía culparla por su precaución. Y le guardaría sus secretos. Todos. Cada uno de los que estaba descubriendo.

La suavidad de su piel, que percibía al deslizar una mano por su espalda. La redondeada firmeza de su trasero al apretarlo. El modo en que sus pechos encajaban en sus manos cuando los acunaba. La sensibilidad bajo la oreja que se manifestaba cuando besaba esa zona. Los dulces gemidos que escapaban de sus labios cuando apretaba el cuerpo contra el suyo. El duro pezón que saboreaba con su lengua antes de introducirlo en la boca. El eco de sus suspiros, la sensación de su pie frotándole la pantorrilla. La ardiente humedad que le cubrió los dedos al comprobar si estaba preparada.

Ashe apoyó las manos sobre el colchón, a ambos lados del pecho de Minerva, y hundió el rostro entre los suaves montículos de su seno. No soportaba la idea de provocarle la menor incomodidad.

—¿Ashe? —ella deslizó las manos por sus cabellos.

—¿Estás segura de que no lo lamentarás después?

—Solo lamentaré el que te detengas —ella tragó nerviosamente—. Te quiero dentro de mí.

A pesar de la oscuridad, él cerró los ojos con fuerza y soltó un pequeño gemido. Las palabras de Minerva lo habían puesto aún más duro. Ya se había protegido el miembro antes de besarle el interior de un pecho y luego del otro.

—Entonces prepárate, cariño. Estoy a punto de volverte loca.

¿A punto? Hacía rato que ya lo había conseguido. Cada centímetro del cuerpo que él había tocado se moría por volver a ser tocado, cada nervio tenso ante lo que sabía le aguardaba, por el placer que ya había experimentado antes. Se deleitó tocándolo, al menos allí donde alcanzaban sus manos, acariciándole los atléticos y fuertes músculos.

Ashebury la seducía con su boca y sus dedos. Besaba, chupaba, mordisqueaba, hasta que ella ya no pudo más y empezó a retorcerse bajo su cuerpo, hasta que intentó fundirse con él, hasta que sintió la presión de su dureza contra la íntima y ardiente entrada. Y en ese instante se quedó quieta.

—No te pongas tensa —le ordenó él, retirándose—. No pienses en lo que te espera, solo en lo que es.

Ella asintió, antes de comprender que él no había podido ver el gesto. Alzó las piernas y le rodeó las caderas con ellas mientras oía el entrechocar de los dijes.

—De acuerdo. Estoy preparada para ti. Sé que lo estoy.

—Yo también sé que lo estás, pero no hay prisa.

—Creía que te gustaba fuerte y duro. ¿O era fuerte y rápido?

—Ya tendremos la oportunidad de eso después. Tenemos tiempo de sobra.

—No quiero decepcionarte.

Ashebury se deslizó hacia arriba, hasta alcanzar el lóbulo de la oreja de Minerva, que mordisqueó arrancándole un gemido.

—Estás en mis brazos —susurró él con voz ronca—. ¿Cómo ibas a poder decepcionarme?

Ella lo abrazó con fuerza. Le había asegurado que en la cama no había mentiras, y aun así sus palabras eran demasiado bonitas para ser ciertas, a pesar de la convicción con la que las murmuraba. ¿Por qué no había podido disfrutar de todo eso sin sombras, sin máscara?

Qué estúpida era por lamentar lo que nunca había tenido, y por no disfrutar de lo que tenía en esos momentos. Pues en esos momentos gozaba de la devoción de Ashe, de su deseo. Poco importaba que solo fuera por esa noche. El recuerdo la acompañaría durante el resto de su vida.

De nuevo fue consciente de la presión, de cómo entraba despacio, solo un poco, de cómo volvía a salir. La boca de Ashe permanecía sobre la suya, distrayéndola de todo lo que no fuera esa deliciosa sensación. Pensó en los cazafortunas. ¿Habrían manifestado tanta paciencia con ella? ¿Se habrían tomado su tiempo? ¿O sencillamente se habrían hundido en su interior para proclamar que habían cumplido con su deber?

Él se alzó sobre ella, basculando las caderas, cada movimiento hundiéndole más profundamente. Minerva sintió cómo se estiraba su interior para acomodarse a él, la incomodidad era tan pequeña que apenas la notaba. La respiración de Ashe se volvió entrecortada y sus brazos temblaron ligeramente. Ella deslizó las manos por su torso, sintiendo los músculos contraerse, la tensión.

La última embestida fue más fuerte que las demás. Ashebury se detuvo. Bajo sus dedos ella sintió liberarse parte de la tensión. Él volvió a besarla, rápidamente.

—No has gritado.

—No ha sido tan malo —Minerva apretó las piernas contra las caderas de Ashe.

—Un elogio excesivo para mis habilidades.

Ella soltó una pequeña carcajada antes de incorporarse y tomarle el rostro entre las manos.

—Adoro la sensación de tenerte dentro de mí.

—Y yo adoro tu franqueza —contestó él tras soltar un gruñido que retumbó en su garganta.

Los labios de Ashe buscaron de nuevo los suyos mientras empezaba a bascular las caderas entre sus muslos, fuerte y rápido. Las sensaciones que se habían estado acumulando se desbordaron en un estallido de consciencia y placer. Minerva sintió cómo su interior se enroscaba y tensaba.

Ashe interrumpió el beso y sus movimientos se aceleraron. Minerva se perdió en el rapto, vagamente consciente de gritar su nombre en el instante en que el cataclismo la engullía. Él gruñó salvaje y profundamente con la última embestida y el estremecimiento de todo su cuerpo. Respirando entrecortadamente, apoyó la frente contra la de ella.

—No es justo —Minerva jadeaba—. No has gritado mi nombre.

—Porque me has dejado sin aliento.

Ashebury rodó sobre la espalda y la atrajo hacia sí, apoyando la cabeza de Minerva sobre su hombro mientras ella posaba una pierna sobre su muslo. Ella pensó que debería decir algo, darle las gracias. Pero solo parecía ser capaz de quedarse dormida.

Desconocía cuánto tiempo había dormido, pero cuando Minerva despertó seguía en sus brazos, la mano de Ashe jugueteando con sus cabellos. Deseó no necesitar la oscuridad, pero no quería que nada arruinara lo que acababa de suceder entre ellos.

—¿Ha sido tal y como te lo habías esperado? —preguntó él.

—¿Cómo has sabido que estaba despierta?

—Me has hecho cosquillas en el pecho con las pestañas —Ashe le recogió un mechón de cabellos detrás de la oreja—. ¿Todo bien?

—Más que bien. No me parece justo que las mujeres no puedan experimentar esto si no están casadas.

—Es evidente que algunas sí lo hacen.

—Pero si las descubren, hay repercusiones —Minerva se incorporó y apoyó la barbilla sobre el pecho de Ashebury, entornando los ojos para intentar descifrar su silueta—. Para ser alguien que tiene aversión a las vírgenes, desde luego te has manejado muy bien.

—¿Te duele?

—Estoy un poco dolorida. Nada que no pueda soportar. Pero ¿cómo supiste cuál era el mejor modo de facilitarme las cosas?

—Tengo un amigo que no comparte mi aversión. Le pregunté por sus experiencias.

Ella se puso tensa.

—Relájate. No le expliqué el motivo, y estaba borracho. No recordará la conversación.

Sin duda se trataba de Edward Alcott.

—Si tienes hambre, puedo traer la comida a la cama —sugirió él.

—No, debería marcharme a casa. Mi padre es muy madrugador.

—¿Ya has terminado conmigo o te apetece otra noche más?

La voz de Ashebury estaba cargada de decepción. Minerva se incorporó hasta estar casi tumbada sobre él y le acarició la mandíbula que ya empezaba a evidenciar una incipiente barba.

—Jamás pensé que pudiera sentirme tan cómoda completamente desnuda en compañía de un hombre.

—No estás completamente desnuda.

Ella alzó el pie y lo agitó para hacer sonar la tobillera.

—No sé si sería prudente volver a verte. Existe el peligro de que me descubran. Se suponía que solo iba a ser una noche.

—¿Y si yo quiero más? —él la atrajo hacia sí para besarla.

Había más que el peligro de que la descubrieran. Había el peligro de que quedara embarazada.

—Me dijiste que nunca repites con la misma mujer.

—Ya te he dicho que contigo hago excepciones. Además, no eres tonta. Sabes que ningún otro hombre podrá satisfacerte como yo.

—Qué arrogante eres —ella le acarició la rugosa barbilla—. Ya me has echado a perder para otros hombres. Jamás estaré con otro hombre —pero tampoco podía seguir así.

—No hace falta que nos veamos aquí. Podríamos encontrarnos en mi residencia. Es más íntimo. Pero quiero saber quién eres.

—No puedo —Minerva sacudió la cabeza.

—Hazme llegar un mensaje si cambias de idea. Sabes dónde encontrarme.

—¿Estás enfadado?

—Decepcionado, aunque puede que me tenga merecido que solo me hayas querido para una noche. Nunca me había parado a pensar cómo se sentían después las damas a las que había seleccionado, sabiendo que se nos había acabado el tiempo. Lamento ser un bastardo —él se incorporó y la besó fugazmente en los labios—. Ponte la máscara, cariño, vamos a casa.

Ashebury desapareció de la cama, deslizándose por un lateral de las cortinas. Ella esperó tres segundos antes de seguirlo, dejándose la máscara atrás. Sin embargo, al final la agarró y se la puso.

En esa ocasión, él viajó con ella en el carruaje, rodeándola con un brazo. No hablaron. Minerva no estaba segura de que quedara nada más por decir.

Cuando el carruaje se detuvo frente al Twin Dragons, él no reaccionó y ella decidió aprovechar su ventaja. Incorporándose ligeramente mientras esperaba a que el lacayo abriera la puerta, miró por encima del hombro.

—No pareces sorprenderte por nuestro destino. Obligaste al cochero a revelar la dirección.

—Te di mi palabra de que no lo haría.

—Entonces, ¿por qué no te has extrañado?

—Porque le di instrucciones de que me llevara al mismo sitio al que te había llevado. Mi palabra permanece intacta.

La puerta se abrió.

—Veo que eres tan hábil con tu mente como lo eres con tus manos —ella se bajó sonriente, envuelta en la carcajada del duque. A medio camino hacia la puerta, se quitó la máscara. Estuvo tentada de volverse, pero sabía que él la estaba observando, sentía su mirada sobre ella como si se tratara de una caricia. Y casi se volvió.

Sin embargo, al final optó por entrar en el club, consciente de que después de aquella noche todo cambiaría.

CAPÍTULO 12

Minerva despertó ligeramente dolorida, aunque no tanto como había esperado. Y todo gracias a que Ashe se había tomado su tiempo en prepararla para recibirlo. Se había mostrado un amante considerado, perfecto para una mujer que experimentaba su primera vez. Lo que ella había pensado sería su única vez. Sin embargo, ya empezaba a comprender la estupidez de esa idea. ¿Por qué renunciar al placer cuando la hacía disfrutar tanto?

Por otra parte no quería precipitarse. Y desde luego no quería seguir preocupándose por si él descubría su identidad. Una cosa era llevar máscara en el salón del Nightingale, pero a solas en el dormitorio debía hallar el coraje para quitársela. En cuanto él supiera quién era, podrían reunirse en su residencia, tal y como le había sugerido. Nunca había planeado que el club Nightingale formara parte de su vida. Su intención había sido, simplemente, usarlo a modo de introducción al placer.

Y bien que le había servido. Con una sonrisa dibujada en los labios, llamó a la doncella.

Debía decidir cómo manejar el asunto a partir de ahí y hallar el mejor modo de descubrirle su identidad. Era evidente que había disfrutado en la cama con ella. No había supuesto una decepción para él y la idea hizo que Minerva se sintiera caldeada, embriagada, perdida en los recuerdos. Siendo sincera, podría ser que se hubiera enamorado un poco de él.

Era lo que Ashe le había aconsejado que hiciera la primera noche. Estar un poco enamorada de la otra persona.

Se preguntó si sería posible que el duque se hubiera enamorado también un poco de lady V. La embriaguez se disipó, sustituida por la desilusión. Lo que ella quería era que el duque se enamorara un poco de Minerva Dodger.

Estaba viviendo una doble vida y, si alguna vez colisionaran, nadie podría salvarla. Ni el dinero de su padre, ni la posición de su familia, ni la categoría que ocupaba su hermano en la sociedad. Su mayor temor era arrastrarlos a todos al infierno con ella.

Ashe no era ajeno a los bailes, pero jamás había asistido a ninguno en busca de esposa. Los frecuentaba para flirtear, para recibir atenciones, para divertirse. Un baile por allí, un juego de cartas o partida de billar por allá, charlar con algunos caballeros, conversar sobre temas insustanciales con muchas damas, jóvenes, mayores y de edad intermedia.

Siendo uno de los famosos bribones, la gente lo mimaba. A las personas les fascinaba su pasado, sus viajes, sus aventuras. En cuanto su presencia fuera anunciada y bajaran las escaleras que conducían al salón de baile de Lovingdon, Edward y él no tendrían muchas posibilidades de estar a solas. De modo que mientras otros eran presentados, ellos permanecieron ligeramente a un lado, contemplando a lo más granado de Londres.

Aunque la señorita Dodger le había anunciado que no asistiría a demasiados bailes esa temporada, Ashe estaba casi seguro de que acudiría a ese. Su estrecha amistad con la duquesa de Lovingdon lo aseguraba.

—Si no quieres volver a preocuparte por tus finanzas

nunca más, deberías casarte con la hija de los Dodger —le susurró Edward al oído.

El comentario irritó a Ashe. Quizás porque aún sentía la presión de su cuerpo en los labios, porque aún la sentía estremecerse en sus brazos.

—¿Sabes su nombre siquiera?

—¿Y qué importancia tiene? Lo que sí sé es la cuantía de su dote. Es enorme. Merece la pena ignorar sus defectos.

—¿Y cuáles son esos defectos, si se puede saber?

Edward lo fulminó con la mirada. Sin duda la pregunta de Ashebury se había parecido más bien a un gruñido.

—Un padre que te mataría lenta y dolorosamente sin compasión en cuanto ella diera la menor muestra de no ser feliz. Además, no es lo que se dice muy recatada, tiene la manía de decir lo que piensa y conversa sobre temas que deberían seguir siendo del dominio masculino.

—¿Cuándo has hablado tú con ella? —algo muy parecido a los celos se clavó en el pecho de Ashe.

—Alguna vez a lo largo de los años. En la fiestecita de Julia la otra noche. Tuvo la audacia de cuestionar la veracidad de mi relato.

—No la culpo. Lo adornaste en exceso.

—En su conjunto, la historia era cierta. Puede que los detalles bordearan un poco el límite de lo que sucedió realmente. Aun así, fue una grosería por su parte insinuar que soy un mentiroso.

—Es muy sincera.

—Ya lo creo que lo es. ¿Sabías que escribió un libro? *Guía para damas: cómo desenmascarar a los cazafortunas.* Desde entonces, tengo entendido que los hombres tenemos que esforzarnos aún más para cortejar a una dama. He oído a unos cuantos caballeros quejarse por ello. Deberías leerlo. Por otra parte, si fuera tú, me mantendría lejos de ella. En un abrir y cerrar de ojos descubriría tus intenciones. Es demasiado lista para ser una buena esposa. Además, no puede decirse que sea el pez más bonito del estanque. Aunque supongo que a oscuras no importará tanto.

Fue el dolor en la mano el que hizo que Ashe se diera cuenta de que, en algún momento de la conversación, había cerrado el puño con fuerza. Y se moría de ganas de estrellarlo contra la nariz de Edward.

—A veces, Edward, eres un idiota.

—Hablas igual que mi cuñada. Y, por cierto, ahí está. Dios santo, supongo que voy a tener que bailar con ella, solo por ser amable y no dar la impresión de que me gustaría que desapareciera de la faz de la tierra.

—A mí me parece bastante agradable. No entiendo por qué no te gusta.

—Me robó a mi hermano —como si sus propias palabras lo incomodaran, Edward se removió inquieto y desvió la mirada—. Deberíamos bajar al salón de baile. Necesito un buen escocés.

Esperaron a que hubiera una interrupción en la fila para avanzar. Ashe y Edward fueron anunciados y empezaron a bajar hacia lo que el duque deseó fervientemente no fuera el infierno.

Su corazón estaba dividido entre la esperanza de que estuviera allí y el deseo de que no estuviera, pero al oír anunciar su nombre, un delicioso estremecimiento de gratitud la atravesó y rápidamente se reprendió a sí misma por su actitud. Era ridículo pensar que fuera a prestarle ninguna atención aquella noche. Él no sabía que era la mujer a la que había tenido entre sus brazos la noche anterior. Tampoco hubiera importado de haberlo sabido. Ambos habían acudido al club para celebrar un encuentro sin restricciones, nada más. Desde luego nada que prolongara su tiempo juntos más allá del Nightingale, nada que les hiciera buscarse el uno al otro en público. Sin embargo, los ojos de Minerva parecían no haber entendido el mensaje, pues se negaban a dejar de contemplarlo.

De inmediato, las damas se agolparon en torno al duque, agitando los carnés de baile en su cara. Ashe sonreía resplandeciente y parecía divertirse de lo lindo, acariciando una mejilla aquí, una barbilla allá, adulando a las damas con su atención. Minerva intentó no sentir celos. Intentó no sentirse herida ni ofendida, pero con escaso éxito. En el Nightingale, Ashebury le pertenecía exclusivamente a ella. Fuera del club, pertenecía a todo Londres.

Hasta la distracción provocada por su llegada, ella misma se había estado divirtiendo. Junto a su hermanastro, y otros caballeros a quienes consideraba familia, había estado discutiendo sobre la conveniencia de invertir en ganado en Texas.

—A mí me gusta la idea —afirmó lord Langdon—, pero no soy muy amigo de invertir a ciegas. Creo que alguien debería viajar a ese lugar y echar un vistazo.

—¿Y tienes la menor idea siquiera sobre qué cosas deberías investigar? —Drake Darling sonrió.

—No he dicho que deba ir yo —Langdon miró a Minerva.

—¿Yo? —ella soltó una carcajada.

—Sería lo más sensato —intervino Lovingdon—. Analizando cosas eres la mejor, y ya nos has hecho un resumen señalando las ventajas de esta operación. Además, he oído que no hay muchas mujeres en Texas.

Minerva sabía que su hermanastro había hablado con la mejor de las intenciones, pero aun así sus palabras le hicieron daño.

—Quizás entonces consiga encontrar un marido entre todos esos hombres desesperados. ¿Es eso lo que insinúas?

—Yo no quise decir eso.

—Bueno, pues a mí me lo pareció.

—No sé por qué te ofendes —observó Darling—. Basándome en los norteamericanos que he conocido, a esos hombres les gustan las mujeres decididas y testarudas.

—No estás ayudando. Si la condición para ir a investigar esas tierras es no tener ataduras, que vaya Langdon.

—¿Ir adónde? —preguntó una voz familiar.

El pecho de Minerva se contrajo antes la inesperada aparición de Ashebury junto a ella. Su rostro enrojeció por el tono que había estado empleando en la conversación. Cuando se encontraba con esos caballeros, no siempre se comportaba como una dama. Esos hombres eran capaces de sacar de ella lo peor. Desconocía por qué no le agradaba la idea de que Ashebury presenciara su comportamiento, por qué sentía esa ridícula necesidad de causar una buena impresión. Quizás, comprendió de repente, porque ansiaba recibir sus atenciones lejos del Nightingale. Porque deseaba que la señorita Minerva Dodger le pareciera tan enigmática como lady V.

Aquella noche, Ashe estaba espléndido, absolutamente espléndido, vestido con un frac negro y chaleco. La camisa era de un blanco prístino. El pañuelo, perfectamente anudado. Minerva no pudo evitar recordar lo íntimo que le había resultado el gesto de atárselo la noche anterior. Estaba recién afeitado, aunque ella lo prefería con una sombra de barba en la mandíbula. Le hacía parecer más peligroso, más atractivo, le daba un aspecto de dudosa reputación. Hasta ese momento no se había dado cuenta de que prefería el lado menos refinado de los hombres.

—Disculpe mi intrusión —la saludó él—. Fue una grosería por mi parte escuchar la conversación, pero viajar es una de mis pasiones, aunque lo haga indirectamente a través de otra persona. ¿A dónde está pensando viajar?

Todos parecían estar esperando a que ella hablara, pero ¿cómo hablar con él tan cerca, respirando el mismo aire que ella, el calor de su cuerpo alcanzándola? Y esa boca, con su tímida sonrisa, tan bellamente cincelada, esa boca perfecta que la había tocado en los lugares más íntimos hasta hacerla gritar. De nuevo el calor se acumuló en sus mejillas, amenazando con consumir cada átomo de su ser. Tuvo que recordarse a sí misma que ese hombre no sabía que era lady V. Él no sabía que había sido a ella a quien había chupado, mordisqueado y acariciado. Por Dios santo que había cometido un error acudiendo a ese baile. Pero ya no podía marcharse sin perder la dignidad.

—Estábamos considerando la posibilidad de invertir en ganado en Texas —Lovingdon se aclaró la garganta—. Minerva nos ha señalado algunas cifras que indicarían que podríamos obtener unas sustanciosas ganancias.

«Sí, eso es, cuéntale lo habilidosa que soy con las cifras, porque a los hombres es una característica que les resulta de lo más atractiva en una mujer».

—Pero opinamos que alguien debería viajar a ese lugar para comprobar la situación de manera más profunda —continuó Langdon—. Y discutíamos los méritos de...

—No discutíamos —interrumpió Minerva porque, una vez más, sabía lo atractiva que resultaba una mujer que discutía. Empezaba a comprender por qué era una solterona. Esos caballeros no la estaban ayudando lo más mínimo. Ya no buscaba marido, pero seguía sintiendo esa loca necesidad de impresionar a Ashebury—. Estábamos conversando.

Los labios de Ashe formaron una sonrisa, y de nuevo ella recordó esos labios sobre su piel, deteniéndose, explorando, deslizándose por su cuerpo. Y recordó vívidamente lo que era capaz de lograr un hombre cuando se arrodillaba, no en una posición de rendición sino destinada a conquistar. Recordó el peso de su cuerpo sobre ella mientras tomaba completa posesión. No era propensa a los vahídos, pero en ese momento le resultaba muy difícil respirar. La doncella debía haberle apretado el corsé en exceso.

—Conversábamos, entonces —asintió Langdon—, sobre quién debería ir, si Minerva o yo.

—Usted —afirmó Ashebury con rotundidad—. La señorita Dodger es demasiado delicada...

—Yo no soy delicada.

Acababa de hacer acto de presencia otro de los motivos por los que Minerva seguía soltera. No le gustaba que la consideraran incapaz o propensa a los desmayos. Encontraba ridículo que las damas se reunieran para ensayar cómo fingir vahídos. Una mujer debería ser capaz de mantenerse firme sobre sus dos piernas. Y ella tenía la mala costumbre de señalar ese hecho en los momentos más inoportunos, como el que acababa de transcurrir.

—Le pido disculpas —Ashebury enarcó una ceja—, pero me pareció que estaba bastante disgustada ante la posibilidad de hacer ese viaje. He debido malinterpretar lo que oí.

—No estoy disgustada. Estoy irritada. No quiero ir, pero no porque no me crea capaz de manejar la situación —quizás fuera buen momento para guardar la pala, pues el hoyo que había cavado ya era bastante profundo—. Creo que deberíamos cambiar de tema. Estoy segura de que Ashebury no siente el menor interés en nuestras empresas comerciales.

Además, una dama que se preciara no hablaba de empresas comerciales.

—Prefiero que me llamen Ashe —contestó él sin dejar de mirarla a la cara—. Y, si bien el tema me fascina, estoy más interesado en bailar con la señorita Dodger. Me preguntaba si habría algún hueco libre en su carné de baile.

Lo cierto era que tenía varios huecos vacíos. Eso no había sucedido durante las primeras temporadas, cuando los hombres habían hecho cola para conseguir una posibilidad de acceso a su dote. Pero, a medida que comprendían que no soportaba a los cazafortunas, las peticiones de bailes se habían reducido drásticamente.

—Estoy segura de que puedo encontrarle un hueco, pero después de la atención que ha recibido de las otras damas, me sorprende que le quede algún baile libre.

—¿Se ha dado cuenta?

—Un poco difícil no hacerlo. ¿Y bien? ¿Qué bailes tiene libres?

—Todos.

Minerva fue muy consciente de la súbita atención que acababan de despertar en su hermanastro, que miraba alternativamente de Ashe a ella. No podía culparle por ello. La respuesta del duque no había sido la esperada. Por un instante se sintió embriagada, pero su naturaleza pragmática tomó rápidamente el mando y, junto con ella, las sospechas sobre el interés de Ashe. Hasta donde ella sabía, no tenía deudas.

—Pues yo tengo libre el siguiente baile.

—Entonces, ¿me quedo aquí esperando, con su hermano como carabina?

—En realidad, me parece que todos estos caballeros estaban a punto de ir en busca de sus parejas de baile —ella fulminó a cada uno de ellos con la mirada—. ¿Verdad?

Tras despedirse de ella y el duque se marcharon, dejándola a solas con Ashe, o tan sola como podía estar alguien en un salón de baile abarrotado. El duque y la duquesa de Lovingdon formaban una de las parejas más populares y queridas de Gran Bretaña. Nadie rechazaba sus invitaciones.

—¿Por qué no ha reservado ningún otro baile? —preguntó Minerva.

—Disfruté de nuestro baile en el Twin Dragons la otra noche. Quería asegurarme de poder deslizarme por el salón de baile con usted en mis brazos. Cuando hayamos terminado, apuntaré mi nombre en algunos carnés. De lo contrario se desatarían habladurías.

—De todos modos se desatarán.

—Seguramente.

—¿Y a qué se debe esta repentina atención por su parte?

—Es muy directa.

—Es uno de mis muchos defectos.

—No recuerdo haberlo señalado como un defecto.

—Otros hombres sí lo han hecho.

—Creo que ya habíamos dejado claro en otra ocasión que algunos hombres son idiotas.

—Sí, creo que sí —Minerva no pudo contener una sonrisa.

Resultaba muy fácil disfrutar de la compañía del duque sin la carga de una proposición de matrimonio. Podía comportarse como ella misma, aunque quizás se debía más a que él no la juzgaba y por tanto se sentía más libre. O a lo mejor era porque ya habían compartido una intimidad que había revelado la verdadera naturaleza de ambos. Él, por supuesto, no lo sabía, pero ella sí, y afectaba al modo en que lo miraba, a la comodidad que sentía en su compañía. Le había besado la marca de nacimiento, la había besado en lugares y de un modo que no pensaba que podría besar un hombre.

—Tengo entendido que ha escrito un libro para identificar a los cazafortunas —observó él.

—En realidad fue más bien una colaboración con la duquesa de Lovingdon, basada en su caza de un marido.

—¿Y qué hay de su caza?

—Yo no estoy de caza.

—Pero lo estuvo.

—No lo creo —contestó Minerva tras reflexionar unos instantes—. En realidad apenas. Y en cualquier caso, no de un marido. No creo que sea algo que una pueda cazar. Creo que simplemente sucede. Si tienes suerte.

—¿Alguna vez ha estado enamorada?

Podría haberle contestado que era una pregunta demasiado personal, pero ese hombre había compartido su historia de amor. Simplemente no lo sabía. Además, ¿qué había de malo en contestar?

—No. Seguramente porque analizo demasiado las situaciones. Ahora mismo, por ejemplo, no estoy segura de por qué disfruto de su atención.

—No confía en los hombres —afirmó, más que preguntó, Ashe.

—No confío en sus motivos.

La música concluyó, el silencio resultó más estruendoso mientras ella esperaba que el duque le proporcionara otra explicación, aparte de la de que había disfrutado bailando con ella. ¿Por qué se había acercado a ella aquella noche? ¿Por qué estaba junto a ella en esos momentos?

—Entonces tendré que esforzarme para que confíe en mí —contestó él al fin mientras sonaban las primeras notas de un vals. Le ofreció su brazo.

—¿Cuál es su motivo?

—Ya se lo he dicho. Me gusta.

—No, dijo que le gustaba bailar conmigo. No tiene nada que ver.

—Es muy literal.

—Desafortunadamente, sí, lo soy.

—Entonces, volvamos a mi respuesta original y concédame este baile.

Ella dudó solo un fugaz instante antes de posar su mano sobre el brazo del duque y permitirle conducirla a la zona de baile. ¿Por qué sentía esa insaciable necesidad de comprender su presencia? Se sentía atraída hacia él y, una vez más, iba a estar rodeada por sus brazos. ¿Por qué no podía contentarse con eso de momento?

Ashebury no era dado a concederle a una dama sus atenciones durante un tiempo prolongado. Debería disfrutarlo mientras lo tuviera.

¿Le gustaba? Desde luego le gustaban sus piernas, la pasión que ardía en su interior, el recuerdo de sus gritos en el momento del clímax. Disfrutaba bailando con ella, observándola mientras se enzarzaba en una conversación, o más bien una confrontación mal disimulada. Le gustaba cómo observaba sus fotografías. Si iba a tener que casarse por dinero, no le resultaría nada penoso tomarla a ella por esposa. Tendría la ventaja añadida de poder acostarse con ella sin esa maldita máscara, sin la oscuridad más absoluta.

Pero ¿le gustaba?

Maldito fuera. Esa mujer se merecía a alguien a quien gustara. Él podía aseverarlo porque era cierto que disfrutaba en su compañía, pero también sabía que ella quería algo más que gustar. Quería ser amada.

«Todas las mujeres son merecedoras de amor y no deberían aceptar menos del hombre con el que accedan a casarse».

Esa era la primera frase del maldito libro. Ya había oído hablar de él antes de que Edward lo mencionara, en realidad se había procurado un ejemplar en cuanto hubo tomado la decisión de conquistarla. Se había sentido algo culpable al asegurarle que tenía todos los bailes libres. De no haber leído *Guía para damas...* —un libro no demasiado largo pues, al parecer, los cazafortunas podían ser identificados enseguida— habría escrito su nombre en varios de los carnés de baile y a ella le habría concedido las sobras. Pero en el libro ella afirmaba: «Una dama se merece algo más que sobras de un caballero que la pretenda en serio».

Si ella no estaba dispuesta a revelar su identidad en el Nightingale, era justo que él no revelara sus verdaderos propósitos en esa velada: llenar sus arcas. Ella se había aprovechado de él, amparándose en las sombras, aunque no se quejaba. Y él se aprovechaba de ella bajo las luces. A pesar de conocer su naturaleza tremendamente carnal, Ashe sabía que ella ganaría mucho convirtiéndose en su esposa: él la mantendría satisfecha en la cama como no podría hacer ningún otro hombre, como ningún otro hombre desearía hacer. Quizás no la amara, pero en sus brazos ella jamás echaría en falta sus atenciones. Y se encontraría en sus brazos muy a menudo.

Esa noche lucía un vestido color lila con ribetes morados que resaltaban la calidez de sus ojos marrones, casi negros. Llevaba los brazos desnudos, salvo por esos guantes ridículamente largos que le cubrían más allá de los codos. ¿Por qué tenía la sociedad tanta aversión a la piel desnuda? Bueno, a toda no, pues era perfectamente admisible seducir a un hombre con una muestra del escote. El cuerpo del duque se tensó al recordar la sensación del pezón en su boca. Otros recuerdos empezaron a alinearse, como soldaditos en perfecta formación, decididos a hacerle rememorar cada instante que había pasado en la cama con ella. Y si lo permitía apenas sería capaz de salir del salón de baile por su propio pie.

—¿Cuál fue el motivo? —preguntó.

—¿Disculpe? —ella frunció el ceño.

—Su motivo para no querer viajar a Texas. ¿Cuál fue?

—No es que no quiera ir —Minerva apretó los labios—, pero no quiero viajar hasta allí por el motivo que sugirió mi hermano.

Ella humedeció esos labios que él se moría por besar.

—Por lo visto tienen pocas mujeres —continuó—. Piensa que tendría más suerte encontrando un marido allí. Sé que sus intenciones son buenas...

—Me parece insultante pensar que no es capaz de competir.

Ella echó la cabeza hacia atrás ligeramente, como si le sorprendiera su conclusión.

—Yo no diría tanto como insultante. Un poco doloroso, quizás. Básicamente, irritante. He participado en seis temporadas y en cada una de ellas aumenta la cantidad de personas bienintencionadas que me ofrecen sus consejos para conseguir el amor. Algunos completamente ridículos.

—¿Por ejemplo?

—¿De verdad quiere saberlo?

Ashe descubrió que, curiosamente sí quería.

—Puede que me venga bien, dado que empiezo a tener una edad.

—Los hombres no necesitan casarse jóvenes. Esa es una carga reservada solo a las mujeres, como si, llegadas a cierta edad, nos marchitásemos. Eso es lo que me resulta insultante, pero estoy segura de que no desea oírme despotricar al respecto. En cuanto a lo que puedo hacer para encontrar el amor el mejor consejo fue: colgar un hueso de la suerte sobre la puerta de mi dormitorio. La cocinera llegó a proporcionarme uno de pollo un día que se ofreció a ayudarme.

—¿Y funcionó? —él sonrió.

—No lo colgué —Minerva frunció el ceño—. Mi doncella siempre desliza un espejo de mano bajo mi almohada. Al parecer, hará que mi verdadero amor aparezca en mis sueños. Pero yo siempre lo quito cuando lo descubro. A fin de cuentas, ese amor ya está ahí de todos modos.

Ashebury sintió que el estómago se le encogía de nuevo. Era la misma sensación de celos que había tenido con Edward momentos antes.

—¿Quién es? —se oyó el duque preguntar mientras intentaba no encajar la mandíbula.

—No es ninguna persona en concreto, sino más bien un ideal —ella sacudió la cabeza—. Amable, generoso, encantador. Irreal. Su aliento nunca huele mal, su cuerpo no apesta a sudor. No le huelen los pies.

—Se parece mucho a las mujeres de mis sueños —Ashe rio—. No se quejan, nunca están de mal humor y lo único que les apetece hacer es... bueno, digamos que son bastante complacientes.

Un profundo rubor tiñó las mejillas de Minerva. Ashe tomó buena nota, pues, si volvía a verla con esa máscara, al menos sabría qué tono podría tener su piel debajo y cómo ascendía el rubor, cómo desaparecía en el nacimiento del pelo.

—No me puedo creer que le haya contado todo esto —exclamó ella escandalizada—. Las solteronas no debemos llamar la atención sobre nuestra soltería.

—Pues parece lucir la suya como una condecoración.

—Soy realista —Minerva sonrió inocente—. Bueno, salvo en mis sueños.

No sin cierta decepción, el duque fue consciente de que la música concluía y su baile también. Disfrutaba conversando con esa mujer. No le resultaba en absoluto aburrida.

—Demos un paseo por el jardín.

Ella lo miró como si buscara algo en su rostro. ¿Estaba yendo demasiado deprisa? ¿Iba a descubrir sus motivos?

—De acuerdo —asintió al fin—. No veo nada malo en ello.

Si no veía nada malo en ello, quería decir que no conocía muy bien a los hombres.

CAPÍTULO 13

Mientras paseaban por los ornamentados jardines de su hermano, repleto de pequeños senderos, Minerva no pudo evitar preguntarse si el duque habría descubierto su identidad. Pero, si lo había hecho, ¿no lo diría? ¿No lo anunciaría? «¡Ajá, he deducido que eres lady V!».

Y, si no la había descubierto, ¿qué hacían en el jardín? Normalmente los hombres ricos, poderosos, endemoniadamente guapos no la acompañaban de paseo por los jardines.

No estaba acostumbrada a recibir tanta atención de un hombre. Cierto que había dado sus buenos paseos, pero siempre la habían dejado con una sensación de decaimiento cuando su pareja sin querer, o intencionadamente a veces, hacía mención a su dote, como si pretendiera cortejarla en lugar de a la persona, a ella. No quería que le sucediera lo mismo en ese caso, no quería que él mancillara los recuerdos que tenía de la noche anterior.

—En el Dragons mencionó una proposición de matrimonio —recordó Ashe—. ¿Ha recibido muchas?

—Unas cuantas.

—¿Ninguna de su agrado?

—Una de ellas me gustó bastante, hasta que él me comunicó que su intención era que me quedara embarazada lo antes posible y le proporcionara un hijo. No pensaba consentir que fuera una niña. Con tener su heredero, le bastaría.

—¿Bastaría?

Minerva recordó las palabras de su pretendiente con pesar, pues ese hombre le había gustado realmente.

—Sí. Después yo sería libre de tomar un amante, dado que él tenía la intención de conservar a la suya. Mis sentimientos al respecto le traían sin cuidado.

—Al menos podría haber fingido.

Las palabras del duque hicieron dudar a Minerva. ¿Estaba él fingiendo? En el Nightingale, lo que había sucedido entre ellos le había parecido más sincero de lo que solía vivir con los hombres.

—Prefiero la sinceridad. Escribí la guía porque algunos hombres fingen muy bien, pero no se puede mantener esa actitud toda la vida. Cuando desaparece, una dama puede sorprenderse ante lo que se encuentra.

—Desde luego comprendo su desconfianza.

—Soy soltera por elección, porque me niego a cargar con un hombre que no me ama. Soy afortunada por haber sido bendecida con unos padres que no opinan que mi único propósito en la vida debería ser casarme.

—¿Por eso busca oportunidades como la aventura del ganado?

Ella rio por lo bajo e intentó quitarle importancia a sus habilidades.

—Tengo una buena cabeza para los negocios y los números. Muchos miembros de la aristocracia se niegan a admitir que soplan vientos de cambio. Los caballeros que componen mi círculo más íntimo lo entienden, y aprecian mi perspicacia para los negocios. Desgraciadamente, algunos hombres se sienten amenazados por esa habilidad. Y me temo que me convierte en una pareja muy aburrida a la hora de dar un paseo.

—Al contrario, señorita Dodger, a mí me fascina.

Ella atemperó la felicidad que le provocaban las palabras de Ashebury. Los hombres le habían enseñado a ser precavida, a no tomarse un cumplido al pie de la letra. Aun así, creyó en la sinceridad del duque, quería creer desesperadamente. Más que eso, quería que la besara. Deseaba la intimidad que habían compartido, pero ¿cómo sería posible sin revelar que era lady V?

Quizás él presintió su anhelo, pues empezó a alejarla del sendero. Un carraspeo lo detuvo en seco.

—¿Son esos su hermano y su mujer? —preguntó tras mirar por encima del hombro.

—Sí —afirmó Minerva tras mirar hacia atrás y suspirar—. Se muestra bastante protector con mi reputación. No quiere que me vea obligada a casarme por culpa del mal comportamiento de algún caballero.

—¿Alguno ha ejercido un mal comportamiento?

La pregunta del duque la sorprendió, pero más aún el tono, como si la idea le hubiera enfurecido.

—Uno llegó a rasgarme el corpiño, pensando que si parecía que mi honor había quedado comprometido, correría hacia el altar.

—Por Dios santo, no puede hablar en serio.

—Me temo que sí. La siguiente ocasión en que lo vi, estaba completamente magullado, apaleado. No estoy segura de quién ejecutó el castigo, si mi padre o uno de mis hermanos. El caso es que, desde entonces, Lovingdon no me quita el ojo de encima —ella se volvió ligeramente—. Estoy bien —gritó.

—Grace necesitaba un poco de aire fresco —contestó su hermano mientras se aproximaban.

—Seguro que sí —murmuró Minerva.

La pareja se detuvo y ella captó con todo detalle cómo su hermano evaluaba a Ashebury.

—Seguramente deberíais evitar las sombras —sugirió Lovingdon—. Podría darse de bruces contra un puño.

—No tengo ninguna intención de comprometer a su hermana —le aclaró Ashe mientras Minerva trataba de explicarse la repentina punzada de decepción que había sentido.

No se le escapó la ironía del asunto, pues él ya la había comprometido. Solo que no lo sabía.

—A veces las intenciones se tuercen —insistió Lovingdon secamente.

—¡Por el amor de Dios, Lovingdon! —espetó Minerva—. No va a suceder nada que yo no quiera que suceda.

—¿Y exactamente qué quieres que suceda? —le preguntó su hermano en el mismo tono.

—Cariño —intervino Grace, apoyando una mano sobre el pecho de su esposo—. Deberíamos regresar con nuestros invitados.

—No hasta que haya obtenido una respuesta.

—No es asunto nuestro —insistió Grace, recibiendo de su esposo una mirada de estupefacción, como si creyera que acababa de volverse loca—. Es lo bastante mayor para saber lo que quiere —acarició la mejilla de su esposo—. Y ahora, vamos.

Lovingdon fulminó a Ashebury con la mirada antes de asentir lentamente.

—De acuerdo —cedió al fin, antes de volverse hacia su hermana—. No olvides lo que te enseñé.

—Disfrutad del jardín —se despidió Grace mientras tiraba de su marido hacia la residencia.

—Interesante —observó Ashe.

—Lo siento. A veces se pasa un poco.

—No hay problema. Si yo tuviera una hermana, seguramente querría cuidar de ella también.

Minerva no pudo evitar pensar que su hermana sería una chica muy afortunada.

—¿Continuamos? —propuso.

—¿Qué le enseñó su hermano?

—Cómo tumbar a un hombre de un rodillazo en sus partes —la vergüenza tiñó de rojo las mejillas de Minerva.

—Entiendo —él abrió los ojos desmesuradamente—. Parece ser que la desconfianza hacia los hombres es una característica de su familia.

—No es que no confiemos en los hombres. No confiamos en sus motivos.

—Es verdad —el duque le ofreció su brazo y ella lo aceptó. Apenas habían dado tres pasos cuando se le ocurrió—. No contestó a su pregunta.

—¿Qué pregunta?

—¿Exactamente qué quiere que suceda?

Era demasiado pronto. Ashe lo sabía. Si obviaba el tiempo que habían pasado juntos en el Nightingale, era demasiado pronto. Pero, lo reconociera ella o no, estaba allí, entre ellos. Los rescoldos de la noche anterior aún perduraban, agudizaban los sentidos, le hacían más consciente de ella de lo que habría sido de otro modo. No podía evitar creer que ella estaría experimentando los mismos deseos, las mismas necesidades.

Esperó, a pesar de que lo que realmente quería hacer era empujarla hacia las sombras y besarla hasta dejarla sin sentido, recordarle por qué debería regresar al Nightingale, qué le esperaría allí con él. Minerva miraba a su alrededor como si buscara la respuesta.

—No ha sido una pregunta difícil —insistió él.

Ella miró a lo lejos y solo entonces fue Ashe consciente de unas pisadas que se aproximaban. Una pareja, hablando en susurros, pasó junto a ellos y tomó un sendero a la izquierda.

—Si seguimos por aquí —sugirió Minerva—, llegaremos a un pequeño puente que cruza un estanque poco profundo. Me gustaría ir allí. Creo que le resultará interesante.

Él le ofreció nuevamente el brazo, disfrutando de la sensación de la mano enguantada. Reanudaron la marcha y Ashe estuvo tentado de mirar hacia atrás, para asegurarse de que Lovingdon no les estuviera siguiendo.

—Me fijé en que llegó con el señor Alcott —observó ella, como si sintiera la necesidad de llenar el silencio que se había establecido entre ellos.

Ashebury se preguntó si estaría realmente cómoda en su compañía.

—Supongo que sabrá que todo el mundo se refiere a ustedes como los bribones de Havisham.

—Estamos familiarizados con el término que se nos aplica —el duque le dedicó una sonrisa torcida—. Aunque Grey ya no es el bribón que solía ser.

—¿Y usted?

Ashe no sabía a qué se debía esa sensación de estar siendo puesto a prueba, pero Minerva lo miraba como si la respuesta fuera de gran importancia.

—Es posible que en un futuro próximo esté abierto a ser domesticado. ¿A usted le gusta domesticar, señorita Dodger?

—No me gustaría verlo domesticado —ella sacudió la cabeza lentamente.

—No se imagina lo que me alivia oír eso.

—¿Y hacia dónde van a llevarle sus próximas aventuras? —preguntó Minerva, cambiando de conversación, como si no se sintiera cómoda con la dirección hacia la que les llevaba la que mantenían.

—Me temo que a un lugar muy aburrido. La residencia de mis padres en Mayfair. Me trasladaré allí dentro de unos días.

Ashe percibía el escrutinio de Minerva, aunque se sentía incapaz de mirarla a la cara. Se preguntaba cómo reaccionaría ella si conociera el estado de sus finanzas. Una mujer con esa mente para los negocios, que había reunido información sobre un negocio ganadero en otro país, sin duda lo consideraría idiota por su incapacidad para encontrarle sentido a los números. Por otra parte, ella conseguiría encontrarle el sentido a lo que él no podía… si tan solo fuera capaz de tragarse su orgullo. Cosa que no podía. Antes se ahogaría.

—Supongo que no es asunto mío, pero, ¿por qué no vivía ya allí? —preguntó Minerva.

—No estaba preparado para enfrentarme a los recuerdos. Fue el último lugar en el que los vi con vida —en esa ocasión, Ashe sí la miró a la cara.

Aunque había muy pocas lámparas de gas bordeando el sendero, proporcionaban la luz suficiente para ver la simpatía reflejada en el rostro de la joven. Ashebury no recordaba haber hablado jamás de sus padres con una dama, y con ella ya lo había hecho en dos ocasiones. Algo en esa mujer le hacía sentir que estaba en un puerto seguro.

—Espero que los buenos recuerdos, que sin duda también tendrá, superen a los malos —susurró Minerva, apretándole el brazo con más fuerza, despertando una sorprendente sensación de consuelo.

—Lo cierto es que no he pensado mucho en mi vida allí antes de su muerte —solo en los recuerdos que lo bombardeaban desde que había cruzado el umbral de esa puerta. No conseguía quitárselos de encima—. Sus muertes lo eclipsaron todo, pero quizás tenga razón. En cuanto viva allí de nuevo recordaré tiempos más felices —en realidad estaba más que dispuesto a alejarse del pasado y regresar al presente—. ¿Ha viajado alguna vez, señorita Dodger?

—Cuando era más joven visité la propiedad de Lovingdon unas cuantas veces, pero a mi padre no le gusta abandonar Londres, de modo que no tengo la costumbre de viajar. Ni siquiera me imagino todas las cosas que ha debido ver en los suyos.

—Tengo muchas fotografías. Es más que bienvenida a verlas cuando quiera —el duque tuvo la sensación de que los dedos de Minerva temblaron.

—¿Solo hace fotografías cuando está de viaje?

Él estuvo a punto de dedicarle una mirada traviesa. ¿Iba a seguir haciéndose la inocente cuando sabía de sobra la clase de fotografías que hacía? No obstante, ambos estaban jugando al mismo juego. Las reglas no estaban claras, pero sospechaba que ella tendría alguna.

—Fotografío cualquier cosa que me produzca placer.

—Entonces le gustará el puente.

Ya habían llegado. Apenas era lo bastante ancho para que cupieran los dos. Parándose a medio camino, Minerva retiró la mano del brazo de Ashe y se agarró a la barandilla.

—Me gusta venir aquí para arrojar migas de pan a los cisnes —le explicó con calma—. Aquí siempre hay mucha tranquilidad. Los arbustos y setos parecen bloquear los ruidos de la ciudad.

Ashebury se acercó hasta que su cuerpo casi tocó el de ella. No del todo, pero casi. La precaución era su aliada. No quería malinterpretar la situación, los motivos de Minerva para llevarlo hasta ese rincón aislado del jardín.

—No hay mucha luz aquí —observó Ashe.

—No, no la hay. No sé por qué Lovingdon no ilumina mejor esta zona.

—Me alegra que no lo haga. Me gustan las sombras.

—Permiten ocultar muchos pecados —observó ella mientras se volvía para mirarlo.

—No me parece una pecadora, ni alguien que tuviera algo que esconder.

—En algún momento, todos somos pecadores, todos tenemos algo que ocultar.

Las palabras fueron pronunciadas casi en un susurro, pero al duque le llegaron a lo más profundo de su ser con una fuerza que casi lo tiró del puente. Era imposible que esa mujer conociera su situación financiera, que estuviera dispuesta a hacer lo que fuera para arreglarla. Seguramente se refería a las fotografías que él hacía en el Nightingale. Si bien nunca se las había mostrado a nadie, no todas las damas que habían posado para él hacían gala de la necesaria discreción. De todos modos le daba igual que la gente supiera lo que hacía. Unos cuantos caballeros le habían pedido que se las mostrara, y se habían sentido decepcionados al saber que nunca las compartía con nadie.

Ashebury sabía lo que ella ocultaba, sus visitas al Nightingale. Pero la ocultación de su identidad le dificultaba el cortejo. Si no tenía cuidado podría dar un paso en falso. No podía tener a lady V y a Minerva Dodger. Iba a tener que decidirse por una. Minerva no lo querría si mantuviera una relación con lady V en el Nightingale. Aunque se tratara de la misma mujer, ella no sabía que él lo sabía. Necesitaba ganarse su confianza, completa y absoluta, si aspiraba a tener la menor posibilidad de conseguirla, ya fuera como amante o como esposa.

—¿Qué quiere que suceda, Minerva? —preguntó.

—Se está tomando mucha libertad al utilizar mi nombre de pila —ella lo miró con los ojos desorbitados, los labios entreabiertos.

—Me ha alejado de la casa y me ha llevado a un rincón oscuro. ¿Qué quiere que suceda? —insistió.

—¿Va a obligarme a decirlo? Sin duda ya lo habrá adivinado.

—Es la hija de un acaudalado y poderoso hombre que no dudaría en ahogarme en ese estanque si pensara que me estaba aprovechando de usted. De modo que sí, quiero asegurarme de que no la he malinterpretado en lo concerniente a sus deseos.

Un denso y pesado silencio se impuso entre ellos, ni siquiera les llegaba el sonido de la música y la fiesta. Un chapoteo interrumpió la calma. Un pez, quizás, o uno de los cisnes. Tanto daba. Lo único que importaba era que estaban solos, casi a oscuras.

—Quiero que me bese —admitió ella con franqueza.

Como si ya hubiera pegado los labios a su boca, el deseo ante su valentía desgarró al duque por dentro. Sin embargo, y quizás debido al hecho de que no la tomó inmediatamente en sus brazos, una sombra de duda empezó a reflejarse en el rostro de Minerva y él maldijo en silencio a cada uno de los hombres que la habían infravalorado, cada hombre que la había mirado y visto solo un montón de monedas.

Ashe alargó un brazo y posó la mano sobre su hombro para obligarla a volverse, hasta que lo miró de frente.

—Me alegro, porque me muero por besarla desde que se deshizo de su hermano y sus amigos en el salón de baile.

El duque posó su boca sobre la de ella y tomó lo que más deseaba.

Minerva apenas daba crédito al hecho de que en el rincón más oscuro de los jardines de su hermano estaba siendo besada con tal fervor y pasión, como si fuera capaz de hacer zarpar barcos, provocar guerras, arrasar reinos. Solo había llevado allí a otro hombre, un caballero que le gustaba bastante. No diría que lo amaba, pero estaba convencida de que, con el tiempo, su afecto por él se habría agrandado y profundizado. Mientras contemplaban los cisnes, él le había propuesto matrimonio.

No había habido rodilla en tierra, ni miradas a los ojos. No le había tomado la mano.

Su tono había sido como el que ella misma empleaba en la tienda de té al elegir una determinada mezcla. Cuando ella sugirió que no había necesidad de apresurarse, él se había encogido de hombros y se había marchado. Una semana después, leyó en el periódico que se había comprometido con otra dama.

Minerva era consciente de que con el tiempo analizaría ese momento, y cada momento que lo precedió. Seis temporadas le habían enseñado que las atenciones de un hombre siempre tenían un precio y que, cuando no se mostraba dispuesta a pagarlo, ellos desaparecían como si jamás hubieran existido. Pero, hasta entonces, decidió arrinconar y encerrar en un rincón de su mente todas las dudas que clamaban su atención. Hasta entonces se permitió creer ser deseada, que ese hombre quería estar con ella tanto como ella se moría por estar con él.

Casi gritó de frustración cuando él interrumpió el beso, pero suspiró admirada cuando le tomó el rostro entre sus manos y lo cubrió de besos, como si adorara aquello que ella nunca había aprendido a apreciar. Volviendo a su boca, no le dio tregua alguna mientras el beso se volvía más apasionado y ella sentía el inequívoco fuego de la pasión arder en su interior. Ese hombre prendía la llama sin apenas esfuerzo.

Apartándose, le acarició los pómulos con los pulgares. La blanca sonrisa deslumbraba en la oscuridad.

—Vaya, vaya, vaya. Hola, lady V.

El corazón de Minerva chocó con fuerza contra las costillas y el aire se estancó en sus pulmones. Pensó en negarlo, pero ¿cómo iba a poder imprimirle un mínimo de credibilidad? ¿Qué podía decirle? «No tengo ni idea de a qué se está refiriendo». Por otra parte, saberse descubierta le producía cierta sensación de alivio.

—¿Cuándo lo supiste?

Ashe dibujó con un dedo la línea imaginaria de la máscara que había llevado lady V, por el nacimiento de sus cabellos, la parte inferior de la mejilla, el labio superior.

—Lo sospeché mientras conversábamos en la fiesta de lady Greyling. Tu estatura y formas parecían coincidir, pero había más pasión en tu voz. Tu voz, y tu ropa, fue lo que me hizo dudar. Los vestidos de una dama pueden resultar espantosamente decepcionantes. Pero, cuando bailé contigo en el Dragons, mi convicción aumentó. Además, estaba el aroma a verbena.

¿Lo había sabido desde el principio, pero había seguido cortejándola, reuniéndose con ella en el Nightingale?

—No es una fragancia tan inusual.

—Aunque el mismo perfume desprende un olor sutilmente diferente según la piel sobre la que se aplica, la prueba definitiva ha sido el beso. Tu sabor, tu desinhibición, el modo en que me has correspondido. Ya no tuve ninguna duda sobre quién eras.

—Esto no cambia nada entre nosotros.

—Lo cambia todo. Tras saber lo que puede haber entre ambos, no puedes esperar que me marche alegremente, sobre todo cuando puede haber mucho más. Y me consta que te gusto inmensamente, de lo contrario no me habrías pedido que te besara. Ni me habrías permitido las libertades que me tomé anoche.

—¡Calla! No sabemos quién podría estar espiando en las sombras —Minerva posó dos dedos sobre los labios de Ashe para exigirle su inmediato silencio.

Pero Ashebury le tomó la mano, la giró y le besó la palma, antes de cerrársela, como si quisiera mantener ese beso atrapado.

—No parecías muy preocupada por si hubiera alguien mientras nos estábamos besando —observó él.

—Una cosa es un beso. Lo otro es completamente diferente.

—Ambos te llevan al altar a la misma velocidad si un padre lo descubre.

—No. Si mi padre descubre lo otro, adonde te llevará será a la tumba.

—No si mis intenciones son honradas en lo que a ti respecta —Ashe no parecía preocupado, y no le soltó la mano.

—¿Hablas de… matrimonio? —ella lo miró perpleja.

—Es una posibilidad.

—¿Incluso sabiendo quién soy?

—Sobre todo sabiendo quién eres. Me intrigas. «Lo que llamamos rosa sería tan fragante con cualquier otro nombre» —citó a Shakespeare—. Eres una mujer que sabe lo que quiere y va en pos de ello. No eres una damisela llorona, esperando que llegue alguien y te haga feliz.

—La mayoría de los caballeros me rechazan precisamente porque no lloriqueo, ni me desmayo, ni finjo ser desvalida.

—Yo no soy la mayoría de los hombres.

Sus palabras no habrían podido ser más ciertas. Parte de la inquietud de Minerva estaba en el hecho de que se sentía muy capaz de enamorarse de ese hombre, y no creía que fuera la clase de hombre al que una debería amar. Si bien le habían gustado alguno de sus pretendientes, no se había enamorado locamente de ninguno de ellos. ¿Hacía falta amar para ser amada?

Ella dio un paso atrás y apoyó las caderas contra la barandilla del puente, sintiendo que pensaba mejor en cuanto se liberó su mano y el maravilloso aroma masculino dejó de envolverla.

—¿Por qué quieres casarte conmigo?

Él dio un paso al frente y Minerva sintió de nuevo su presencia. Las piernas le rozaban la falda, el fuerte torso casi tocaba su pecho. Bastaría con respirar hondo para eliminar la brecha que los separaba.

—Hay fuego entre nosotros. Somos buenos juntos.

—¿Cuál es tu situación financiera? —preguntó ella con los ojos entornados.

—No todos los hombres persiguen tu dote —contestó él secamente.

—¿Y tú qué persigues, entonces?

—¿Qué te parecen los gritos que me envolvieron anoche?

—¿Y cuando se apague el fuego de la pasión?

—No lo hará.

—Eso no puedes asegurarlo —Minerva se apartó de él y se volvió hacia la zona más oscura de los jardines.

¿Era el aspecto físico motivo suficiente para casarse? ¿Podría resultarle satisfactoria una relación sin amor?

Ashebury se acercó por detrás y le besó la nuca. Y bastó ese sencillo contacto para que ella se derritiera.

—Esta noche te deseo más de lo que te deseaba anoche —insistió él, su aliento provocándole un cálido escalofrío.

—¿Por qué no me dijiste anoche que sabías quién soy?

—Parecías necesitar el anonimato. Quizás formara parte de tu fantasía. Y yo quería darte lo que tú deseabas. Pero quiero cortejar a Minerva Dodger. No creo que ella tolere que mantenga una relación con lady V mientras la cortejo a ella.

¿Por qué no se sentía capaz de confiar en sus motivos? ¿Por qué no podía creerse que la deseaba realmente?

—¿Me amas?

—¿Me amas tú a mí?

Minerva se volvió y, antes de poder pronunciar una sola palabra, se encontró con la boca de Ashe sobre la suya. El fuego prendió casi al instante. Ella se apretó contra él, rodeándole el cuello con los brazos. ¿Bastaría con eso para mantenerlos felices el resto de sus vidas?

—Permíteme visitarte mañana —él deslizó los labios por su cuello—. Dame la oportunidad de demostrarte que puedes ser tan feliz conmigo a plena luz como lo eres en las sombras.

La petición era tan sencilla que ella no pudo hacer otra cosa que asentir. Ashe se apartó.

—Tenías razón —observó mientras le acariciaba los labios—. Me ha gustado mucho el estanque de peces de tu hermano.

—Y yo no creo haber disfrutado tanto de él como hoy —Minerva soltó una carcajada. Se sentía más joven de lo que se había sentido en mucho tiempo.

—Me alegra saberlo. Tengo una vena competitiva. No quiero que te entregues a nadie más.

A Minerva no se le ocurriría ni un solo caballero capaz de competir con el duque, pero no iba a decirle tal cosa. No necesitaba más confianza de la que ya sentía en sí mismo.

—Deberíamos regresar al salón de baile —él le ofreció su brazo—, antes de que nuestra ausencia sea evidente y las lenguas empiecen a desatarse.

Ella tenía cientos, miles, de preguntas en la cabeza, pero no deseaba que el cálido brillo desapareciera de momento.

Al llegar a la terraza, Ashe se apartó.

—Hemos estado fuera mucho tiempo. Por el bien de tu reputación, deberías entrar sin mí.

—¿Estarías aquí conmigo ahora si yo no fuera la mujer... —Minerva miró a su alrededor, no muy segura de cómo hacer la pregunta sin delatarse en exceso, caso de que alguien estuviera escuchando— la mujer que pensaste que era?

—Pero, dado que lo eres, no tiene sentido preocuparse por eso.

—Sabes a qué me refiero. Pero no creo que hayas contestado a la misma pregunta.

—No lo sé —contestó él tras contemplarla durante unos segundos—. Lo único que sé es que la mujer que conocí aquella primera noche en el Nightingale despertó mi curiosidad, y que necesitaba desesperadamente descubrir quién era. Hablar contigo en casa de lady Greyling me despertó la misma curiosidad. El que ambas damas sean la misma es una suerte para mí.

—Al menos eres sincero.

Durante una décima de segundo a Minerva le pareció ver una expresión de culpabilidad en la mirada de Ashe. ¿Por qué se empeñaba en buscar cosas que seguramente ni existían? Las pisadas de otras parejas que se acercaban resonaron a su alrededor.

—Gracias por concederme el placer de su compañía, señorita Dodger. Soñaré con el día de mañana.

—Excelencia —ella subió las escaleras y entró en el salón de baile.

Nadie la abordó, nadie la detuvo mientras cruzaba el salón y subía la escalinata. Mantuvo la compostura hasta alcanzar una puerta que conducía al balcón que dominaba el gran salón. Ashebury ya se encontraba en la pista de baile, y bailaba con lady Honoria. No le había llevado mucho tiempo conceder su atención a otra. Minerva se esforzó por reprimir los celos. Estaban en un baile. La gente bailaba.

Permaneció en el mismo sitio, observándolo bailar con lady Julia, y luego con lady Regina. Y no pudo evitar preguntarse si alguna vez las habría fotografiado.

De repente fue consciente de una fuerte presencia que se aproximaba y se puso rígida. Su hermano apoyó los brazos sobre la barandilla.

—Es un mujeriego —observó sin preámbulo alguno.

—¿Acaso tú no lo eras? —preguntó ella sin molestarse en ocultar el sarcasmo ni la irritación que le provocaba el hecho de que señalara algo de lo que ella ya era dolorosamente consciente.

—Tenía mis motivos.

—Quizás él también los tenga —ella lo miró fijamente—. ¿Tan inconcebible resulta que un hombre pueda desearme?

—No, claro que no. Y para serte sincera, no entiendo por qué aún no estás casada. Y no estoy diciendo que no te desee. Tan solo que no creo que sea de los que se casan.

—No busco a uno de los que se casan.

Su hermano se irguió con tanta violencia que Minerva estuvo segura de oír el chasquido de su espalda. Cuando ese hombre entornaba los ojos, resultaba formidable.

—¿Qué insinúas?

—Que estoy harta de cazafortunas. Que estoy harta de exhibirme en el escaparate. No he venido aquí en busca de un marido. He venido porque Grace es mi más querida amiga, tú eres mi hermano, y siempre dais unas fiestas estupendas.

—¿Y por qué aceptas sus atenciones?

—¿Por qué no iba a hacerlo? El haber renunciado a la idea de casarme ha supuesto todo un alivio, resulta liberador, en realidad. No tengo que molestarme en resultar agradable. Digo lo que pienso y sé que da igual, que lo que piense de mí no afectará a mi felicidad.

—¿Has hablado de esto con tu padre?

—Él lo aprueba.

Su hermanastro encajó la mandíbula. Era evidente que él no lo aprobaba.

—¿Y nuestra madre?

—Ella solo desea mi felicidad —al menos eso le había asegurado su padre, y ella lo había creído—. En realidad, es un tontería que la única meta de un mujer sea conseguir marido.

—¿Y cuál es tu meta, entonces?

—La que yo quiera que sea —no había motivos para alterarlo más de lo que ya estaba diciéndoselo claramente. Placer.

A sus espaldas oyeron pisadas. Mirando por encima del hombro, Minerva vio a Edward en la puerta.

—Deja de lanzarme tus puñales, Lovingdon —él frunció el ceño—. Solo he venido para pedirle un baile a tu hermana.

Lovingdon asintió y se dirigió a su hermana.

—No olvides lo que te enseñé —concluyó antes de marcharse.

Ella suspiró antes de dedicar su atención al recién llegado. Esa noche estaba muy atractivo vestido de frac. Edward sonrió.

—Espero que tenga libre el siguiente baile.

—Pues da la casualidad de que sí. ¿Vamos? —ella se dirigió hacia la puerta, pero él la detuvo, posando una mano sobre su brazo.

—Bailemos aquí arriba. Hay menos gente.

—Llamaremos la atención.

—Me gusta llamar la atención.

—¿Intenta poner celosa a alguien?

—¿No le gustaría hacer lo mismo? —Edward se encogió despreocupadamente de hombros.

Minerva tragó nerviosamente y apretó las manos.

—Le aseguro que no tengo ni idea de qué insinúa.

—Vi a Ashe llevarla al jardín. También sé que las damas no lo van a dejar en paz, y que él es demasiado amable para rechazarlas. No debe resultarle muy divertido verlo bailar.

—Tampoco suelen dejarle en paz a usted.

—Eso es verdad. Solo me queda libre el siguiente baile —le ofreció una mano enguantada—. ¿Qué dice?

—Supongo que no nos hará ningún daño. A lo mejor instauramos una nueva tradición.

El vals comenzó. Minerva esperaba que él se aprovechara, que la atrajera hacia sí más de lo aconsejable, pero Edward mantuvo la distancia correcta entre ambos.

—Usted le gusta —anunció.

—¿Disculpe?

—Ashe. Usted le gusta.

—¿Lo dice porque me llevó a pasear por el jardín?

—Porque la mira como si le importara. Lo he visto con muchas mujeres. Los dos tenemos la costumbre de utilizarlas como distracción —él sacudió la cabeza—. No insistiré en los detalles. Pero a usted no la ve de ese modo. No le ha quitado los ojos de encima desde que hemos llegado. Incluso ahora mismo la está mirando.

Minerva se esforzó por no mirar hacia abajo, por no verificar la veracidad de esas palabras.

—Puede que no lo parezca, pero le aseguro que está pendiente de todo. Por eso es tan bueno con la fotografía.

—¿Alguna vez ha posado para él?

—Muchas veces —Edward miró a su alrededor antes de inclinarse para susurrar—. En una ocasión, posé desnudo.

—Me parece que ya empieza a exagerar —ella lo escudriñó con la mirada.

—Bueno, debajo de la ropa sí que iba desnudo.

—Es usted horrible —Minerva rio.

—Sí que lo soy —él sonrió resplandeciente—. Y nuestro baile ha llegado a su fin.

Únicamente entonces notó ella que la tensión la abandonaba.

—Gracias por este vals, señorita Dodger —él le tomó la mano y le besó los nudillos.

—Gracias, señor.

Edward la soltó, se alejó un par de pasos, y se volvió de nuevo, el gesto sombrío.

—Es un buen hombre. No le tenga en cuenta el que sea amigo mío.

Antes de que ella pudiera responder, desapareció por la puerta.

—Te dije que, si te acercabas a menos de un metro de ella, no vivirías para contarlo —rugió Ashe.

Edward apoyó la bota sobre la banqueta de enfrente mientras el carruaje de Ashe traqueteaba por las calles. Le sorprendía que su amigo hubiera tardado tanto en enfrentarse a él. Por otra parte, la estrechez del habitáculo le facilitaría cumplir su amenaza. Además, Ashe le sacaba dos dedos, maldito fuera.

—No, me advertiste que me mantuviera alejado del cisne blanco. Por tanto, asumo que la señorita Dodger es el cisne blanco. Ya me parecía a mí. Su estatura coincide.

—Edward...

—Relájate. No voy a decir nada. Pero supongo que es ella con la que tienes pensado casarte.

—Eso, suponiendo que sea capaz de convencerla de que no me caso con ella por la dote.

—Y, sin embargo, sí lo haces por eso.

Incluso a oscuras sentía la mirada de Ashe taladrándolo.

—Entiendo. ¿No sería mejor que te sinceraras con ella?

—Todos los hombres que se han acercado a esa mujer iban tras la dote. Ella lo que quiere es amor.

—¿Y puedes tú dárselo?

—No lo sé —Ashebury suspiró ruidosamente—. Habiendo visto lo que el amor hizo con Marsden... ¿Cómo consiguió Albert superarlo?

—Ni idea. La idea de enamorarme me aterra. Por eso jamás lo haré. Ya me conoces. Soy un cobarde.

—Y por eso mataste a un león con un maldito cuchillo.

—Mi rifle se encasquilló —Edward se encogió de hombros.

—Por cierto, no me gusta cómo cuentas la historia. De haber estado Locke en casa de lady Greyling, no te lo habría permitido.

—Pero no estaba, ¿verdad? por eso pude explayarme a gusto, porque a ti te gustan mis historias. Además, tú también lo acuchillaste.

—Pero fuiste tú el que asestó el golpe mortal.

—Eso no lo sabemos con seguridad.

—Por Dios, si estabas como loco —Ashe rio por lo bajo—. Me sorprende que tu grito no lo ahuyentara.

—Yo no grité. Bramé. Como un guerrero de los antiguos.

—Como un loco.

—Bueno, cuando has sido criado por uno, ¿qué otra cosa se puede esperar?

Entre ambos hombres se estableció el silencio, roto únicamente por el rítmico golpeteo de los cascos de los caballos.

—¿Por qué bailaste con ella? —preguntó Ashe.

—Recordé las palabras de lady Hyacinth en la mesa de la ruleta. Me gusta bailar con solteronas. Se muestran tan agradecidas de recibir un poco de atención…

—Eres un idiota, Edward.

Edward sonrió. Cierto que lo era, pero un idiota bastante inofensivo. Siempre que nada amenazara a alguno de sus seres queridos.

CAPÍTULO 14

Minerva se había preparado a conciencia. Eligió un vestido rosa claro que hacía destacar el rojo de sus cabellos para que no pareciera tan oscuro. Su doncella lo había peinado de modo que unos suaves rizos caían sobre las mejillas, iluminando sus ojos. No era tan vanidosa como para pensar que estaba guapa, pero se encontraba más que pasable.

Los nervios le habían llenado el estómago de mariposas y apenas había podido desayunar, increíblemente aliviada de que su padre no hubiera hecho ningún comentario al respecto. No acostumbraba a sentirse inquieta ante la visita de un caballero. Había tenido muchas visitas, pero ninguna de un hombre con el que se hubiera acostado. Conocía de memoria la firmeza de sus músculos, la calidez de su piel, el modo en que se movía sobre ella...

Temió que algo anduviera mal con su sentido de la moral, pues no sentía ninguna vergüenza por conocer todos esos detalles.

Mientras se acercaba la hora aceptable para recibir la visita de un caballero, Minerva intentó leer en el saloncito. Tras pasar cien veces por la misma frase, al fin cerró el libro y se dirigió a la ventana. Había empezado a caer una ligera llovizna, por lo que no podía salir al jardín. Consideró escribir una carta para el periódico sobre la necesidad de que más personas se implicaran en obras benéficas, pero dudaba que fuera capaz de concentrarse lo suficiente para que resultara elocuente o convincente.

Los nervios estaban a punto de saltar de lo tensos que estaban cuando el mayordomo, por fin, anunció que tenía visita. Aun así, la felicidad la embargó…

—Lord Burleigh —anunció Dixon. Las palabras abofetearon a Minerva, haciendo que se detuviera en seco.

—¿Lord Burleigh? —repitió ella, como si no lo hubiera oído.

Ese hombre nunca la había visitado, nunca había bailado con ella. Habían cruzado alguna palabra de pasada, pero desde luego no le había mostrado el menor interés.

—Sí, señorita. Le he hecho pasar al salón. Su madre se ha reunido con él allí.

Quizás debería poner un anuncio para comunicar formalmente que ya no buscaba esposo. Por otra parte, sería una estupidez cerrarse la puerta a encontrar el amor más adelante. Por supuesto, el hombre en cuestión debería aceptar su escandaloso comportamiento. Ashebury, desde luego, no parecía tener ningún problema con eso.

—De acuerdo.

Lord Burleigh, cuyo físico le hacía parecer desgarbado, saltó del sofá en cuando ella entró en la habitación.

—Señorita Dodger.

—Milord, qué amable por su parte visitarme. He pedido que nos sirvan el té.

—Os dejaré a solas —anunció su madre mientras recogía su labor de costura y se dirigía a un rincón más alejado del salón para que pudieran disfrutar de algo de intimidad.

Minerva se sentó en el sofá. Lord Burleigh se unió a ella, manteniendo una respetuosa distancia. Ella intentó imaginarse a Ashebury haciendo lo mismo, pero le resultó imposible.

—Hace un día bastante triste —observó él.
—A mí me gusta la lluvia.
—A mí también. A mucha gente no. Es buena para meditar.
—¿En serio?
—Me gusta el sonido de las gotas al golpear la ventana.
—Una frase muy poética. ¿Es usted poeta, milord?
—Es mi pasatiempo —lord Burleigh se sonrojó.
—¡Bien por usted!
—¿Se está burlando de mí, señorita Dodger? —él entornó los ojos.
—No, desde luego que no. Creo que cualquier empresa creativa es digna de elogio.
—Mis disculpas. Había oído... —él se interrumpió, sacó el reloj del bolsillo y consultó la hora, sin duda decepcionado al comprobar que no habían transcurrido ni dos minutos.
—¿Exactamente qué había oído, milord?
El hombre sacudió la cabeza y guardó el reloj en su bolsillo en el preciso instante en que llegó el té. Aliviada, Minerva se dispuso a servirlo.
—Tres terrones de azúcar, y una nube de leche —le indicó él.
Ella le entregó la taza, que el caballero mantuvo en experto equilibrio sobre el muslo.
—¿Madre?
—No, gracias, querida —la mujer apenas levantó la vista de la costura.
Minerva jamás podría concentrarse tanto en la labor de clavar una aguja y atravesar un trozo de tela con un hilo, aunque desde luego envidiaba a quienes eran capaces de producir unas labores tan hermosas.
Tras prepararse su propia taza de té, miró a Burleigh y lo descubrió estudiándola. Le ofreció lo que, esperaba, fuera interpretado como una sonrisa de aliento.

—Anoche la vi en el baile de Lovingdon —él frunció el ceño y se aclaró la garganta.

—¿Ah, sí? —el corazón del Minerva falló un latido. Esperaba que no la hubiera visto en el jardín.

—De repente se me ocurrió que en realidad apenas nos conocemos.

—Me hubiera gustado que me invitara a bailar.

—Mi estatura me convierte en una persona bastante torpe como pareja de baile.

—Sospecho que es muy duro consigo mismo, pero en cualquier caso creo que nos las habríamos apañado.

—Es muy amable de su parte —lord Burleigh parpadeó varias veces.

—Lo dice como si le sorprendiera que yo fuera capaz de ser amable.

—Me habían dicho que era... —él tomó la taza de té y la soltó para, a continuación, carraspear.

—¿Una arpía?

Burleigh asintió, frunció el ceño y arrugó la nariz.

—Difícil.

—Y aun así ha venido de visita.

—Mi padre falleció recientemente.

¿Y qué tenía eso que ver con ella?

—Sí, eso he oído. Debería haberle ofrecido mis condolencias cuando le saludé.

—No hacía falta. Ya era muy mayor y tuvo una buena vida. Pero ahora debo ocuparme de mis deberes. Necesito una esposa, y por eso pensé en venir a visitarla.

—Es muy amable de su parte.

—Soy algo mayor y no tengo la paciencia necesaria para aguantar las tonterías de las jovencitas.

Era la primera vez que le habían ofrecido ese razonamiento. Y, si bien resultaba refrescante, Minerva también lo halló algo insultante.

—¿De modo que es mi edad lo que le atrae?

—¿Es usted propensa a las risitas tontas?

—Como norma no, aunque en alguna ocasión se me ha oído reír.

—Confío en que no muy ruidosamente.

—Supongo que eso depende —a ella le pareció oír la aldaba de la puerta. En ese momento hasta recibiría con agrado la visita de lord Sheridan.

Levantó la vista al oír entrar a Dixon, que portaba una bandejita de plata con una tarjeta. Se la ofreció y ella tomó la tarjeta, la leyó, e hizo todo lo que pudo por disimular su inmensa alegría.

—Por favor, haz pasar al duque de Ashebury.

A Minerva no se le escapó la mirada inquisitiva de su madre, que levantó la cabeza de la labor de costura. Tampoco se le escapó la decepción reflejada en el rostro de Burleigh. Todos se pusieron en pie cuando Ashebury entró en el saloncito. Se dirigió directamente hacia su madre, le tomó la mano y le besó el dorso.

—Señora, tiene un aspecto espléndido.

—Gracias, Excelencia. Es un placer recibir su visita.

—Le aseguro que el placer es mío —Ashe centró su atención en Minerva e ignoró por completo a Burleigh mientras se acercaba.

A ella le hubiera gustado que también le tomara la mano, pero el duque se limitó a ladear la cabeza.

—Señorita Dodger.

—Excelencia.

—Burleigh.

—Ashebury.

—Espero no estar interrumpiendo nada.

—Usted nunca interrumpe —intervino Minerva—. ¿Le apetece un poco de té?

—Me encantaría. Con un terrón de azúcar, sin leche. Durante mis diversos viajes lejos de la civilización he perdido el gusto por la leche. Es casi imposible de transportar sin que se estropee.

Minerva tomó asiento, consciente de que Burleigh se había acercado un poco más a ella. Ashebury se sentó en el sillón más cercano.

—Debe haber echado de menos el té en sus viajes.

—Al contrario, un caballero siempre lleva el té con él, incluso en el mundo salvaje.

—No veo cómo se puede preparar un té como es debido en el mundo salvaje —observó Burleigh.

—Sí que puede hacerse —contestó el duque—. Debería leer *El arte de viajar*, Burleigh. Es fascinante. Le sorprendería lo que se puede hacer, y lo que uno está dispuesto a hacer, en caso de necesidad —tomó un sorbo de la taza que le ofreció Minerva—. Darjeeling. Excelente.

—No recuerdo que ningún otro caballero haya sido capaz de identificar el tipo de té que estaba tomando.

—Poseo un paladar refinado. Soy capaz de distinguir los sabores de casi cualquier cosa que tenga un sabor característico, como vino, licores, té —la mirada de Ashe se oscureció mientras la deslizaba hasta los labios de Minerva y ella tomaba consciencia de lo que había quedado sin decir: el beso de una mujer, sus labios.

Removiéndose en el asiento, Minerva sorbió un trago de té de una manera nada femenina. A su alrededor se estableció un profundo silencio. Sobre el firme muslo de Ashebury descansaba la taza de té y se le ocurrió que su aspecto era mucho más delicado que cuando descansaba sobre el muslo de Burleigh. Si bien Burleigh era más corpulento que Ashebury, el duque parecía más grande, quizás porque la ropa le sentaba muy bien, dejando bien claro que no le sobraba ni un gramo de grasa. También podría ser que ella conocía muy bien ese muslo sobre el que había posado su pie, y sabía que una taza podía descansar allí con total seguridad.

—¿De qué estaban hablando antes de mi interrupción? —preguntó Ashe.

—De la mejora producida por los años —contestó Minerva, esperando que él no fuera consciente de la deriva que habían tomado sus pensamientos, ni su mirada.

—¿En el vino?

—En las mujeres.

—Eso no me parece muy apropiado. Las damas que yo conozco se muestran muy herméticas sobre su edad.

—Decíamos que las mujeres más mayores no poseen la risita tonta de las jovencitas —intervino Burleigh con impaciencia.

—¿Y qué hay de malo en una risita tonta? —preguntó Ashebury.

—Resulta de lo más irritante. Yo no deseo una esposa con risita tonta. La señorita Dodger no es propensa a la risita tonta.

—¿No lo es? —Ashebury posó la mirada sobre la joven—. Apuesto a que yo sería capaz de arrancarle una.

—¿Y por qué iba a querer usted hacer eso? —preguntó el otro hombre

—¿Y por qué no iba a querer hacerlo usted?

—Tal y como he mencionado ya, resulta irritante.

—Al contrario, Burleigh, es un sonido alegre. Una mujer debería lanzar una risita tonta al menos una vez al día —la mirada del duque seguía fija en Minerva.

Un sonido tintineante rompió el silencio. La taza de té de Burleigh había chocado ligeramente contra el platillo, muestra de su creciente agitación. Sin embargo, era su invitado, y Minerva no podía consentir que Ashebury lo alterara de ese modo.

—¿Y cómo se prepara una taza de té en plena naturaleza? —preguntó.

Ashe sonrió indolente, y ella supo que había comprendido que intentaba cambiar de tema.

—Con un fuego, un hervidor, una tetera y té.

—Exactamente del mismo modo que se prepara en el mundo civilizado —espetó Burleigh.

—Con alguna pequeña variante. Al final regalamos el hervidor, la tetera y algo de té al jefe de una tribu. Le fascinó el proceso. No estoy seguro de dónde conseguirá más té cuando se le haya terminado el que le dejamos. ¿Le gustaría ver una fotografía suya?

—No —contestó Burleigh en el mismo instante en que Minerva contestaba, «sí».

—No puedo negarle el deseo a una dama —Ashebury dejó a un lado la taza de té y se levantó del sillón para sentarse en el borde del sofá.

Minerva se apartó al instante para impedir que la tocara, lo que solo sirvió para que se pegara más a Burleigh. Fue muy consciente de la tensión que invadió el cuerpo del caballero y no se imaginó a Ashebury reaccionando del mismo modo. Si el duque se encontraba con una mujer pegada a su cuerpo, sin duda la abrazaría.

En el rostro de Ashe se dibujó una pequeña sonrisa. Ese sinvergüenza estaba disfrutando de cómo los manipulaba, de hacer que Burleigh se sintiera incómodo. No debería sentirse atraída hacia un hombre de tan deplorable comportamiento, pero no conseguía sentirse ni siquiera molesta con él. Burleigh no había hecho nada malo, pero tampoco nada bueno. Su interés por ella no le conduciría a ninguna parte. Seguramente debería explicárselo. Más tarde. Cuando Ashebury ya no estuviera allí.

El duque deslizó una mano en el bolsillo de la chaqueta y sacó un paquete atado con cuerda que depositó en el regazo de Minerva.

—Puede hacer los honores.

Estaba tan cerca de ella como Burleigh, si no más, el muslo pegado al suyo, y aun así Minerva no se sentía agobiada por su costado derecho. No podía decir lo mismo del izquierdo. ¿Se debía a la tremenda intimidad que había compartido con ese hombre? ¿Se debía a lo cómodo que se le notaba a Ashe con las mujeres? Seguramente lo segundo. De repente no quiso ni considerar de cuántas mujeres se habría sentado tan cerca.

Tirando de los extremos del lazo, soltó la cuerda del envoltorio y la dejó sobre la mesita. A continuación retiró lentamente el papel. La recibió la imagen de los chimpancés. Había apostado a que eran almas gemelas. Le siguió una imagen de las pirámides, rodeadas de personas que parecían enanitos. Estaba familiarizada con la estructura, pues las había visto en otras fotografías y siempre había deseado visitarlas. Puesto que ya no estaba a la caza de un marido, podía ir a donde se le antojara. Incluso podría tocarlas con sus manos. La siguiente imagen reveló una especie de santuario de piedra, apenas visible entre la vegetación. Minerva no tenía ni idea de qué podría ser, pero le daba la impresión de que estaba muy solitario, a la espera de ser utilizado de nuevo.

Dejando la fotografía a un lado, a sus ojos llegó la imagen de un hombre de largos cabellos blancos, y lo que parecían dibujos hechos con pintura blanca sobre su oscuro y arrugado rostro. El anciano sonreía mientras en su mano sujetaba una delicada taza de té que resultaba increíblemente fuera de lugar.

—Ese es —señaló Ashebury.

—Parece muy contento.

—Negoció conmigo para conseguir mi taza de té —contestó el duque con gesto gruñón.

—¿Y qué consiguió a cambio? —Minerva lo miró. Estaba muy cerca y sus hombros casi se tocaban.

—Dos de sus hombres para que nos escoltaran hasta las profundidades de la jungla.

—¿Y ellos, qué obtuvieron?

—El privilegio de acompañarnos, supongo. Esa gente no necesita dinero. Son autosuficientes.

—Son salvajes —intervino Burleigh.

—¿Y exactamente qué es un salvaje, Burleigh? Personalmente, he conocido a unos cuantos dentro de las fronteras de Inglaterra.

—Ya sabe a qué me refiero. Están sin civilizar.

—Quizás no del mismo modo que usted y que yo. No son capaces de citar a Shakespeare, pero le aseguro que no pueden ser calificados de salvajes. Por lo que sabemos, su existencia es pacífica. Nos recibieron de buen grado —él le guiñó un ojo a Minerva—. Bebieron té con nosotros. No se puede ser mucho más civilizado que eso.

Ella dejó a un lado la fotografía y contuvo la respiración al ver la imagen de una mujer vestida con el atuendo de los nativos, suponiendo que pudiera decirse que fuera vestida en absoluto. Sin embargo, lo que llamó su atención no fueron los pechos desnudos, sino el rostro de esa mujer. Un rostro orgulloso, regio. No había vergüenza. ¿Cómo podía alguien sentirse ofendido ante esa extraordinaria imagen? Era sencillamente... la vida. Y Ashe había conseguido capturar su esencia y belleza.

Había estado en lo cierto al afirmar que la forma humana, en su natural esplendor, era exquisita.

Burleigh, no obstante, parecía no estar de acuerdo. Emitía pequeños respingos, como si se hubiera atragantado con el té. Le arrebató la fotografía de las manos y se puso en pie.

—¡No puede mostrar imágenes como esta a una dama! —en su agitación estuvo a punto de golpear la araña que colgaba del techo.

—¿Y por qué no? —preguntó Minerva.

—Señora, el duque le está mostrando a su hija fotografías obscenas.

La madre de Minerva levantó la vista y frunció el ceño.

—Se trata de la nativa de una tribu, madre. En su ambiente natural.

—No lleva ropa —insistió Burleigh.

—No lleva ropa como la nuestra —intervino Ashebury—,

pero le aseguro que, para las costumbres de su pueblo, la indumentaria era perfectamente admisible.

Su madre se levantó del sillón con gracia y dignidad, y se acercó a ellos. El duque se levantó de inmediato. La mujer alargó una mano hacia Burleigh, que titubeó.

—Lord Burleigh —ella hizo chasquear los dedos.

—No es apropiado, señora.

—Yo decidiré qué es apropiado y qué no.

Burleigh le entregó la fotografía.

Minerva no pudo más que sentir respeto ante el aplomo de su madre. La expresión de la mujer era la de alguien que estuviera contemplando una hoja en blanco.

—Si la mujer no está acostumbrada a llevar ropa, no veo qué derecho tenemos a considerarla vulgar por honrar sus tradiciones.

—Pero Ashebury no debería mostrarlas ante su hija.

—Todos somos adultos aquí, milord. Sin duda no nos sentimos ofendidos por la vida —la mujer devolvió la fotografía a Ashebury—. He visto mujeres con menos ropa en algunos cuadros, si bien no son obras de arte que exhibiría en mi salón.

—Le pido disculpas, señora, si la he ofendido —el duque se inclinó.

—No estoy ofendida, solo señalo un hecho. ¿Volvemos a nuestro té?

—Tengo que irme —anunció Burleigh.

—Le acompañaré hasta la puerta, milord —asintió la madre de Minerva.

—¿Y qué pasa con Ashebury?

—No creo que haya consumido su tiempo aún.

—No puede dejarlos solos.

—Estoy segura de que no sucederá nada inadecuado —la mujer tomó a Burleigh del brazo—. ¿Qué tal lleva lo de asumir las responsabilidades de su padre? —preguntó mientras lo sacaba del salón.

En cuanto cruzaron la puerta, Minerva se cubrió la boca con una mano. Los hombros se estremecían ante el esfuerzo por no reír en voz alta. Ashe se sentó a su lado y se inclinó hacia ella, hasta acariciarle la mejilla con el aliento.

—¿Es eso una risita tonta?

Efectivamente, un sonido muy parecido a una risita tonta escapó de labios de Minerva, que le propinó un empujón al duque.

—Lo has hecho a propósito. Le has hecho sentirse incómodo con esa fotografía.

—Tonterías. Ni siquiera sabía que estaría aquí.

—¿Y por qué no esperaste a que se hubiera marchado para enseñármela?

—Porque mientras estaba aquí sentado —la mirada de Ashe resplandecía traviesa—, se me ocurrió que podría ser divertido ver su reacción. Es muy serio. ¿Te está cortejando?

—No estoy segura. Es la primera vez que viene a visitarme.

—Te aburrirá mortalmente —él le tomó el rostro entre las manos—. Matará tu espíritu. No le permitas venir de nuevo.

—Tú no eres quién para decirme a quién puedo recibir o no.

—No serás feliz con él —Ashe le acarició los labios con el pulgar.

—No voy a casarme con él —Minerva cedió al fin—, pero tampoco deseo avergonzarlo. Acaba de perder a su padre.

—Posees mucha ternura, Minerva —él se acercó un poco más—. Me gusta descubrir cosas de ti.

Ella se preguntó si iría a besarla. Le apetecía mucho que lo hiciera.

—Ven al Nightingale esta noche —susurró Ashe de manera seductora—. Podremos seguir descubriendo cosas el uno del otro, pero en un ambiente mucho más íntimo.

—Me esperan en el Dragons.

—Pues haz algo inesperado.

El desafío que vio en los ojos del duque casi la convenció para acceder a reunirse con él. Pero ella deseaba algo más que la unión física. Deseaba una unión que implicara al corazón, al alma.

—Si no voy, generaría demasiadas preguntas.

—Confío en tu capacidad para manejar la situación.

—Preferiría que no.

—Haré que te merezca la pena.

—De eso no tengo ninguna duda —ella sacudió lentamente la cabeza—, pero necesitaría que estuvieras un poco enamorado de mí.

—Estás volviendo mis palabras contra mí —Ashebury le acarició suavemente la mejilla.

—Simplemente las entiendo mejor ahora —Minerva desvió la mirada antes de posarla de nuevo sobre él—. Mi madre estará a punto de regresar.

—Entonces deberíamos volver al asunto que nos ocupaba —él asintió, aparentemente sin rencor—. ¿Te han gustado las fotografías?

—Sí, mucho —ella sonrió tímidamente—. Son extraordinarias, sobre todo la de la mujer. Opino que somos unos mojigatos si nos fijamos en lo que no lleva puesto, en lugar de fijarnos en lo que sí: orgullo, elegancia, gracilidad.

—Estaba seguro de que apreciarías todo aquello que intenté plasmar. Ella me recuerda mucho a ti.

—Tienes mucha imaginación —Minerva sintió arder las mejillas ante el cumplido.

—Si pudieras convencer a tu hermano para que me permitiera utilizar el puente de su jardín como decorado, puedo demostrártelo.

—Me siento halagada, pero casi nunca poso para fotografías o cuadros. Nunca me ha gustado el resultado.

—La mía si te gustará.

—Aún no sé si lo tuyo es confianza o arrogancia —ella rio.

El duque se pegó un poco más a ella, rozándole el rostro con el aliento.

—Sabes de lo que soy capaz en la oscuridad. Déjame mostrarte de qué soy capaz a la luz.

En la mente de Minerva se formó la imagen de Ashe colocándola tumbada sobre el puente, inclinado sobre ella, antes de utilizar su boca para iniciar un delicioso viaje por su cuerpo hasta la intersección de los muslos, dándole placer mientras el sol calentaba su cuerpo y sus gritos...

Un carraspeo le hizo girar la cabeza como si sus pensamientos fueran perfectamente visibles por todo el salón. Con una sonrisa traviesa, que indicaba claramente que sabía adónde la había llevado su imaginación, el duque se levantó lentamente del sofá. Acallando el alocado latido de su corazón, Minerva también se levantó.

—Debo irme —anunció él—. Puedes quedarte las fotografías si quieres.

—Las atesoraré.

Y lo haría. Minerva no sería capaz de contemplarlas sin acordarse de él y la intimidad compartida. Una intimidad que empezaba a traspasar la frontera de lo meramente físico para incluir momentos que les conectaban de un modo en que nunca se había sentido conectada a nadie fuera de su círculo familiar y de amigos íntimos.

—Entonces les he encontrado un buen hogar —observó Ashe antes de alejarse.

Se detuvo para intercambiar alguna palabra con la madre de Minerva y luego siguió su camino.

Minerva se volvió a sentar y tomó las fotografías. Nada que le hubiera podido regalar le habría agradado más. Y sospechaba que él lo sabía. Lo sabía mejor que ningún otro hombre. ¿Debería sentir consuelo o inquietud ante ese pensamiento?

—Qué tarde tan interesante. ¿Cuándo ha empezado Ashebury a interesarse por ti? —preguntó su madre.

—Hablamos un poco en la fiesta de lady Greyling. Y desde entonces nuestros caminos se han cruzado unas cuantas veces.

—Diste la impresión de sentirte encantada cuando lo viste aparecer.

—Encuentro sus aventuras interesantes. Y sus fotografías... Posee mucho talento.

La madre de Minerva tomó la fotografía de los chimpancés, la que ella estaba convencida sería siempre su preferida, y la estudió detenidamente.

—Tiene buen ojo.

—¿Cómo supiste, sin lugar a dudas, que papá te amaba? —ella sospechó que su madre hablaba de algo más que de la fotografía.

La mirada de su madre se suavizó ante los recuerdos.

—Cuando conocí a tu padre, a él solo le importaba el dinero. Tenía las arcas llenas, pero siempre quería más. Era lo único a lo que concedía valor. Y entonces, un día, se mostró dispuesto a abandonarlo todo por mí.

Minerva conocía la historia de sus padres, aunque no los detalles.

—Creo que por eso me desagradan los cazafortunas. No tienen nada a lo que renunciar.

—No estés tan segura, cielo. Todo el mundo posee algo que sacrificar.

—Creo que Ashe tiene algún apuro financiero —anunció Edward mientras bebía a sorbos el whisky de su hermano y esperaba su turno en la mesa de billar.

—¿Te lo ha dicho? —Grey levantó la vista de las bolas de colores que había estado contemplando.

—No en detalle, pero se traslada a la residencia Ashebury. Su situación debe ser crítica para hacer algo así.

Si bien ninguno de ellos conocía con exactitud el motivo de la aversión de Ashebury por ese lugar, sabían que estaba relacionado con la muerte de sus padres. Lo revelaban las pesadillas que había sufrido en Havisham tras su llegada.

—Es orgulloso, Edward. No puedo hacer nada si no me lo pide. Si quisiera que yo conociera la situación, me lo contaría —Greyling devolvió su atención al billar.

—Bueno, esa es la cuestión, ¿entiendes? Se le ocurrió que yo podría quedarme con el alquiler de su casa, y a mí me pareció una idea estupenda. Sé que soy una molestia cuando me alojo aquí cuando estoy en Londres.

—No eres ninguna molestia.

—A tu esposa no le agrada.

—Eres un borracho desaliñado, y presumes de tus conquistas. A ella le resulta inapropiado.

—Nadie la obliga a escuchar.

La mirada de su hermano bastó para que Edward capitulara.

—De acuerdo. Soy consciente de que abuso de tu hospitalidad, pero tampoco puedo imponerle continuamente mi presencia a Ashe. Por eso pensé que sería una buena idea tener mi propia casa. Él me propuso comprarle los muebles. Me ahorraría tener que ir de compras, y a él le proporcionaría unos buenos beneficios. Si aceptaras concederme los fondos necesarios, sería un modo de ayudarlo, ¿lo ves?

—¿Y el alquiler?

—Seguramente necesitaré un pequeño aumento en mi asignación.

—¿Qué piensas hacer con tu vida, Edward? —Grey golpeó una bola y coló otra por un agujero—. Deberías tener algún propósito.

—Ya tengo un propósito, muy grande. El placer.

—Lo cual estaba muy bien a los veinte años. Pero ya llevas vivido más de un cuarto de siglo. Necesitas empezar a ser un poco responsable.

—Soy un caballero, el hermano de reserva. Se supone que he nacido para vivir una vida de ocio. Creo que está escrito en alguna ley. Quizás incluso en la Carta Magna.

—Qué Dios me asista —Grey rio—, estoy dividido entre insistir en que crezcas y esperar que nunca lo hagas.

—Acompáñame en una última aventura —Edward dio un paso hacia su hermano—. La última. Después sentaré la cabeza y haré una locura respetable como, por ejemplo, presentarme al parlamento.

—¡Por Dios bendito! ¿Dejar el país en tus manos? Eso sería una pesadilla —Grey arrojó el taco sobre la mesa, tomó su copa y la apuró de un trago—. Eres inteligente, más de lo que intentas hacer creer que eres. Sobre tus hombros descansa una buena cabeza, y creo que en alguna parte —señaló el pecho de su hermano—, tu intención es hacer el bien. Pero tendrás que conseguirlo sin nuestra última aventura. No puedo dejar sola a Julia, especialmente ahora que está tan sensible.

—Cuando te casaste, no gané una hermana —Edward también apuró su copa—, perdí a un hermano.

—Yo maduré. Tú necesitas hacer lo mismo. Creo que tener casa propia es un primer paso en la dirección correcta. Y te lo financiaré.

—¿Incluyendo la compra de los muebles? —él se volvió bruscamente.

—Si es para ayudar a Ashe, sí.

—Espléndido. Estoy seguro de que se sentirá aliviado.

—¿Cuándo se traslada?

—Habrá terminado de mudarse en un día o dos.

—Creo que ya habéis disfrutado suficientemente de vuestra pausa de oporto —Julia les interrumpió y se dirigió hacia su esposo, se puso de puntillas y le besó la mejilla—. Empezaba a sentirme sola. Te echo de menos.

—La llegada de la señora de la casa es la señal para que me marche —murmuró Edward.

—No hace falta que te vayas —observó Grey.

—Yo creo que sí —él saludó a su cuñada con una inclinación de cabeza—. Además era whisky.

—Yo pensaba que los caballeros siempre bebían oporto después de cenar.

—Tal y como has señalado en numerosas ocasiones, no soy ningún caballero. Tu marido me complace, puesto que él sí es un caballero. Pero ahora debo irme. Gracias por una encantadora cena.

—Nos alegra haberte tenido con nosotros —le aseguró ella.

—Qué mal mientes —susurró Edward mientras le besaba la mejilla.

—No es que no me gustes, Edward, pero tienes mucho potencial y no haces más que desperdiciarlo.

—Si no tuvieras mi vida de ocioso caballero con la que meterte, ¿cómo te entretendrías?

—Edward, te has pasado de la raya —espetó Grey—. Julia solo mira por tu bien. Tanto ella como yo estamos preocupados por ti.

—Como debe ser. Soy feliz, me lo paso muy bien a donde quiera que vaya, y me relaciono con los que disfrutan de mi compañía. Pero ahora debo irme a planear mi siguiente aventura. Buenas noches.

Con paso decidido, Edward abandonó la estancia. Esa mujer lo enfurecía, y no sabía por qué. No era una bruja, pero ni una sola vez lo había contemplado como otra cosa que no fuera una mancha en el nombre y honor de la familia.

Con no poco alivio, Julia vio salir a su enfurecido cuñado del salón. El ambiente siempre se tensaba cuando él estaba presente. Y no ayudaba en nada que hubiera sido el primer hombre en besarla, aunque no se lo hubiera confesado nunca a Albert. Endemoniadamente apuesto, el respetable Albert la había cortejado, aunque había sido el endemoniadamente apuesto, el de la mala reputación, Edward, el que la había abordado en el jardín durante un baile y plantado sus labios sobre los de ella, introduciéndola a la pasión que podría existir entre un hombre y una mujer. Ese honor debería haberle correspondido a Albert, debería haber sido suyo, y Edward lo sabía muy bien. Pero le había parecido muy gracioso hacerse pasar por Albert, robarle el beso, y ella nunca le había perdonado. Ni a ella misma, por lo mucho que le había gustado.

Y desde entonces, solo manteniéndose siempre alerta había conseguido distinguir a un hermano del otro. Eran idénticos. Solo sus gestos y comportamiento les diferenciaban. A Edward solo le preocupaba su propio placer, mientras que Albert anteponía siempre al resto del mundo. Ese era uno de los motivos por el que lo amaba tanto.

Su esposo se acercó a la chimenea, apoyó un brazo sobre la repisa y contempló el hogar vacío. A Julia no le agradaban las visitas de Edward porque siempre dejaban a Albert con la sensación de que debería hacer algo más por su hermano.

—Ojalá no te atormentaras tanto —le susurró ella al oído tras acercarse y ponerse de puntillas.

—Lo siento —Albert se volvió, sonrió y se frotó el lóbulo de la oreja—. Es mi oído malo. ¿Has dicho algo?

Esa era otra de las cosas que diferenciaba a los hermanos. Albert había perdido el oído derecho a los cinco años, cuando Edward lo había empujado a un estanque helado. El hecho de que a continuación hubiera saltado al agua para salvarlo no alteraba que fuera el responsable de la infección que dañó el oído de su gemelo. Albert no se lo tuvo en cuenta. Aseguraba que eran dos críos revoltosos que permitieron que las cosas se les fueran de las manos, pero Julia a veces sospechaba que Edward tenía celos de su hermano mayor. Albert lo heredaba todo mientras que él era un mero recipiente del generoso corazón de su hermano.

—Que te amo —contestó ella.

—Siempre deberías decirme esas cosas al oído izquierdo —la sonrisa de Albert se hizo más amplia.

—Siento mucho no gustarle —en realidad, a Julia no podía importarle menos si le gustaba o no a Edward.

Cada vez que partía en unos de sus viajes, ella rezaba fervorosamente para que no regresara. La vida era mucho más sencilla cuando él no estaba.

—Edward resulta, en ocasiones, difícil de tratar —Albert recogió unos mechones sueltos del cabello de Julia detrás de la oreja—. Creo, sin embargo, que en lo que a ti respecta, se siente celoso. Yo tengo una esposa hermosísima, y él está solo.

—A juzgar por todas las mujeres sobre las que habla —ella lo miró con gesto coqueto—, no sé si es acertado afirmar que está solo.

—Pero ninguna de esas mujeres es buena para él. No del modo en que tú lo eres para mí. Sin embargo me ha propuesto hacer juntos un viaje, y me ha prometido regresar más maduro.

—¿Vas a ir? —Julia sintió una opresión en el pecho.

—No pienso dejarte —él sacudió la cabeza lentamente.

Tragándose su miedo, el miedo que siempre sentía con respecto a su buena suerte por disfrutar del amor de un hombre tan maravilloso, el miedo de que su felicidad le fuera arrebatada, miró a su esposo.

—Si quieres, puedes ir.

—No voy a dejarte estando embarazada —Albert le sujetó el rostro entre las manos y le sostuvo la mirada.

—Estaré bien.

—Si perdieras al bebé mientras yo estoy de viaje, ¿crees que podría perdonármelo alguna vez?

—No sería culpa tuya. Ninguno de los dos hizo nada para que perdiera los otros tres. Espero que este sea varón. Quiero darte un heredero.

—Pues yo lo único que espero es que esté sano y que

tú sobrevivas al traerlo al mundo —él la atrajo hacia sí y la abrazó con fuerza—. No quiero perderte, Julia.

—No lo harás —le prometió ella, aun sabiendo que algunas promesas no podían cumplirse.

Sentado en la biblioteca, Ashe hacía girar el vaso que contenía el líquido color ámbar, hechizado por el remolino que parecía imitar su propia vida. Necesitaba casarse con una mujer que dispusiera de una buena dote. Minerva Dodger poseía la mayor dote conocida. ¿Por qué iba a conformarse con menos?

Además, le gustaba esa mujer, sobre todo en la cama. Lo que habían compartido revelaba una pasión que sobrepasaba con mucho cualquier cosa que hubiera conocido.

No le había agradado encontrarse a Burleigh sentado con Minerva en el sofá del salón de los Dodger. Como norma él no era celoso, pero, al parecer, cuando se trataba de ella no cumplía ninguna de sus normas.

Al día siguiente tenía previsto iniciar en serio los preparativos para su traslado a Ashebury Place. Pero esa noche necesitaba distraerse. Encontraría distracción en el salón de juegos, aunque no apostara nada. Y Minerva estaría allí. Se levantó, dejó el vaso sobre el aparador y se volvió hacia la puerta.

—Ah, estás aquí —lo saludó Edward—. Traigo noticias estupendas. He hablado con Grey. Voy a poder comprar cualquier objeto que dejes aquí.

—Eso, desde luego, facilita las cosas —Ashebury suspiró agradecido—. Haré que mi contable realice un inventario y valore cada pieza.

—Ya me imaginé que te agradaría —Edward se acercó a la mesa y se sirvió un whisky—. ¿Qué haremos esta noche para celebrarlo?

—Estaba a punto de dirigirme al Dragons. Si quieres puedes acompañarme.

—No —Edward contempló fijamente el vaso que tenía en la mano, como si buscara la respuesta en el fondo—, a mí me apetece más algo que incluya mujeres.

—En el Dragons hay mujeres.

—Mujeres respetables —Edward sacudió la cabeza—. Esas no son las que me gustan.

Ashe sufría un dilema. No quería dejar solo a Edward después de la generosidad que había mostrado con él, pero tenía muchas ganas de ver a Minerva. Al final ganó el deseo de verla.

—No estoy de humor para esa clase de mujeres, por tanto te las dejo a ti todas.

—Ya hablas como un hombre casado —Edward sonrió—. Y, por cierto, cuando te marches de aquí, deja las bebidas.

—Si deseas que alguno de los empleados se quede, házmelo saber.

—Deja aquí a todos los que quieras. Yo los conservaré.

Y como si sus palabras no tuvieran la menor importancia, apuró la copa de un trago.

Pero Ashe lo conocía bien y sabía que respondían a un intento por parte de su amigo de aliviarle la pesada carga.

—Edward, te agradezco todo lo que has hecho.

—Los huérfanos debemos permanecer unidos —el otro hombre le dedicó una sonrisa burlona.

—Aunque ojalá no hubieras perdido a tus padres, siempre me he sentido agradecido por no haber tenido que ir a Havisham yo solo.

—Te estás poniendo sentimental —Edward alargó una mano hacia el decantador—. No te pega. Ve a perder algo de dinero, después te sentirás mejor.

Agradecido de que Edward hubiera puesto fin a lo que podría haberse convertido en una conversación incómoda, Ashe rio aliviado.

—Y tú... ve a por una buena mujer para pasar la noche.

—No quiero una buena —Edward sonrió travieso y arqueó repetidamente las cejas—. Quiero una que sea muy mala.

Ashebury sabía que en ocasiones una misma mujer podía ser ambas cosas. Se lo había enseñado Minerva Dodger.

CAPÍTULO 15

De pie en el balcón en penumbra del Twin Dragons, Minerva se sentía nerviosa e inquieta mientras contemplaba el salón de juegos desde arriba. Ver a Ashe aquella tarde le había provocado un intenso deseo de estar en sus brazos. Había considerado enviarle una nota invitándolo a reunirse con ella allí, pero prefería que apareciera por decisión propia, sin ser invitado. Y por eso estaba de pie en el balcón en lugar de estar donde debería estar. La esperaban. Tenía que irse.

Tras echar una última ojeada al salón, sintió que el corazón se estrellaba contra las costillas al descubrir a Ashebury merodeando por las mesas de cartas antes de dirigirse hacia la ruleta. ¿La había estado buscando? ¿Para qué si no iba a dar una vuelta por las mesas en lugar de dirigirse directamente a la ruleta?

Estuvo a punto de gritarle, llamar su atención, invitarlo a que se reuniera con ella. Pero el decoro exigía un mejor comportamiento. Así pues, se dirigió a la sala de juegos.

Lo encontró cerca de la ruleta, observando, pero sin jugar. A Minerva le gustó que no fuera de los que se lanzaba a apostar a lo loco, que se tomara su tiempo. Algunos socios del club eran unos auténticos fanáticos. Eran los caballeros a los que había incluido en su lista: «Hombres con los que nunca me casaré».

Jamás sería capaz de amar a alguien para quien el juego fuera una obsesión y no un agradable pasatiempo.

—Excelencia.

—Señorita Dodger —el duque se volvió y su mirada se suavizó al instante—. Esperaba encontrarla aquí, pero no la he visto en las mesas.

¿Cuándo había parecido un hombre tan sincero al dirigirse a ella?

—Estoy jugando en un salón privado. ¿Le apetecería unirse a nosotros? Ya sé que las cartas no es su juego preferido, pero no le hará falta jugar. Podría limitarse a mirar.

—Nunca ha despertado mi interés la posición del mirón —él sonrió travieso—. Sin embargo, contemplarla a usted podría hacer que cambiara de idea.

—No creo que resulte tan interesante. Y tiene razón, es muy aburrido ver jugar a otra persona. Ni siquiera sé por qué se lo sugerí.

—Si mis opciones son quedarme aquí y ver girar una rueda mientras mis monedas desaparecen, o contemplarla a usted, elijo lo segundo. Además, doy por hecho que se refiere al exclusivo juego que se desarrolla en el santuario interior y del que todo el mundo cuchichea, aunque pocos son los elegidos para disfrutarlo.

—Lo es, en efecto —ella le dedicó una amplia sonrisa.

—En ese caso me encantará aceptar su invitación.

—¿Y quién sabe? A lo mejor se decide a jugar.

Las estancias privadas eran famosas. Al duque no le sorprendió que Minerva tuviera una llave que le permitiera el acceso a ellas, pero sí le ayudó a comprender por qué había dado instrucciones al cochero para que la llevara a ese lugar. Con la máscara oculta en los pliegues de la falda, podría atravesar tranquilamente la zona de juegos. Aunque hubiera seguido a su lacayo aquella primera noche, ella habría desaparecido antes de que pudiera verla sin máscara.

Chica lista.

Ella lo condujo por unas escaleras y un pasillo casi sin iluminar. Ashe la agarró del brazo y tiró de ella antes de empujarla a un rincón oscuro y tomar posesión de sus labios. Minerva no protestó. Se limitó a rodearle el cuello con los brazos, apretar el pecho contra el fuerte torso, y volverle loco con su impaciencia.

¿Por qué insistían en jugar a ese maldito juego cuando podían disfrutarlo todo? ¿Por qué no estaban en su residencia, en la cama? ¿Y por qué no conseguía saciarse de esa mujer? ¿Sería porque era ella la que establecía las reglas, la que estaba al mando, la que dictaba los términos del acuerdo?

¿Qué acuerdo? Ashe se limitaba a intentar no volverse loco, a cortejarla como ponía en su maldito libro que había que hacer, pero lo único en lo que podía pensar era en tomar esos pechos desnudos, apretarlos, chuparlos. Lo único que quería era la libertad para deslizar los labios por sus piernas desnudas, detenerse en la marca de nacimiento, excitarla con los dedos y la lengua. Quería estar dentro de ella, cabalgar sobre una ola de placer más intensa que cualquier cosa que hubiera experimentado jamás.

—Ven conmigo a mi residencia —le susurró él mientras deslizaba los labios por su cuello.

—Estoy medio tentada —ella suspiró.

—Pues tiéntate por completo.

—¿No te da miedo? —ella soltó una pequeña risa y le tomó el rostro entre las manos—. ¿Esta loca atracción entre nosotros?

—No. En realidad deberíamos regocijarnos en ella. No siempre se tiene tanta suerte.

—¿Ah, no?

—Para mí —Ashe le tomó el rostro entre las manos—,

nunca ha sido tan intenso con otra mujer. Cásate conmigo, Minerva. Y será así todas las noches.

—No sé si bastaría con esto para que durara toda una vida —ella dio un respingo, sorprendida.

—Pero hasta que se agote el fuego, será maravilloso.

—De modo que crees que se agotará.

Ashebury se maldijo por la decepción que percibió en la voz de Minerva. Una parte de él estaba convencido de que tenía que agotarse, pero otra ni siquiera alcanzaba a imaginárselo. Ella necesitaba garantías. Él quería acostarse con ella de nuevo. Pero no iba a mentirle.

—¿Me amas? —preguntó Minerva.

—Me importas mucho —el duque reprimió un suspiro de frustración—. Amar... el amor es lo que volvió loco al marqués de Marsden. Sé que es eso lo que anhelas, pero el amor no es todo calor, felicidad y finales felices. Esta atracción que sentimos puede llevarnos lejos.

—Pero no sé yo si lo bastante lejos.

En eso tenía que darle la razón. Minerva no era la única mujer poseedora de una dote. Pero, maldito fuera, la deseaba a ella. Su testarudez, su insistencia en perseguir sus anhelos, incluso su fe en el amor. Nunca había conocido a una mujer tan compleja, complicada, o intrigante. Vivir con ella le aseguraría no aburrirse jamás.

Ashebury volvió a tomar posesión de la boca de Minerva, con pasión y deseo, solo una vez más, un mordisco más, una caricia más con la lengua. Cuando interrumpió el beso, ella se tambaleó.

—Podría ser así todas las noches —él la sujetó y sonrió—. Piénsalo.

Le tomó una mano y la condujo de nuevo al pasillo.

—Estás haciendo trampas —susurró Minerva.

—No se trata de ningún juego.

—¿En serio?

Lo que estaba en juego era el futuro de sus propiedades, su

legado. Ashe deseaba poderle ofrecer el amor que ella quería, que se merecía. Pero al menos podría asegurarle que no lamentara haberse casado con él.

—Te deseo —afirmó—. Y eso no va a cambiar.
—¿Cómo puedes estar tan seguro?
—Porque sé lo que pienso.
—Lo que yo quiero es que sepas lo que sientes.

Él le apretó la mano, comprendiendo de repente que aún no la había soltado. Era evidente que no iban a resolver el asunto esa noche, y lo que más le apetecía era disfrutar del tiempo compartido con ella. Quería que ella disfrutara del tiempo compartido con él.

—Quiero verte jugar a las cartas.

Minerva se detuvo ante una puerta al final del pasillo, la golpeó con los nudillos y, con una sola palabra, consiguió acceso. Ashe la siguió al interior de una habitación sobre la que había oído hablar desde que era miembro del club. En su interior en penumbra había zonas de descanso y mesas donde reposaban varios decantadores.

Minerva lo guio entre compartimentos separados por cortinajes hasta una estancia mejor iluminada. Una mesa grande y redonda, cubierta con una tela acolchada ocupaba el centro. Varias personas ya aguardaban sentadas a la mesa. Los caballeros se levantaron y miraron con recelo a los recién llegados. Las damas permanecieron sentadas y los miraron con curiosidad.

—Creo que todo el mundo se conoce —observó Minerva.

—Ashebury —saludó Lovingdon.

Ashe debería haberse imaginado que el hermanastro de Minerva estaría allí. A su lado, la esposa de Lovingdon. Les seguían el duque y la duquesa de Avendale. Los lores Langdon y Rexton. Y Drake Darling.

—Lovingdon —Ashebury inclinó ligeramente la cabeza—. Damas. Caballeros.

—Nos sentaremos aquí —anunció Minerva mientras tomaba al duque de la mano y lo conducía a una silla vacía en un extremo. Para cuando la alcanzaron, un sirviente ya había colocado otra.

Ashe ayudó a Minerva a sentarse y esperó a que los caballeros terminaran de evaluarlo. Pasaron varios interminables minutos hasta que Lovingdon asintió y todos se acomodaron en sus asientos.

—Ashe no va a jugar —explicó ella—. Solo va a observar.

—¿Y qué tiene eso de divertido? —preguntó Avendale.

—La diversión está en ver cómo pierde su dinero mientras yo conservo el mío —contestó Ashe.

—Él prefiere la ruleta —aclaró Minerva.

El duque se preguntaba a qué se debía esa necesidad que parecía tener ella de defenderlo.

Tras quitarse los guantes, ella los dejó sobre su regazo y apoyó las manos sobre la mesa.

Ashebury estudió los finos y pálidos dedos y recordó la sensación de esos dedos rodeándolo. Con suma discreción, y por debajo de la mesa, posó una mano sobre el muslo de Minerva, apretándolo ligeramente a través de las capas de enaguas. Sus miradas se cruzaron y él vio placer en la suya, y una pequeña sonrisa que se ampliaba lentamente...

—Puede que solo observe, Ashebury —observó Lovingdon—, pero debo insistir en que las manos permanezcan sobre la mesa.

Ashe encajó la mandíbula. Empezaba a hartarse de las interferencias de ese hombre en el proceso de seducir a Minerva, aunque fuera su hermano y tuviera la obligación de protegerla.

—Está preocupado por si hace trampas —aclaró la duquesa de Lovingdon—, o por si ayuda a Minerva a hacerlas.

El duque mantuvo la mano sobre el muslo de Minerva y lo apretó de nuevo antes de escudriñar a su hermano.

—Me está costando mucho no ofenderme. Yo no hago trampas.

—Lamentablemente, nosotros sí las hacemos —intervino Minerva casi en un susurro, las mejillas tomando una coloración rosada—. De modo que las manos deben permanecer a la vista —se inclinó hacia él para susurrarle al oído— lamentablemente.

Y tanto que era lamentable. Sin apartar la mirada de Lovingdon, Ashe colocó la mano izquierda sobre la mesa con los dedos extendidos y el brazo derecho sobre el respaldo de la silla de Minerva, cerrando la mano sobre su hombro. Ella lo miró y luego a su hermano. La tensión subía por momentos.

—No necesito ayuda para hacer trampas —anunció ella al fin—. Me siento insultada ante tu observación. Mientras las manos estén a la vista, no veo por qué deben permanecer sobre la mesa.

—Siempre que estén a la vista —Lovingdon asintió.

Sin embargo no parecía muy feliz con la idea. Ashe se preguntó cómo de feliz se iba a sentir cuando se convirtieran en parientes.

—¿Comenzamos? —sugirió Darling.

Varios murmullos de asentimiento rellenaron el silencio. Minerva se frotó las manos e hizo crujir los nudillos. Para su sorpresa, Ashebury encontró ese gesto, tan poco femenino, encantador y erótico.

Todos arrojaron una ficha al centro de la mesa. Darling fue el primero en repartir las cartas. A Ashe le sorprendió el montón de fichas que tenía cada uno de los jugadores. No les envidiaba su riqueza, pero tampoco le importaría ser como ellos. Aunque, si sus planes salían bien, muy pronto dispondría de una inmensa fortuna.

Con mucho disimulo, Minerva le mostró sus cartas y sonrió con expresión de inocencia. ¿Flirteaba con él o simplemente le indicaba lo complacida que estaba con sus cartas? Él intentó encontrarle algún sentido a todos esos números. En condiciones ideales le resultaba difícil, pero, si ella movía las cartas para colocarlas según una especie de orden, le resultaba del todo imposible. Aun así, le devolvió la sonrisa y fingió saber qué demonios significaban esas cifras en movimiento.

Minerva descartó dos de ellas. Ashe no tenía ni idea de qué le disgustaba de esas cartas. Se preguntó si esa mujer siempre se conformaría con tenerlo a su lado, mirando. Se preguntó si alguna vez le animaría a que jugara. Si no lo hacía, podría parecerle que era grosero o esnob.

Cuando concluyó la ronda, ella alargó los brazos y se llevó todas las fichas.

—Quinientas libras. Qué suerte la mía. Puedes ayudarme a apilarlas —le sugirió al duque.

Eso sí podía hacerlo. Los distintos valores estaban marcados con diferentes colores. Y no hacía falta sumar.

—¿Cómo supiste cuánto había?

—Fui sumando las fichas según las iban arrojando al centro de la mesa.

¿Mentalmente? ¿Ni siquiera había tenido que escribirlas en un papel?

—Impresionante.

—No tanto —ella bufó—. Estoy segura de que todos los que estamos sentados a la mesa hemos hecho lo mismo.

¡Diablos! Esa mujer era muy aguda. Iba a tener que asegurarse de que nunca descubriera su incapacidad con los números. De lo contrario, podría llegar a pensar que era bobo, y ¿para qué iba a querer un hombre que no era capaz de mantenerse a su altura?

—Por cierto, Ashebury —Darling recogió las cartas y empezó a barajarlas con soltura—. Mantuve hace poco una conversación bastante interesante con lord Sheridan. Me pidió que le retirara su condición de socio del club.

Todo en torno a la mesa se paralizó. Los vasos quedaron levantados en el aire, el esposo que estaba a punto de decirle algo a su mujer, las muñecas a punto de girar para arrojar otra ficha al centro de la mesa. Todo, menos el barajar de las cartas. Su sonido apresurado marcaba el silencio mientras todas las miradas se posaban en Ashe. Minerva frunció su delicado ceño y los oscuros ojos reflejaron preocupación.

—Me contó que habían protagonizado un altercado —continuó Darling, sin dejar de barajar.

—Yo no lo llamaría altercado —contestó Ashe.

—Asegura que le arrojó un vaso de whisky.

El orgullo de Sheridan sin duda le había impedido reconocer que también había conocido íntimamente el puño del duque.

—Fue un accidente, lo aseguro. Tropecé y el whisky salió volando del vaso. No pude evitar que aterrizara sobre su rostro.

—Eso fue lo que dijo Thomas también —Darling asintió y empezó a repartir—, y por eso no le había molestado con ese asunto, pero, ya que está aquí, pensé que estaría bien preguntar.

—Solo hubo torpeza por mi parte.

—Nunca me ha gustado Sheridan —intervino Rexton.

—Pues espero que lady Hyacinth no opine igual. He oído que van a casarse —anunció la duquesa de Lovingdon.

—Qué rapidez. ¿Cómo lo ha conseguido Sheridan? —preguntó Minerva.

—Por lo que he oído, un encuentro comprometedor en un jardín. Mejor ella que tú.

—¿Se interesó por ti? —preguntó Lovingdon.

Minerva agitó una mano en el aire antes de recoger sus cartas y empezar a ordenarlas.

—Hace unos días. Me da pena esa chica. Él solo busca su dote.

Ni siquiera después de que esa chica la hubiera insultado, dejaba de ser capaz de sentir compasión por ella. Ashe no estaba seguro de haber podido hacer lo mismo en su lugar, pero tampoco le sorprendían los sentimientos de Minerva. Esa mujer poseía una decencia que no había encontrado en muchas de las damas con las que había flirteado a lo largo de años.

—Será condesa —observó Langdon.

—Será infeliz.

—Lo dudo. Por lo que yo sé, fue ella la que lo preparó todo para que los descubrieran en el jardín.

—Aun así, me da pena, y te he visto cambiar una carta, Langdon.

—Ni siquiera me estabas mirando.

Ella se limitó a sonreír con gesto triunfal. A Ashe se le encogió el estómago, pues desearía ser el receptor de esa sonrisa. De todas sus sonrisas.

Langdon arrojó todas las cartas sobre la mesa y se cruzó de brazos.

Minerva miró a Ashebury. Todavía sonreía y él tuvo que esforzarse por no inclinarse y besar esos labios.

—Puede que hagamos trampas con las cartas, pero lo reconocemos cuando nos pillan.

—Entonces menos mal que no estoy jugando, ya que yo no sé hacer trampas.

—Yo podría enseñarle.

Ashebury prefería que Minerva fuera la alumna, pues tenía intención de enseñarle la pasión que podría desatarse entre ambos. Aun así, era muy consciente de que un hombre sería un estúpido si rechazara su ofrecimiento, pero tampoco podía aceptar sin correr el riesgo de que ella descubriera sus limitaciones. De modo que optó por cambiar de tema de conversación.

—¿Le preguntó a su hermano sobre el jardín?

—¿Qué le pasa a mi jardín? —quiso saber Lovingdon en un tono que al duque le hizo pensar que o bien no le gustaba a ese hombre o no se fiaba de él. Era evidente que en esa familia eran todos muy agudos.

—Ashe quería saber si podría utilizarlo como escenario para tomar una fotografía... de mí.

Las dos últimas palabras fueron pronunciadas en un forzado tono alegre. Lo irónico era que le resultaba violento posar para él completamente vestida cuando había estado dispuesta a hacerlo con una túnica de seda subida hasta las caderas.

—Para mostrar mi agradecimiento, estoy dispuesto a fotografiar a toda la familia —propuso Ashebury al recordar que el duque tenía un heredero.

—Ya viste las fotografías de su viaje a África —añadió Minerva—. Sabes que tiene mucho talento.

Lovingdon estudió el rostro de Ashe como si intentara descubrir en él algún otro motivo. A continuación miró a su esposa, que le ofreció una sonrisa que parecía comunicar mucho más que las palabras.

—Supongo que no hay nada malo en ello —accedió finalmente, como si pensara todo lo contrario. Simplemente no se le ocurría dónde podría estar el mal.

—Estupendo. ¿Cuándo le gustaría hacerlo? —preguntó Minerva.

—Si el tiempo está despejado mañana, podría sobre las diez, si les parece bien —contestó Ashe—. El sol de la mañana resulta más indulgente.

—¿Indulgente con quién? —preguntó Lovingdon.

—Con mi escaso talento. Produce imágenes más suaves. Las prefiero a los ángulos rectos.

—¿Y cómo aprendió todas esas cosas? —preguntó la duquesa de Lovingdon.

—Sobre todo a través del ensayo y error, buscando la perfección.

—A mí la perfección nunca me ha parecido particularmente interesante —intervino la duquesa de Avendale mientras miraba a Ashe como si acabara de pisar un montón de estiércol de caballo.

No era una mujer particularmente guapa, y Ashebury se

preguntó cómo, siendo plebeya, había conseguido atrapar a un duque. Por supuesto Minerva también era plebeya, y también iba a pescar a un duque, pero en ese caso le acompañaba una fortuna. La duquesa de Avendale solo había llevado consigo sus antecedentes penales.

—La perfección es mi estilo, no mi argumento —aunque en su colección privada sí buscaba la perfección en las líneas, algo para borrar las horribles imágenes que lo habían acosado de niño.

La duquesa se encogió de hombros como si acabara de decidir que Ashe no se había hundido tanto en el montón de estiércol como creía.

—¿Vamos a jugar a las cartas o no? —preguntó Avendale.

—¿No pueden jugar y hablar a la vez? —lo desafió Ashe.

—Tal y como jugamos nosotros, no —apuntó Minerva—. Todos nos tomamos muy en serio lo de ganar.

También disfrutaba del juego, eso era más que evidente. Y Ashe disfrutaba de cada aspecto de esa mujer. Demostrarle que bastaría con lo que sentía por ella estaba resultando ser un desafío mayor de lo que había previsto. Pero no iba a rendirse. La deseaba permanentemente en su cama.

A la mañana siguiente Minerva se esforzó por calmar los nervios. No dejaba de recordarse a sí misma que se trataba de Ashe y que ya había posado para él llevando mucha menos ropa. El duque disponía la cámara sobre un trípode mientras ella paseaba junto al estanque.

Antes de la llegada de Ashe había tenido una pequeña discusión con su hermano, que insistía en supervisar la sesión fotográfica. Sin embargo, ella deseaba estar a solas con el duque, sin la interferencia de su hermano. La noche anterior, Ashebury había abandonado el club antes de que concluyera la partida de cartas, por lo que no había podido disfrutar de un momento a solas con él.

—¿Por qué quieres fotografiarme? —le preguntó tras detenerse.

Él levantó la vista de una pieza de la cámara que estaba ajustando.

—No te sientes cómoda con tus rasgos.

—Eso no es ningún secreto. Ya te lo he contado, me parezco a mi padre.

—No sé en qué —el duque le dedicó una sonrisa tímida y provocadora que caldeó a Minerva en lo más profundo de su corazón.

Él continuó manipulando la cámara y ella reanudó su paseo, pero nuevamente se detuvo.

—¿Por qué le arrojaste el whisky a Sheridan?

—Porque no me gusta —Ashe se irguió por completo.

—Quería casarse conmigo.

El duque la observó unos segundos, aunque en realidad parecía mantener un debate interno. Al final la miró directamente a los ojos.

—Se quejaba de que habías rechazado su proposición. No me gustaron algunas cosas que dijo. Y, aunque no se lo confesó a Darling, también lo golpeé.

—¿Estás siendo mi caballero andante? —Minerva no pudo contener la profunda sensación de satisfacción que la invadió.

Con tres largas zancadas, él estuvo a su lado y, con un dedo doblado en forma de gancho, le levantó la barbilla.

—¿Alguna vez pensaste que no lo sería?

—¿Y por qué ibas a serlo?

—¿Cómo es posible que no entiendas cuánto te adoro? —Ashe sacudió la cabeza—. Posees una mezcla de osadía y timidez que encuentro irresistible. Por no mencionar la pasión que hay entre nosotros.

—Y aun así no me has besado desde tu llegada.

—No he tenido la oportunidad de hacerlo. Te besaría ahora mismo, pero sospecho que tu hermano nos espía con un catalejo desde alguna ventana de la planta superior.

—No tiene catalejo —ella sonrió.

—No te equivoques, Minerva, dedico mucho tiempo a pensar en besarte. Y en hacerte otras cosas también.

Los ojos azules del duque se oscurecieron ante la promesa, y el estómago de Minerva se encogió. Él le tomó una mano y le rodeó la cintura con el otro brazo.

—Te necesito aquí.

La condujo hasta un lugar junto al puente.

—Necesito que te sientes.

—Debería buscar una manta.

—No, eres una mujer a la que no le importa que su falda tenga manchas de hierba.

El duque la ayudó a sentarse en el suelo. No le causaba ningún apuro tocarla, colocar un brazo allí, una mano allá, moverle una pierna para que la falda cayera de determinada manera. Ella observaba ensimismada su concentración. Ashe se centraba por completo en la tarea que tenía entre manos, perdido en el momento de crear algo que significaba mucho para él. Ella rezó para que el resultado no le defraudara.

—No te muevas —le ordenó tras sujetarle la barbilla con dos dedos y girarle el rostro ligeramente.

Y entonces la besó. Fue un beso fugaz, profundo y dulce que, a pesar de su corta duración, consiguió despertar placer en cada rincón del cuerpo de Minerva. Cuando se apartó, en los ojos del duque había un brillo travieso.

—Sé una buena chica y cuando hayamos terminado habrá otro como ese para ti.

—Creía que te preocupaba que mi hermano nos estuviera observando.

—Donde estamos no podría distinguir los detalles de lo que estoy haciendo —la tranquilizó Ashebury—. Sin embargo, ahora necesito que te quedes en esa posición un rato. Quiero captar el momento justo de sol que necesito.

—Me imaginaré que estoy en la iglesia.

—Te diría que eres exquisita —Ashe le acarició la mejilla con el pulgar—, pero me temo que no me creerías.

Minerva lo miró fijamente.

—Así —él sonrió—. Mantén los labios relajados y entreabiertos. Así.

Tras lo cual se dio media vuelta y se alejó de ella.

Arrodillado en el suelo, a Ashe le daba igual mancharse los pantalones con la hierba mientras miraba a través del objetivo de la cámara. Para el ángulo que buscaba había necesitado un trípode corto. Para él las fotografías podían ser mucho más que gente de pie manteniendo una postura rígida y mirando fijamente a la cámara. La fotografía estaba aún en pañales y poseía un enorme potencial por ser descubierto. Pero no le cabía la menor duda de que se trataba de un arte, y la imagen que aparecía ante sus ojos no hacía más que confirmárselo.

Minerva llevaba puesto un elegante, aunque sencillo, sombrero de ala ancha y un vestido amarillo claro con una amplia falda. Los lustrosos cabellos y cejas, los profundos ojos marrones y los labios de color fresa destacaban produciendo un gran contraste. Estaba sentada ligeramente a la derecha del puente, y tanto el puente como el estanque que había detrás servían de telón de fondo. Sin embargo el centro, el elemento clave, era ella. Las sombras matutinas, el sol que se filtraba, estaban casi en la posición perfecta donde él lo necesitaba para lograr el máximo efecto.

Adoraba ese momento, el instante en que poseía el control absoluto, cuando decidía cuál iba a ser el resultado de sus esfuerzos. Si los números surgieran con la misma facilidad, no vería la dote cada vez que la miraba. Sabía que la habilidad para los números de Minerva le permitiría ayudarle a gestionar sus propiedades, que podría asegurarle un magnífico legado para sus sucesores. Pero eso implicaría confesar el tremendo lío en el que estaba metido, y ella ni entendería ni apreciaría su apuro. Con su aversión hacia los cazafortunas, ¿cómo podría verlo como otra cosa?

—Ya casi estamos —anunció.

Minerva no movió un músculo, no asintió. Su control, su disciplina, le impresionaban.

El sol brilló con más fuerza y las sombras se retiraron ligeramente. Ashe inmortalizó el instante.

Tras erguirse, se acercó a ella y le ofreció una mano. Minerva levantó la vista.

—¿Ya está?

—Sí.

—Pues no ha sido tan pesado —ella aceptó su mano.

Ashebury tiró de ella y le cubrió la boca con sus labios, deleitándose en su sabor y tacto. Minerva se apartó ligeramente.

—Lovingdon.

—Déjale que mire.

—Me temo que hará algo más que mirar. Insistirá en que me has comprometido y en que debemos casarnos.

—¿Tan malo sería?

—Anoche mencionaste el matrimonio —ella frunció el ceño—, pero no podías hablar en serio.

—Nunca he hablado más en serio —Ashe presionó los labios de Minerva con el pulgar—. No me contestes ahora, pero piensa en ello.

—¿Por qué ibas a querer casarte conmigo?

—¿Y por qué no?

—No puedes responder a una pregunta con otra pregunta.

Ashebury la abrazó por la cintura, la atrajo hacia sí y la besó. ¿Por qué tenía que ser tan desconfiada? ¿Por qué tenía que cuestionar sus motivos? Maldijo a cada hombre que lo había precedido, ya que le habían dificultado enormemente la tarea. También maldijo a su hermano porque, seguramente, les estaba observando. Ashe no deseaba obligarla a casarse con él. Lo que quería era convencerla de que aceptara. Apartándose, contempló los somnolientos ojos.

—Entre nosotros hay fuego, y ningún motivo para pensar que otra noche juntos lo extinguirá.

—Para que algo dure tiene que haber más que pasión.

—Ya te he dicho que te adoro. Te admiro. Me fascinas. De modo que quizás el problema sea yo. No me encuentras suficientemente digno.

Ashebury se dio media vuelta y comenzó a recoger el material. La duquesa deseaba un retrato de familia, pero, afortunadamente, quería que se hiciera otro día, cuando el heredero no estuviera de tan mal humor.

—¿Ashe?

Él se volvió hacia Minerva.

—No te encuentro poco digno —le aseguró ella—. Simplemente no estoy acostumbrada a que un hombre me desee. Ya me había resignado a una vida de solterona.

—Las decisiones pueden modificarse —él recogió su equipo—. Y yo no soy de los que se rinde, de modo que hazte a la idea. ¿Me acompañas a la puerta?

—¿Cuándo me enseñarás la fotografía? —ella asintió y se acercó a su lado.

—Pronto.

—Puede que no quiera verla. Cuando tenía ocho años, mi madre hizo que pintaran un retrato mío. Cuando lo vi, tomé un trozo de carbón y taché la cara. Tengo una nariz horrible.

—A veces, Minerva, miramos algo y vemos lo que esperamos ver y no lo que hay realmente. Pero, cuando miro a través del objetivo de la cámara, lo que veo es la realidad.

—La realidad no es siempre bonita —insistió ella.

No, no lo era. Y había algunas realidades sobre él que jamás le contaría.

CAPÍTULO 16

Ashe estaba de pie en el vestíbulo de Ashebury Place cuando oyó un suave estornudo y, volviéndose bruscamente, descubrió a Minerva en la puerta. Habían pasado tres días desde la última vez que la había visto, desde que le había tomado la fotografía en el jardín. Si bien los sirvientes eran quienes se ocupaban de la mayor parte de la mudanza, él necesitaba supervisar algunas cuestiones. Pasar tanto tiempo en esa residencia no le hacía sentirse de muy buen humor. Pero al ver a Minerva comprendió lo estúpido que había sido al aislarse. La alegría que lo inundó ante su presencia resultaba algo desconcertante, e iba mucho más allá de cualquier cosa que hubiera experimentado nunca.

—Te pido disculpas —dijo ella—. Pasaba por aquí camino de la sombrerería cuando he visto toda la actividad y recordé tu mudanza. Se me ocurrió pararme e interesarme por cómo te iba con los recuerdos.

Los únicos recuerdos que habitaban la mente de Ashebury en esos momentos tenían que ver con ella en el Nightingale, ella en el club, ella en el baile. El duque sintió un irrefrenable impulso de atraerla hacia sí, de llevarla en brazos escaleras arriba, de reclamar su cuerpo... Sin embargo, optó por atemperar la bestia que lo devoraba y cubrirlo de una pátina de civilización.

—Me temo que aún no estoy preparado para recibir visitas.

—No pretendía abusar, pero no te he visto en el Dragons. Solo quería asegurarme de que estabas bien. Imagino lo difícil que te estará resultando todo esto —Minerva volvió a estornudar y se llevó el pañuelo a la nariz.

—Lo siento, los sirvientes llevan días destapando muebles, quitando veinte años de polvo.

—¿Tanto tiempo?

—La casa se cerró cuando me llevaron a Havisham —él asintió—. Hace unos años, vine a echarle un vistazo. Ni siquiera había entrado en el vestíbulo y ya comprendí que no estaba preparado para vivir aquí. Por eso alquilé una casa.

—¿Y ahora sí lo estás?

Más que preparado, obligado. La amenaza de la pobreza obligaba a los hombres a hacer cosas que, de otro modo, no harían. Como casarse. Aunque la idea de pasar el resto de su vida con ella casi le hizo alegrarse de reclamar su residencia.

—Creo que sí. Los fantasmas parecen haberse calmado un poco.

—Desde aquí parece todo muy grande —ella miró a su alrededor.

—¿Te apetece verla?

—No quiero abusar.

—No lo haces. Ya te he dicho que no está lista para recibir visitas, pero puedo enseñarte esta planta, para que te hagas una idea.

«Ya que va a convertirse en tu hogar también».

—Pues, sí, de acuerdo. Me gustaría mucho.

Ashe la condujo por uno de los pasillos. Los sirvientes se apartaban a su paso. Casi nunca se les veía, pues solían ser más discretos en sus quehaceres, pero había tantas cosas por hacer que no les quedaba más remedio que trabajar en horarios inhabituales. Las estancias hablaban por sí solas: un salón, otro saloncito privado, el comedor para el desayuno.

Entraron en la biblioteca. Los sirvientes descolgaban las telas que cubrían las estanterías.

—Opino que la cantidad de libros que posee una persona dice mucho de ella —observó Minerva mientras miraba a su alrededor, visiblemente complacida con la visión de tantos volúmenes encuadernados en cuero.

—A mi padre le gustaba coleccionar libros, pero no recuerdo haberle visto leer ninguno.

—Eras un niño. Seguramente ya estabas en la cama mucho antes de que él comenzara sus lecturas.

Ashe nunca había contemplado esa posibilidad. Minerva se acercó a una estantería y acarició el lomo de un libro.

—La visión que tenía yo de mi padre a los ocho años era muy diferente de la que tengo ahora.

—¿Y cómo lo veías a los ocho años? —Ashebury se acercó y apoyó un hombro contra la estantería.

—Era enorme. Yo tenía que echar la cabeza hacia atrás para mirarlo, alzado frente a mí. Daba bastante miedo y se enfadaba con facilidad. El club lo mantenía fuera de casa mucho tiempo. Y hacía reír a mi madre. Nunca tuvo una mala palabra para ella. No puede decirse lo mismo respecto a mis hermanos. No dudaba en amonestarlos si no se comportaban, aunque conmigo no se daba tanta prisa.

—¿Y ahora?

—Es un gatito —ella sonrió.

—No me lo creo —Ashe soltó una carcajada, el sonido reverberando a su alrededor—. Creo que cualquier hombre que te hiciera infeliz aparecería flotando en el Támesis.

—Tiene fama de ser hosco, ¿verdad?

—Por decirlo suavemente —el duque no temía a ese hombre, pero sí respetaba el poder que ejercía.

El padre de Minerva no dudaría en destruir a cualquiera que le desagradara, o provocara tristeza a su hija.

—Te enseñaría los jardines —él la condujo de nuevo al pasillo—, pero ahora mismo se asemejan más a una selva.

—¿Te resultará difícil regresar a este lugar?

—No tanto como pensé. Ya tengo un recuerdo agradable para sustituir a los no tan agradables. Tal y como esperabas, me alegra que vinieras a verme.

—Sé que estás muy ocupado —Minerva se volvió hacia él cuando llegaron a la puerta de entrada—, pero me preguntaba si asistirías al baile de los Claybourne mañana.

—Solo si me prometes el primer y el último vals.

—Son tuyos —ella sonrió complacida—. Te he echado de menos.

—Mañana te recompensaré por mi ausencia.

—Me muero de ganas. Que tengas un buen día.

Dando media vuelta, Minerva se marchó envuelta en lo que al duque le pareció un sonido de campanillas. De pie en el umbral, él la vio dirigirse al carruaje que aguardaba, subirse con la ayuda de un lacayo y alejarse de su vista. Su plan implicaba seducirla, pero no podía evitar la sensación de ser él el seducido. Cada vez que la veía se sentía un poco más cautivado.

Comenzó por la explosión. El choque de las máquinas, los fragmentos de madera que volaban por todas partes, el fuego.

Y terminó con los cuerpos mutilados esparcidos por el suelo…

Ashe se sentó de un brinco en la cama, respirando entrecortadamente, bañado en sudor, las sábanas enredadas alrededor de su cuerpo, sintiéndose al borde de la asfixia.

Habían pasado años sin que hubiera sufrido una pesadilla tan horrible. Saltó de la cama y se acercó a una mesita para servirse una copa de whisky que apuró de un solo trago. Debería habérselo esperado. Era la primera noche que dormía en la residencia, la primera noche encerrado en sus recuerdos.

Se acercó a la ventana y contempló la oscuridad, intentando expulsar las espantosas imágenes de sangre y horror. Pensó en unos pequeños pies apretándole el muslo, pensó en sus manos cerrándose en torno a una torneada pantorrilla. Su respiración se calmó, su húmeda piel empezó a enfriarse.

Pensó en Minerva tumbada sobre la cama, el rostro oculto por sus cabellos, la túnica de seda enrollada a la altura de las caderas, revelando las largas y finas piernas. Y esos delicados tobillos. Empezó a concentrarse en los detalles: la marca de nacimiento con forma de corazón, un diminuto lunar detrás de la rodilla. Todo lo que una cámara era capaz de capturar. La fragancia de Minerva irrumpió con fuerza en sus recuerdos. Su sabor. Todo lo que una cámara era incapaz de capturar.

La deseaba como esposa. Y ya era hora de empezar a jugar en serio.

CAPÍTULO 17

Sentada en el carruaje junto a Grace y Lovingdon, que había sido muy amable al proporcionarle el transporte aquella noche, Minerva no recordaba haber sentido tanta anticipación, ni siquiera cuando había asistido a su primer baile. Se había puesto su vestido preferido, blanco y con unas delicadas rosas de seda rosa bordadas desde el escote y que bordeaban las caderas hasta terminar en la corta cola del traje. Varias capas de volantes aumentaban la elegancia. Sus cabellos estaban recogidos, dejando la nuca despejada, con unas rosas de seda estratégicamente colocadas y que hacían juego con las que adornaban el vestido. Por primera vez en muchísimo más tiempo del que era capaz de recordar, llevaba con ella un par de zapatos de reserva. Dos bailes no iban a desgastar las suelas de los que llevaba puestos, pero, si empezaba la noche recibiendo la atención de Ashe, quizás fuera a bailar un poco más de lo habitual.

Tampoco tenía ganas de bailar con ninguna otra persona. De no ser por las habladurías que se desatarían, bailaría todas las piezas con él.

Decían que la ausencia era al amor lo que el aire al fuego: apaga el pequeño y aviva el grande. A Minerva le sorprendía hasta qué punto había echado de menos a Ashebury, hasta qué punto había reflexionado sobre su propuesta de matrimonio. Era un duque, su linaje era respetado, sus propiedades, por la información que había obtenido de sus amigos más íntimos, florecían. Ni una sola vez había hecho mención a su dote, ni a su necesidad de conseguirla. Viajaba, tenía muchos sirvientes, se había trasladado a otra residencia sin mayores complicaciones. Vestía bien, sus trajes estaban a la última moda, bien cosidos por los mejores sastres. Ni un solo hilo parecía desgastado o raído.

No necesitaba su dote. La deseaba a ella. No le importaba que siempre dijera lo que pensaba, en realidad parecía disfrutar con ello. La hacía sonreír y reír, y alegrarse de tenerlo cerca. Y la pasión que estallaba entre ellos... eso también lo echaba de menos.

—Estás especialmente guapa esta noche, Minerva —observó Grace.

—Gracias.

—¿Algún motivo en particular? ¿Cierto caballero al que intentas impresionar?

—A lo mejor —Minerva no pudo reprimir una resplandeciente sonrisa.

—Te aconsejo que evites pasear con él por el jardín —intervino Lovingdon en un tono que no admitía desobediencia, que dejaba claro que estaba acostumbrado a dar órdenes.

—Y yo te aconsejo que te metas en tus propios asuntos.

—Minerva, ese juego es muy peligroso.

—¿Qué sería lo peor que podría sucederme? —ella suspiró ruidosamente.

—Podría dejarte embarazada.

Las palabras de su hermano supusieron un golpe, como si supiera exactamente hasta dónde había llegado con ese hombre.

—No sé por qué piensas eso de él.

—Lo vi besarte la mañana que te hizo la fotografía en mi jardín.

—No tenías ningún derecho a espiar, pero, sea como fuere, ¿me estás diciendo que jamás besaste a Grace antes de casarte con ella?

—Lo que yo hiciera con Grace no tiene nada que ver.

—¿Por qué no puede desearme por mí misma?

—Yo no digo que no pueda, solo que tengas cuidado.

Ese era el problema cuando se tenía un hermano cuya reputación, antes de casarse, había sido escandalosa.

—No soy estúpida, Lovingdon, y sé que no hay ningún motivo para que me desee, para que preste atención a…

—No quise decir eso. Pero me parece que se está moviendo muy deprisa.

—Lo cual le agradezco, dado que yo envejezco muy deprisa también —Minerva se mordió el labio—. Confía en mí, querido hermano, no dejo de hacerme preguntas. Y no tiene ningún sentido. Ese hombre podría tener a cualquiera. ¿Por qué yo? ¿Tiene deudas?

—No que yo sepa —su hermano sabía muchas cosas sobre muchos lores—. Puedo hacer algunas preguntas si quieres.

—No. Estoy disfrutando de su atención. No cometeré ninguna estupidez —aunque, si Lovingdon conociera sus visitas al Nightingale, consideraría que ya las había hecho.

—Creo que te dedica su atención porque es un hombre inteligente —intervino Grace—. Y porque está enamorado.

—Eres una buena amiga, Grace —le aseguró Minerva.

—No es eso. Lo observé la otra noche. Lo vi mirarte. En sus ojos vi admiración, afecto, calor, cada vez que te miraba. Apenas prestaba atención a las cartas que intentabas compartir con él. Estaba concentrado en ti. Creo que le importas. Creo que por eso te has hecho merecedora de su interés.

—Pero ¿por qué esta temporada? Tampoco puede decirse que ninguno de los dos acabemos de aterrizar en los salones de baile. Lleva frecuentándolos tanto tiempo como yo.

—Por mi experiencia sé que, cuando uno se enfrenta a la muerte, sale de la situación no solo con un mayor aprecio por la vida sino también con la convicción de que se trata de algo sumamente precario. Quizás ese encuentro con el león le haya hecho darse cuenta de que ha llegado la hora de arreglar sus asuntos y sentar la cabeza.

—Supongo que ahí puede que tengas razón.

—A ti te gusta su compañía, de modo que limítate a disfrutar de sus atenciones y sé feliz.

—Supongo que busco demasiadas respuestas.

—Habiéndome dedicado, como tú, a espantar a algunos cazafortunas, sé que solemos ser desconfiadas, pero, cuando llega el momento, opino que deberíamos fiarnos de nuestro instinto. Y en cómo nos hace sentir la otra persona.

—Pues a mí me hace sentir como algo especial —Minerva sonrió.

—Pues ahí lo tienes.

Grace hacía que pareciera tan simple, tan poco complicado. Quizás estuviera en lo cierto y Minerva debería abrazar el momento y, si surgía la oportunidad, abrazar también a Ashe.

En el instante en que vio a Minerva, hubiera preferido no tener a tres mujeres agitando sus abanicos en la cara, o susurrándole al oído, pero ya llevaba media hora rechazando sus insinuaciones y empezaba a hartarse. No debería haber llegado tan pronto, pero había querido asegurarse de que ella no dispusiera del tiempo suficiente para llamar la atención de otro.

Estaba preciosa con ese vestido blanco y los adornos de seda. Le recordaba a otras noches, también vestida de blanco y seda. No le hacían falta las pequeñas rosas para embellecerla. La esbeltez de su cuerpo bastaba para hacer resaltar el vestido.

La amplia sonrisa que había lucido al entrar en el salón de baile se había apagado ligeramente al verlo. Debería haberse deshecho antes de su trío.

—Si me disculpan...

—Pero no ha firmado nuestros carnés de baile —protestó lady Honoria.

—Me temo que esta noche ya tengo comprometidos todos los bailes —Ashe se dio media vuelta y buscó entre los asistentes una cabellera rojiza y unas diminutas rosas.

Al fin la vio en la zona de baile, danzando una cuadrilla. Su pareja... Edward. Ashebury reprimió un gruñido. Con suerte su amigo se limitaba a mantener alejados a otros pretendientes. Por otra parte, su cuñada estaba empeñada en que Grey le redujera la asignación, y eso podría animarlo a salir a cazar una dote. Edward, además, no se conformaría con cualquier cosa. De todos ellos, era el más derrochador, el que hallaba más placer en manejar dinero.

Acercándose al borde de la pista de baile, Ashe dejó que su irritación se disipara mientras se centraba en los gráciles movimientos de Minerva, en el brillo de sus ojos. No le importaba que se estuviera divirtiendo. Tan solo deseaba que lo estuviera haciendo con él.

Odiaba la sensación de necesitar dinero. Odiaba que ella lo tuviera en cantidad. Su deuda, y la dote de Minerva, siempre se interpondrían entre ellos. Y, aunque ella nunca descubriera su situación económica, él sí la conocía. El truco estaba en no permitir que importara. Sin embargo, mientras la observaba, empezó a sospechar que importaba y mucho.

La música concluyó y las parejas empezaron a dispersarse. Edward condujo a Minerva a un extremo del salón y Ashe se abrió paso entre la gente, procurando no quedar atrapado en ninguna conversación. El siguiente baile era un vals y tenía la intención de tenerla en sus brazos para cuando sonara el primer acorde.

A pesar de la concentración que requería la cuadrilla, Minerva había sido consciente en todo momento de la mirada de Ashe sobre ella. ¿Cómo se le había ocurrido pensar que estaría aguardándola en un rincón como una flor mustia? Ese hombre siempre había atraído a numerosas damas, seguramente siempre lo haría.

Mientras Edward la acompañaba fuera de la pista de baile, Minerva tuvo que admitir que disfrutaba de su compañía, a pesar de sus irreverentes comentarios acerca de la vestimenta de algunas damas. O quizás, precisamente debido a esos comentarios. No parecía tomarse a sí mismo en serio, y aun así Minerva sospechaba que había mucho más de lo que se veía en la superficie.

—Gracias por el baile —Edward la dejó junto a las demás mujeres, colocadas en fila como si estuvieran preparadas para ser subastadas. Se llevó una mano a los labios y le besó los nudillos. La mirada se desvió ligeramente y el humor que reflejaba se intensificó—. Ashe.

Minerva se volvió de golpe, aunque no tanto como hubiera deseado, porque Edward seguía sujetándole la mano y parecía decidido a no soltarla.

Tras dar un pequeño tirón para recuperarla, se volvió hacia Ashe.

—Excelencia.

—Señorita Dodger. Me parece que el vals que está a punto de comenzar es mío.

Y tanto que lo era.

—He disfrutado del baile, señorita Dodger —intervino Edward, como si aún no se lo hubiera agradecido, o como si intentara hacerle llegar algún mensaje a Ashe.

—Gracias, señor.

Lo siguiente que supo era que Ashe le tomaba la mano y la conducía hacia la pista de baile. Ya estaban en posición cuando sonaron los primeros acordes.

—¿Por qué bailabas con él? —preguntó Ashebury mientras se deslizaban entre las demás parejas.

—Me lo pidió —Minerva frunció el ceño—. Para ti ese hombre es más familia que amigo. ¿Por qué te molesta?

—Porque lo conozco, y siempre está tramando algo. Nada bueno.

—¿Estás celoso?

Él la miró airado. Una mujer más apocada se habría sentido intimidada, incluso podría haber sufrido un vahído. Pero ella no pudo reprimir una amplia sonrisa.

—Nunca había visto a un hombre celoso por mí. Me siento halagada.

—No me gusta verte con otros hombres.

—Y sin embargo yo me veo obligada a verte con otras mujeres.

—No estaba disfrutando con su compañía —él gruñó—. Simplemente me estaba mostrando educado.

—¿Vas a bailar con ellas?

—No. Esta noche solo bailaré contigo.

Minerva sintió una oleada de placer. Ese hombre siempre sabía qué decir para que su corazón se inundara de felicidad.

—Bueno, en ese caso supongo que podré perdonarte.

Disfrutaba muchísimo con su compañía. Disfrutaba con el modo en que la miraba a los ojos, sin desviar la mirada como hacían otros hombres. El modo en que sus ojos brillaban de placer como si lo sintiera por tenerla en sus brazos. El modo en que la sujetaba con fuerza, y un poco demasiado cerca para ser completamente decoroso. El modo en que conseguía que a ella no le importara.

El baile terminó, demasiado pronto, y ambos quedaron de pie en medio de la pista de baile.

—Demos un paseo por el jardín —propuso Ashe en un tono más cercano a una orden que a una proposición, y quizás también con cierta desesperación, como si no soportara la idea de no disfrutar de un minuto más en su compañía.

Minerva asintió y le tomó del brazo. Mientras el duque la conducía fuera del salón de baile, pensó que era la primera vez que una visita por el jardín le despertaba tanta excitación. Asustaba un poco reconocer que estaba dispuesta a ir a cualquier lugar que él le indicara, reconocer el poder que le daba sobre ella, que nunca había permitido a ningún hombre ejercer ese poder. Aun así, Ashe siempre le hacía sentir que era ella la que controlaba la situación. Con él tenía una sensación de igualdad que nunca había experimentado con nadie al margen de su familia o de su círculo de amistades más íntimas.

Salieron a la terraza, donde otras parejas ya disfrutaban a solas. El murmullo de los susurros le recordó al Nightingale. ¿Tan diferente era lo que estaba sucediendo en ese jardín? Las parejas intentaban llevar sus flirteos a un nivel que requería de las sombras. Intentaban adornarlo todo de una pátina de corrección cuando, sospechaba ella, una buena parte de lo que allí sucedía no era correcto. Algunas damas eran lo bastante afortunadas para ser cortejadas por un caballero que deseaba hacer cosas impropias con ellas.

Antes de Ashe, ella no había sido una de las afortunadas. Sus paseos con los caballeros habían sido una cuestión de ejercitar las piernas más que de ejercitar sus fantasías.

—Claybourne no tiene estanque —le explicó ella mientras se encaminaban hacia un sendero pobremente iluminado.

—Es una lástima. Pero ya nos las apañaremos —con su mano libre, Ashebury cubrió la de Minerva, que descansaba sobre su brazo.

Guante sobre guante, a pesar de que ella habría deseado piel sobre piel. Antes de él ningún caballero le había hecho desear que los guantes no hubieran sido inventados.

—¿Hay algún caballero que se sentirá defraudado por no encontrarte en el salón de baile? —preguntó.

—Langdon, pero ya se conformará.

—Con lo amigos que sois, me sorprende que no te haya cortejado.

—Uno no corteja a su hermana.

—No sois familia.

—No de sangre, pero siempre le he considerado como un hermano. Y supongo que él me ve como a una hermana.

—Pues entonces tengo suerte.

—Como si el duque de Ashebury tuviera alguna competencia entre los mortales —ella soltó una carcajada.

—¿Qué quieres decir con eso? —las farolas de gas proporcionaban la luz suficiente para que ella viera fruncir el ceño al duque.

—No lo sé —Minerva se encogió de hombros—. Desde fuera siempre me pareciste como un dios. Eres endemoniadamente atractivo, tu sonrisa es capaz de derretir el corazón de una mujer, puedes comportarte todo lo indecorosamente que quieras y la sociedad siempre te lo consentirá.

—Me encantaría comportarme indecorosamente contigo —la mirada del duque se intensificó antes de darse la vuelta para mirar por encima del hombro.

—No está.

Él la miró perplejo.

—Lovingdon —le aclaró, sabiendo muy bien a quién buscaba. Nunca se había sentido tan en sintonía con otra persona. Era maravilloso saber lo que pensaba el otro—. Le dije que, si nos seguía esta noche, lo tumbaría de un rodillazo.

—Pues entonces siento que no esté aquí. Me hubiera encantado verte hacerlo.

Antes de que se le ocurriera ninguna observación, Ashe le tomó la mano y la apartó del sendero iluminado, pasando a través de un hueco en el seto, y la llevó a una zona sin iluminar. Sujetándola, la hizo girar y Minerva sintió en la espalda el muro que rodeaba los jardines Claybourne. Unas cálidas manos le tomaron el rostro, y ella no tuvo más de medio segundo para preguntarse cuándo se había quitado los guantes antes de sentir los labios de Ashe sobre los suyos, y su lengua reclamándola y conquistándola. Ella ni siquiera se molestó en disimular el suspiro de satisfacción mientras hundía los dedos en los oscuros cabellos, abrazándolo con fuerza, emulándolo con su propia lengua. Había echado de menos su sabor, su tacto. Ashe se apretaba contra ella y Minerva no pudo ignorar la dura protuberancia que empujaba contra su estómago. La deseaba, la quería, y ella lamentó que no estuvieran en el Nightingale para que pudiera poseerla enteramente.

—Maldita sea cuánto te deseo —exclamó él con voz ronca mientras le mordisqueaba el lóbulo de una oreja, provocándole oleadas de escalofríos por el cuerpo.

«Pues vámonos de aquí», estuvo a punto de sugerir. Lady V lo habría dicho, y él se la habría llevado de allí sin dudar un instante. Pero Minerva Dodger tenía una reputación que proteger, un padre y un hermano que no tolerarían que esa reputación fuera mancillada.

—Me desconcentras —le aseguró Ashe mientras deslizaba los labios por su cuello, y más abajo, entre las lomas de sus pechos—. Quiero saborear, chupar, besar cada centímetro de ti.

Minerva contuvo el aliento al sentir cómo Ashebury le tomaba el pecho entre las manos, acariciándole el pezón con el pulgar. El calor la inundaba, la consumía. Era muy consciente de hacia dónde les llevaban todas esas sensaciones, y su cuerpo se apretaba contra él, se moría por iniciar el viaje que él le proponía. Con una mano rodeándole la nuca, Minerva lo atrajo un poco más hacia sí, hundió la nariz en su cuello, aspiró su fragancia intensificada por el calor de su deseo, de su necesidad de ella.

Sentirse tan deseada resultaba embriagador.

Minerva sintió la mano de Ashe deslizándose por su pierna, sintió que la falda se levantaba, el suave murmullo del duque mientras los dedos accedían a los suaves rizos, ya humedecidos, de su núcleo más íntimo.

—Estás tan preparada para mí. Vendería mi alma por poseerte por completo.

«Hazlo, hazlo, hazlo», gritaba la mente de Minerva, pero la dama que se suponía que era mantuvo los labios firmemente cerrados. ¿Qué pensaría él de una mujer que se abría completamente a él en un jardín donde cualquiera podría tropezarse con ellos?

Estaba segura de que ellos no eran los únicos buscando las sombras para poder disfrutar de unos momentos ilícitos, pero se deleitó en el hecho de que Ashe estuviera allí con ella, que le hiciera cosas que no debería estar haciendo, que, aunque estuviera completamente vestida, él fuera capaz de hacer vibrar su cuerpo.

Ashebury cerró la mano sobre su intimidad y sus dedos comenzaron a acariciar mientras los labios cubrían su boca y ella empezaba a retorcerse contra él a medida que las sensaciones la inundaban, creciendo...

Minerva se agarró a él con fuerza mientras él la devoraba y ella se rendía y estallaba en mil pedazos. Con la boca, Ashe capturó su grito y los dedos ralentizaron las caricias y, con la otra mano, le rodeó la cintura, sujetándola con fuerza contra él para que las débiles rodillas no la hicieran caer al suelo. Ella se aferraba a sus hombros, se aferraba a él, temblando con una casi violenta liberación.

¡Cómo le hubiera gustado sentir su peso enterrado dentro de ella!

Ashebury apartó la boca de la suya y presionó los ardientes y húmedos labios contra su sien.

—Ahórrame este interminable tormento. Cásate conmigo, Minerva. Podremos tener esto todas las noches, todas las tardes, todas las mañanas —insistió él con voz ronca y en un susurro.

Respirando aceleradamente, ella se apartó ligeramente en un intento de verlo con más claridad. A pesar de estar sumidos en la oscuridad, sentía la mirada del duque sobre ella.

—Podría hablar con tu padre mañana por la noche —continuó Ashe—. Si estás de acuerdo.

Una carcajada escapó de labios de Minerva antes de poder detenerla. Apoyó los dedos de la mano contra los labios de Ashebury mientras la felicidad la inundaba.

—No dejas de hablar de matrimonio, pero me resulta difícil creer que me deseas realmente para siempre.

—Pienso dedicar el resto de mi vida a demostrártelo —él le tomó el rostro entre las manos—. Tú me conviertes en un ser completo.

Minerva deseaba creerle. Y lo cierto era que Ashebury no le había dado ningún motivo para no hacerlo.

—Yo no soy como los demás —puntualizó Ashe con calma.

Apoyando el rostro contra su pecho, Minerva se deleitó con el abrazo de su duque. No, él no era como los demás. Nunca lo había sido. El problema era ella. Ella, que mostraba confianza en todas las cuestiones, salvo en esa. Quizás no le hubiera dicho que la amaba, pero sin duda lo hacía. De lo contrario, se habría marchado hacía mucho tiempo.

—Sí —susurró ella a la vez que asentía. Echó la cabeza hacia atrás y lo miró a los ojos—. Sí —repitió en tono más alto—. Sí, me casaré contigo.

Los labios de Ashebury se estrellaron contra los suyos y ella sintió la felicidad inundarlos a ambos. Ashe la deseaba. Era amada. Y tendría su final feliz.

CAPÍTULO 18

Resultaba extraño, pero cuando Minerva despertó a la mañana siguiente todo le parecía más brillante, como si los colores del mundo fueran más intensos.

De pie detrás de una cortina mientras una ayudante la vestía tras hacerse unas pruebas para un nuevo vestido, Minerva se preguntó si debería mencionarle a la costurera algo sobre el traje de novia. Ashe y ella aún no habían hablado de ninguna fecha, pero no quería esperar mucho. Quizás al finalizar la temporada. Desde luego no pensaba esperar a que finalizara el año.

Durante el último baile no habían dicho ni una palabra. Tras el tórrido encuentro en el jardín, después de que él afirmara que iba a hablar con su padre, ¿qué más podía decirse? Le había hecho una proposición y, si bien no había formulado en voz alta las palabras «te amo», sí le había dejado claro que la tenía en una alta estima y afecto.

Durante el último vals la había abrazado con más fuerza y ni una sola vez había desviado la mirada de su rostro. Y con esa mirada lo comunicaba todo. Le estaba ofreciendo todo con lo que había soñado cuando los caballeros bailaban con ella sin apenas prestarle atención, cuando insinuaban que ellos eran su última esperanza para casarse y tener hijos, cuando insistían en que debería mostrarse agradecida por sus atenciones, como ellos lo estaban por su dote. No había habido palabras de amor, solo pragmatismo, en la escena social para ella.

Hasta la llegada de Ashe. Hasta que él la había mirado como si fuera algo más que un montón de monedas. Hasta que la había mirado…

—Yo solo digo que es muy triste —comentaba una dama que entraba en el probador—. Tenía una expresión tan soñadora mientras bailaban juntos anoche. Pensé que en cualquier momento iba a desmayarse en sus brazos. Me da pena, hacer ese ridículo con él.

—Pues yo no la culpo —contestó otra mujer, que Minerva identificó de inmediato como lady Honoria—. Es el más apuesto de los bribones.

Minerva se quedó helada. No podía estarse refiriendo a Ashe. Si bien ella misma lo consideraba apuesto, sabía que muchas damas preferían el carácter jovial de Edward. Sin duda hablaban de él, y del desmayo que había estado a punto de provocar en una dama.

—Para serte sincera —continuó la primera mujer, identificada ya como lady Hyacinth—, me resulta irónico que escribiera un libro sobre cómo identificar a los cazafortunas para luego fracasar completamente a la hora de identificar a este y que haya caído en la trampa de alguien que solo persigue su dote.

La ayudante alargó una mano hacia la cortina, pero Minerva le sujetó el brazo y sacudió la cabeza mientras se llevaba un dedo a los labios.

—¿Estás segura de que va tras su fortuna?

—Bastante. Mi hermano tiene el mismo contable que Ashebury. Hace poco acudió al despacho de Nesbit y oyó al duque vociferar sobre sus arcas vacías. Por supuesto mi hermano se marchó apresuradamente, no queriendo avergonzarlo cuando saliera del despacho. Pero ahí lo tienes. Winslow incluso me sugirió que intentara conquistar a Ashebury, ya que mi dote no es cualquier cosa. Y lo intenté, pero enseguida resultó evidente que necesita una cantidad sustancialmente mayor de la que yo puedo ofrecerle. ¿Dónde está la ayudante? Tengo que tomarme medidas.

Minerva soltó el brazo de la joven y asintió. La mujer se deslizó entre el hueco de las cortinas mientras Minerva se apoyaba contra la pared, apenas capaz de respirar. Se había atrevido a creer que la deseaba a ella.

Quizás su impresión se debiera a cómo la había hecho sentir en el Nightingale. Allí se había enamorado un poco de él, embargada por una emoción que se había llevado consigo en lugar de dejarla en el club como debería haber hecho. Había permitido que la cegara.

Ashebury quizás se había mostrado más delicado y sutil, pero deseaba de ella lo mismo que deseaban todos los demás: su dote.

Estaba sentado a su mesa, los papeles esparcidos por toda la superficie, la cabeza inclinada, los cabellos revueltos como si se hubiera pasado repetidamente los dedos por ellos. De pie en el umbral, Minerva pensó que nunca le había parecido más atractivo y un doloroso nudo se formó en su pecho. Se había enamorado de él, pero era tan falso como lady V.

Tras su llegada a Ashebury Place había engatusado al mayordomo con una sonrisa y un guiño para que le permitiera darle una sorpresa al duque. Habiendo estado ya en ese despacho, no necesitó que la escoltaran. Su corazón martilleaba con tanta fuerza que resultaba sorprendente que no la hubiera oído llegar por el pasillo. Y entonces había posado su mirada sobre él, y todo había quedado transformado en un sordo dolor.

—Tus arcas están vacías —susurró ella, aunque lo bastante alto para que el duque lo oyera, pues levantó bruscamente la cabeza.

Si existía una expresión culpable, esa era la de Ashebury.

El duque echó la silla hacia atrás y se levantó antes de descolgar la chaqueta del respaldo y ponérsela de un ágil movimiento.

—Minerva, qué agradable sorpresa. No te esperaba.

Ella se acercó, impresionada de que sus piernas aún la sujetaran y la impulsaran a avanzar.

—Tus arcas están vacías.

—¿Es esa una pregunta? —él enarcó una ceja.

Deteniéndose ante la mesa, ella lo miró detenidamente y admiró la perfecta estructura ósea, los rasgos perfectamente proporcionados. Con razón se había extrañado de que ese hombre le prestara atención, de que no le importaran sus imperfecciones.

—¿Están tus arcas vacías?

—Prácticamente, sí. ¿Cómo lo has sabido?

Al menos no había mentido, no lo había negado. Eso le honraba.

—En el taller de mi modista. Al parecer alguien lo oyó de alguien... ya sabes cómo son estas cosas. No hay secretos entre la aristocracia. ¿Por qué no me lo dijiste?

—No me pareció importante.

—¿No te pareció importante? —ella lo miró perpleja—. ¿Cómo no va a serlo? Necesitas mi dote.

—Que no tenga dinero no quiere decir que persiga tu dote.

—¿Me estás diciendo que no lo tuviste en cuenta? —Minerva alzó orgullosa la barbilla.

—No —concedió él con gesto sombrío.

Esa sencilla palabra la hundió. Contempló los papeles esparcidos por la mesa, columnas de números perfectamente ordenados contrastaban con el desorden de los libros. En un rincón vio algo que le llamó la atención. La esquina azul de un libro. Un libro muy familiar. *Guía para damas: cómo desenmascarar a los cazafortunas*. Sintió que su alma se desintegraba.

Los bordes estaban gastados, el lomo roto, signos habituales de un libro leído muchas veces. Bien estudiado. Pasó varias páginas. Había anotaciones al margen.

—Pensé que estaba proporcionándole información a las damas —Minerva alzó la vista—. Pero lo que he hecho es proporcionarte la estrategia para no ser descubierto.

—Esto no cambia nada, Minerva.

—Lo cambia todo. No te molestes en hablar con mi padre esta noche. No tengo ninguna intención de casarme contigo.

—No veo por qué no ibas a hacerlo.

—Me has decepcionado.

—Estoy seguro de que habrá algunas cosas sobre ti que no me has contado.

—Nada tan malo como esto. Has dilapidado tu herencia. Has viajado por todo el mundo, buscado placeres, mientras tus propiedades languidecían. ¿Pensabas que no habría consecuencias para tus gastos incontrolados, para tu irresponsabilidad?

—Ahora estoy siendo responsable.

—Demasiado tarde. No me casaré con un hombre al que no soy capaz de respetar, y no puedo respetar a un hombre que permite que su situación financiera llegue a este punto —Minerva deslizó una mano sobre la mesa—, y luego espera que la dote de una dama lo solucione todo —ella no era mujer propensa a llorar, pero en sus ojos sintió el escozor de las lágrimas—. Deberías haber sido sincero conmigo, Ashebury.

Minerva dio media vuelta y se encaminó hacia la puerta. Casi la había alcanzado cuando la voz del duque resonó a su alrededor, la atravesó. Llena de confianza, advertencia y triunfo.

—No creo que estés en situación de rechazarme... lady V.

Ashe estaba furioso por las acusaciones que esa mujer había vertido sobre él. ¿Qué sabía ella de luchar, de cómo había llegado a la situación en la que se encontraba? ¿Por qué menospreciaba sus sentimientos por ella solo porque necesitaba su dote?

—¿Me estás amenazando con chantaje? —ella se volvió bruscamente y lo fulminó con la mirada—. ¿De verdad crees que soy de las que se amilana ante estupideces como esa? Lo que pasó entre nosotros no cambia nada. Y no me casaré contigo.

Él cruzó la estancia y solo se detuvo cuando lo asaltó el olor a verbena.

—Estoy seguro de que tu padre no pensará lo mismo cuando descubra que te he desflorado.

—Será tu palabra contra la mía.

Si no lo hubiera mirado con tanto odio en las profundidades de los ojos marrones, quizás la habría dejado marchar, pero le había herido en el orgullo.

—¿En serio? ¿Lo dices porque todo Londres está al corriente de esa marca de nacimiento con forma de corazón en tu cadera derecha? Incluso cuando llevas la falda puesta soy capaz de posar mi mano en el lugar exacto sin fallar. ¿Qué crees que dirá entonces?

—No me obligará a casarme con un hombre con el que no deseo casarme.

—¿Y qué dirá todo Londres cuando descubra que la recatada señorita Dodger acudió al club Nightingale en tres ocasiones?

—No revelarás ese detalle. Te echarían del club. Jamás volverías a ser bien recibido allí.

—¿Y qué necesidad tendría de ir al club Nightingale si tengo una esposa para satisfacer mis necesidades básicas?

—Estás loco si crees que tendrás acceso a mi lecho.

—Eres una criatura demasiado sensual para no recibirme, para negarte el placer que puedo proporcionarte.

—Cerdo arrogante.

—No seas tonta, Minerva —él le dedicó una de sus miradas más traviesas, destinada a conquistar el corazón de una mujer—. Es verdad que necesito tu dote para solucionar mis problemas financieros, pero eso no significa que las cosas entre nosotros no puedan ser estupendas. Porque las cosas son estupendas entre nosotros. El Nightingale lo demostró —antes de que ella pudiera reaccionar, Ashe la agarró y la atrajo hacia sí para tomar sus labios, decidido a recordarle la pasión que se encendía con tanta facilidad entre ellos, para despertar su deseo, para...

El dolor fue intenso, fuerte, y lo dobló por la cintura. Ashebury aterrizó con las rodillas en el suelo y el resto del cuerpo doblado sobre ellas. Acurrucado en posición fetal, luchaba por respirar.

—No me casaré con un hombre al que no pueda amar —sentenció ella—, con un hombre que no me ama.

A través de los ojos llorosos, lo único que él vio fue un remolino de faldas y los talones de unos zapatos mientras Minerva salía de su biblioteca, de su vida.

CAPÍTULO 19

Se negaba a llorar. El escozor de sus ojos era el resultado del aire contaminado de Londres, no de su corazón roto.

—Voy a publicar un anuncio en el *Times* indicando que jamás me casaré y que no voy a recibir más visitas.

Tras regresar a su casa, Minerva se había reunido en la biblioteca con sus padres, que la miraban fijamente mientras se bebía de un trago la copa de whisky que se acababa de servir.

—¿Ha sucedido algo? —preguntó su madre.

—Me equivoqué al juzgar los sentimientos de Ashebury.

—¿Hasta qué punto te equivocaste? —preguntó su padre con los ojos entornados.

Minerva era consciente de que el enfado de su padre no iba dirigido contra ella.

—Lo bastante como para que pensara que me obligarías a casarme con él. Pero no lo haré, bajo ninguna circunstancia. No me casaré con él.

—Es difícil casarse con un hombre muerto —su padre se levantó del sillón.

—Siéntate, padre.

El hombre entornó los ojos un poco más.

—Por favor.

Al final su padre se dejó caer en el sofá junto a su esposa, que cubrió con su mano el puño cerrado que descansaba sobre el muslo.

—Hice algo que no debería haber hecho —continuó Minerva—, y cuyos detalles voy a omitir. No lo lamento. Lo único que lamento es que permití que me nublara el juicio. Pensé que me deseaba, pero, al parecer, necesita mi dote. Ahora me doy cuenta de que cada vez que le preguntaba por sus finanzas me contestaba con evasivas. He sido una estúpida.

—No has sido una estúpida —observó su madre con dulzura—. Es un hombre encantador. Es comprensible que te gustara y que confiaras en él. También es comprensible que, habiéndose criado como lo hizo, no sea capaz de entender plenamente el amor.

—No excuses su comportamiento —Minerva sacudió la cabeza—. Todo Londres excusa a los bribones. Ninguno de nosotros tenemos una vida perfecta. Pero hacemos lo que podemos con ella.

—¿Qué tiene la tuya para no ser perfecta? —preguntó su padre.

—Ningún hombre me quiere.

—Yo te quiero.

—Me contentaré con eso.

El aire se hacía irrespirable por momentos, y las malditas lágrimas acechaban amenazantes.

—Me parece un poco excesivo lo del anuncio —observó su madre.

—No quiero recibir más visitas de ningún caballero.

—Informaré a los empleados.

—Y sobre todo no quiero ver a Ashebury.

—No lo harás —le aseguró su padre.

—Ni quiero verlo muerto.

—¿Magullado?

Minerva no pudo evitar soltar una pequeña risa.

—No, aunque me temo que ya lo dejé bastante magullado yo misma.

—¿Con el gancho de izquierda?

—No. Un pequeño truco que me enseñó Lovingdon. Estaría orgulloso de mí. Se lo contaría, pero entonces amenazaría con matar a Ashebury y no puedo controlaros a los dos.

—A lo mejor tú y yo deberíamos irnos de vacaciones a algún lugar —sugirió su madre.

—Tengo pensada otra cosa. Os lo contaré en cuanto haya perfilado los detalles. Pero, tranquilos, no voy a andar lloriqueando por aquí. Tengo la intención de tomar medidas para asegurarme de no volver a cruzarme con Ashebury ni con ningún otro cazafortunas.

El viento que aullaba sobre el páramo golpeaba el carruaje que giraba para entrar en el largo sendero que conducía a Havisham Hall. Ashe no diría que tuviera la sensación de regresar a su hogar, pero sí de experimentar una cierta nostalgia agridulce ante la creciente penumbra que pronto cubriría esos páramos de una oscuridad solo mitigada por la luna. Una profunda tristeza lo había invadido en ese lugar, pero también había conocido allí algunos de sus momentos más felices.

El marqués de Marsden no había estado especialmente atento, pero tampoco había descuidado sus obligaciones. Solía comer con los chicos mientras les contaba historias de su juventud, historias que incluían también al padre de Ashe y al conde de Greyling. A través de Marsden, Ashe había conocido aspectos de su padre que jamás habría imaginado: agitador, alumno con dificultades para los estudios, muchacho que disfrutaba con una buena broma.

En ocasiones, cuando el viento se calmaba, Ashe solía advertir retazos del hombre que había sido el marqués antes de perder a su esposa al dar a luz, antes de que detuviera todos los relojes a la hora exacta de su muerte. Amar así a una mujer... Ashe no sabría decir si era una bendición o una maldición.

El carruaje se detuvo frente a la residencia, que ya no parecía tan grande ni tan agobiante como cuando tenía ocho años. Conocía las estancias, los pasillos, los rincones oscuros, como la palma de su mano. Nadie salió a recibirlo, pero tampoco era ningún invitado. En cierto modo era un miembro de la familia. Cómodo con esa condición, subió los escalones a la carrera y entró por la puerta principal. El silencio lo saludó. Los relojes seguían sin funcionar, no avanzaban, no marcaban la hora.

El camino estaba iluminado por velas. Ashebury avanzó por el familiar pasillo, mirando en todas las estancias, sin sorprenderse por no encontrar a nadie hasta llegar a la biblioteca. Una vela colocada sobre la mesa de ébano iluminaba la cabeza inclinada del vizconde Locksley, que escribía notas en un libro de contabilidad. Levantó la vista y sonrió.

—¿Ashe, qué demonios? Deberías haberme avisado de tu llegada.

Se apartó de la mesa y se reunió con Ashe, saludándolo con un apretón de manos y una palmada en el hombro.

—¿Qué te trae por aquí?

Esa conversación tendría que esperar.

—¿Qué tal está tu padre?

—Tan loco como siempre —Locke se volvió hacia una mesa y sirvió dos copas de whisky, pasándole una a Ashe—. Ahora está durmiendo. Mañana se alegrará de verte —se sentó en un sillón frente al fuego y estiró las piernas—. ¿Ya te has aburrido de Londres? ¿Planeando nuestra próxima aventura?

—Al menos planeando la mía —Ashe se sentó en un sillón frente a él—. Creo que quizás haya llegado el momento de casarme.

—Por Dios bendito. ¿Qué te ha pasado?

—Nos estamos haciendo mayores —Ashebury no estaba dispuesto a confesar la verdad aún.

—Ni siquiera hemos cumplido los treinta.

—A mí me falta menos que a ti —le sacaba dos años al vizconde.

—Pero aún no los tienes —Locke tamborileó sobre el vaso contemplándolo fijamente con sus penetrantes ojos verdes. Siempre había sido el más observador del grupo, tomándose su tiempo, considerando todos los ángulos, arrancando máscaras. Quizás porque había vivido la maldición de tener que presenciar el gradual declive hacia la locura de su padre.

Ashe supuso que no tener a sus padres en esos momentos no dejaba de ser una ventaja. No le hubiera gustado asistir a su envejecimiento y debilitamiento. Aunque lo cierto era que su repentina muerte casi había acabado con él. Si bien no se cambiaría por Locke, era incapaz de ahogar esa pequeña chispa de envidia. Al menos Locke aún podía hablar con su padre.

—¿Quién es ella? —preguntó su amigo con solemnidad.

—La señorita Minerva Dodger.

—Vivirás como un príncipe con todo ese dinero que aportará al matrimonio —Locke dejó escapar un silbido.

—Es más que dinero.

—¿En serio? —el otro hombre le dedicó una sonrisa torcida—. No recuerdo que mostraras especial interés por ella jamás. ¿Se ha transformado de repente en una belleza?

—¿Por qué está todo el mundo preocupado por el aspecto físico? ¿Y por qué nadie ve la belleza que hay en ella?

La sonrisa de Locke se hizo más amplia, hasta casi asemejarse a una expresión de sorpresa infantil.

—Estás enamorado de ella.

—¿Qué? De eso nada. Despierta mi curiosidad, eso es todo. Es directa y valiente, y es capaz de ponerse a la altura de cualquier hombre. Dice lo que piensa y no se echa atrás. Resulta refrescante.

—Puede que ahora te resulte refrescante, pero esa frescura la perderá con los años y se volverá una vieja gruñona. Las mujeres directas, empeñadas en decir lo que piensan, tienden a resultar irritantes con el tiempo.

—¿Y lo afirmas basándote en tu amplia experiencia con las mujeres? ¿Cuándo te ha durado alguna más de una noche? —Ashe apuró el whisky y se levantó para servirse otro—. ¿Quieres más?

—No, tengo que terminar de repasar los libros de contabilidad esta noche.

—¿Va todo bien? —Ashe se volvió hacia su amigo.

—¿Con la propiedad? Absolutamente. No hay ningún problema.

Ashebury se sentó de nuevo.

—¿Cómo haces para mantener tus finanzas tan bien controladas?

—No puede decirse que mi padre sea derrochador. Disponemos de un mayordomo, un cocinero, un ama de llaves y un lacayo para manejar esta enorme mansión.

—No se utiliza entera.

—No, solo las estancias en las que hacemos vida. Las demás permanecen intactas. Dios sabe que podríamos plantar semillas en el polvo acumulado con los años, y sin duda conseguiríamos una abundante cosecha.

—Eso cambiará cuando tomes esposa.

—Jamás me casaré. La locura no es un buen legado para transmitir.

—Desaparecerá con tu padre. Tú no estás loco.

—Puede que simplemente se me dé mejor disimularlo —Locke tomó un sorbo de whisky y volvió a fijar su atención en Ashe—. Tú no estás prometido, de modo que no hay ninguna noticia excitante. Sigo sin saber a qué se debe tu visita.

—Quería asegurarme de que estás bien. Te marchaste apresuradamente en cuanto desembarcamos.

—Habíamos estado fuera más tiempo del que había planeado. Necesitaba asegurarme de que todo estuviera en orden aquí.

—¿Vas a venir a Londres para lo que queda de la temporada?

—No lo creo —Locke se puso en pie—. Necesito terminar esto. ¿Salimos mañana a montar un rato?

—Será lo primero que hagamos. Me encantará.

—Estupendo —el otro hombre se volvió hacia su escritorio—. Y ya de paso podrás contarme a qué has venido.

¿A qué había ido? Ashe no estaba seguro de saberlo. La quietud reinante en la casa resultaba casi espeluznante, y la ausencia del tictac de los relojes aumentaba esa sensación. De niño, solía dormir con el reloj de su padre bajo la almohada para oír algo que no fuera el aullido del viento. Había encontrado el reloj sobre la mesilla en el dormitorio de su padre. No era normal que se lo hubiera dejado y, en ocasiones, Ashe se preguntaba si el anterior duque no habría tenido una premonición sobre lo que iba a suceder. Pero, de ser así, ¿por qué no se habían quedado ellos también y no solo el reloj?

Salió a un largo pasillo en el que solo se veía una puerta abierta y de la que salía una pálida franja de luz. Aunque sabía que debería darse la vuelta para no alterar al anciano, siguió adelante y entró en el dormitorio, que desprendía un olor a bergamota y lavanda. Se le ocurrió que el marqués quizás tuviera repartidas bolsitas de lavanda por toda la residencia porque, de vez en cuando, al doblar una esquina, su intenso aroma lo asaltaba. En el dormitorio de la marquesa, que nadie había tocado desde la noche de su muerte, aparte de para retirar las evidencias del fallecimiento, solía haber un frasco de perfume de lavanda sobre la cómoda. Ashe lo sabía porque, junto con los chicos, se había colado una noche en la habitación, aun sabiendo que lo tenían prohibido. Grey y Edward se habían enfrascado en una de sus habituales peleas. Grey había empujado a Edward contra la cómoda y el frasco de perfume se había caído al suelo, rompiéndose en mil pedazos. El sonido había atraído a Marsden hasta el dormitorio.

Se había puesto furioso por la intrusión, siendo la única

ocasión en que los había castigado. En la biblioteca les había puesto en fila y, tras ordenarles que se bajaran los pantalones y se agacharan, les había golpeado por turnos, repetidamente, con decisión, con dureza. Hasta que se le habían cansado los brazos y se había dejado caer en un sillón, y empezado a llorar. Los sollozos, violentos y desgarradores, le habían dolido a Ashe más que la vara al estrellarse contra su trasero.

Después de aquello, la puerta del dormitorio de su esposa había quedado cerrada con llave, aunque Ashe, desde luego, ya no volvió a sentir deseos de entrar en esa estancia. Nunca más había corrido el riesgo de hacer llorar al marqués con tan desgarradora desesperación.

Y aun así, con nueve años ya, no le había ofrecido al pobre hombre el menor consuelo. Junto con los otros tres chicos, había permanecido allí de pie, mirándolo fijamente, cambiando el peso del cuerpo de un pie a otro mientras el marqués lloraba la pérdida de una fragancia. Y hasta que no se hizo adulto no comprendió plenamente que el marqués lloraba la pérdida de mucho más que un frasco de perfume.

—Ashe —lo llamó el marqués con voz ronca, como si sus cuerdas vocales estuvieran agotadas.

—Milord —Ashebury se dirigió al asiento acolchado en el que Marsden se sentaba frente a la ventana.

Apoyó un hombro contra el marco de la ventana, agradeciendo el apoyo, la dureza de la madera. El marqués tenía los cabellos grasientos, descuidados, los mechones grises le llegaban hasta los hombros. Una barba incipiente, también gris, moteaba su barbilla. No tenía ayuda de cámara, pero alguien lo había afeitado hacía poco. Seguramente Locke.

Sus vestimentas estaban raídas y descoloridas y Ashe lamentó no haberle llevado ropa nueva desde Londres. De todos modos, seguramente se habría negado a ponérsela. No le gustaban las cosas que no le resultaban familiares.

—Está ahí fuera, esperándome —anunció Marsden, deslizando una mano por un pequeño retrato enmarcado que descansaba sobre su regazo—. ¿La oyes?

—Sí, milord.

—Pronto me reuniré con ella. Cuando Locke sea feliz —el marqués sonrió tímidamente y sus ojos verdes se posaron en Ashe—. Cuando lo seas tú. Cuando lo sean Greyling y Edward. ¿Cómo están?

—Están bien, milord. En Londres.

—¿Y tú por qué no estás allí?

Ashe contempló la oscuridad. Creía haber sentido la necesidad de ver a Locke. Pero se había equivocado.

—La amaba muchísimo.

—No.

Sorprendido por la respuesta, Ashebury posó la mirada sobre el marqués, que sacudía la cabeza.

—Eso ni se acerca para describir lo que sentía por ella. Lo que yo sentía era... todo. Cuando ella se fue, no quedó nada.

—Durante los años que viví aquí, nunca nos contó nada de ella. ¿Cómo era?

A los ojos de Marsden asomó una mirada lejana, como si estuviera viajando hacia atrás en el tiempo.

—Era la luna y las estrellas. El sol y la lluvia. Más que gustarme ella, me gustaba cómo me sentía cuando estaba con ella. Me volvía optimista, invencible. Más amable, más bondadoso. Ella sacaba lo mejor de mí. ¿Saca ella lo mejor de ti?

—¿Quién? —Ashe frunció el ceño.

—Esa mujer a la que amas.

—No la amo —él contempló al marqués. Sus ojos encerraban conocimiento, comprensión—, pero sí, hay una mujer. Es aguda, inteligente, testaruda. Necesito su dote. No he administrado bien mi fortuna —apoyó el hombro con más fuerza contra la esquina del marco de la ventana—. No consigo que cuadren los números.

—Tu padre tampoco podía.

—¿Disculpe? —Ashe se apartó de la ventana.

—Era su gran secreto —Marsden dejó escapar una pequeña risa—. Pero me lo contó. Temía no ser capaz de gestionar sus propiedades. De modo que solía traerme los libros, y yo le proporcionaba las respuestas. Lo había olvidado. Durante todos los años que pasaste aquí, ni se me ocurrió mencionártelo. Nunca presté atención a tus estudios. Maldita sea —susurró—. Por eso me eligió. Para ser tu guardián. Yo conocía su secreto, y él pensó que te guiaría. Y, en cambio, te he fallado.

—Yo no diría eso. Si acaso, la culpa fue de mi orgullo, por no pedir ayuda. Confié demasiado en mi contable, sin llegar a ser completamente sincero con él. Necesito encontrar a alguien en quien pueda confiar —si pudiera convencer a Minerva para que dejara a un lado, ella también, su orgullo, sería la persona perfecta para ocuparse de mis cuentas.

—Locke —Marsden agitó un dedo en el aire—. Él es tu hombre.

Ashe no estaba del todo convencido. Lo que seguramente necesitaba era una mujer.

Los cascos de los caballos hacían un ruido atronador. Ashe cabalgaba por los páramos como alma que llevara el diablo, con Locke galopando junto a él sobre su potro. Estar allí le había despertado recuerdos de correrías salvajes, de días dedicados a hacer lo que le apeteciera, de nunca preocuparse por sus propiedades, ingresos, sueldos, mantenimiento, gastos. Números, cifras, balances.

—¡Ya basta! —gritó Locke mientras detenía su montura.

Ashe hizo lo propio, giró en redondo y condujo al caballo de regreso hasta Locke. El caballo respiraba agitadamente, las aletas de la nariz muy abiertas, soltando nubes de vaho al aire de la mañana.

—Caminemos un rato, ¿quieres? —propuso Locke, que ya se había bajado de la montura antes de que Ashe hubiera contestado siquiera.

A pesar de que Locke no era más que vizconde, y más joven que Ashe, estaban en sus dominios y allí mandaba él, consciente de que algún día todo aquello sería suyo. Si algo podía decirse del hecho de criarse en la antigua propiedad, era que generaba una sensación de apreciación, de entendimiento de cuál era el lugar y las responsabilidades de cada uno. Para Ashe, esa consciencia había llegado tarde.

Seguramente también para Grey. Y para Edward, siendo el segundo hijo, ni siquiera había llegado.

Sujetando las riendas, desmontó y acomodó su paso al de Locke, las largas zancadas de ambos agitando la niebla baja sobre el páramo. Locke no daba sermones, no era su estilo. Aun así, Ashe sabía que esperaba que él empezara a hablar.

—Me he trasladado a Ashebury Place —anunció al fin.

—¿Has enterrado a los fantasmas? Eso está bien.

—Más bien no puedo permitirme el alquiler de la otra residencia. Edward se ha quedado con ella —Ashe se agachó y arrancó una brizna de hierba. El gesto le permitió ganar un poco de tiempo para reflexionar—. Mi situación financiera es mala.

—De ahí tu decisión de casarte con la señorita Minerva Dodger.

—Desafortunadamente —Ashebury asintió enérgicamente—, ella aborrece a los cazafortunas y en estos momentos está bastante enfadada conmigo por no reconocer, al menos no ante ella, mi mala situación financiera. Se niega a casarse conmigo aunque... —de nuevo se agachó para arrancar otra brizna de hierba.

—¿Aunque, qué?

—La he comprometido.

—¿A propósito? —Locke se detuvo, agarró a su amigo del brazo y lo obligó a girarse.

—Bueno, desde luego no me metí en la cama con ella por accidente —él lo miró furioso.

—Ya sabes a qué me refiero —el vizconde suspiró irritado—. ¿La comprometiste para obligarla a casarse?

—No, me acosté con ella porque deseaba hacerlo. La deseaba como jamás he deseado a ninguna otra mujer. Locke, ella acudió al Nightingale.

Locke abrió los ojos desmesuradamente, la incredulidad reflejada en su rostro. Pero Ashe sabía que lo que se decía en los páramos se quedaba en los páramos.

—¿En serio?

—Allí fue donde empezó a resultarme deseable. Había decidido resignarse a quedar soltera y se le ocurrió que no tenía nada que perder. Me cautivó —Ashe sacudió la cabeza—. En realidad hizo mucho más que eso. Es franca, valiente, persigue lo que quiere. Es distinta a cualquier mujer que haya conocido jamás. Aún no me explicó por qué no me había fijado nunca en ella. El que ningún hombre la haya tomado como esposa simplemente demuestra la estupidez de los hombres. Es una mujer extraordinaria. De modo que empecé a cortejarla por los medios tradicionales, en los círculos sociales, en bailes y cosas así. Ella estaba de acuerdo en casarse conmigo cuando descubrió que no me quedaba dinero, y me mandó al infierno. Un desperdicio de cortejo.

—No veo dónde está el problema —observó Locke mientras reanudaba la marcha—. Solo necesitas empezar a cortejar a una mujer a la que no le importe que vayas tras su dote, una que esté enamorada de tu título y atractivo físico. No debería llevarte mucho tiempo pescar otro pez.

—Tienes razón. Solo necesito encontrar otra dote. Pero me siento decepcionado, después de tanto esfuerzo puesto en cortejarla y ganarme su buena disposición —aparte de lo buenos que eran en la cama. Ashebury no recordaba haber tenido una pareja tan buena nunca. Y lamentaba no volver a disfrutar de algo así. Ni de sus sonrisas o de su humildad—. No suelo rendirme cuando voy de caza, pero no veo cómo puedo arreglar las cosas con ella.

—¿Qué pasaría si no tuviera ninguna dote? —preguntó Locke.

—¿Disculpa?

—La señorita Minerva Dodger. ¿Y si no tuviera ninguna dote? No habrías ido tras ella y no estarías decepcionado. Jamás habrías sabido lo que te estabas perdiendo.

—Pero ahora sí lo sé, esa es la cuestión —al duque le apetecía estrellar el puño contra algo, pero no había nada a varios kilómetros a la redonda, salvo su caballo, al que no iba a atacar, y Locke, que no se merecía un puñetazo—. Sé lo tozuda que puede llegar a ser. Lo magnánima. Sé que es capaz de tumbar a una dama si se lo propusiera, pero se empeña en no proponérselo. Sería capaz de ganar en un combate de boxeo. Huele a verbena. En la cama se muestra desvergonzada. Y es muy lista. Increíblemente lista. Es capaz de detectar oportunidades de inversión. Piensa como un hombre, lo cual, por puro sentido común, debería convertirla en una persona poco atractiva, pero lo que hace es volverla más deseable aún.

—Te has enamorado de ella.

—No, no. Es que... —Ashe se volvió, avanzó tres pasos en una dirección, tres en la otra.

El problema era que la adoraba. Cada centímetro de ella. Desde la coronilla hasta la punta de los dedos de los pies, por dentro y por fuera. Adoraba el desafío que representaba. Adoraba los momentos que compartía con ella. Le gustaba hablar con ella, escuchar sus opiniones. Le gustaba que tuviera opiniones. Le gustaba todo sobre ella, incluso su empecinamiento en que se merecía un hombre que la amara. Se detuvo, se quitó el sombrero y se mesó los cabellos.

—Puede que sí me haya enamorado. Pero jamás me creerá. Puedo escribir cartas de amor, poemas en los que le describa mis sentimientos. No me va a creer. No cuando ningún hombre antes que yo ha buscado en ella otra cosa que no fuera la fortuna que le acompaña.

—Entonces te lo vuelvo a preguntar, ¿y si no tuviera dote?

—Si no tuviera dote, yo sería un lord indigente.

Locke y Ashe se sostuvieron la mirada, los ojos intensamente verdes reflejaban miles de preguntas, miles de respuestas posibles.

—Pero si le pidiera su mano en esas circunstancias —Ashebury paseó la mirada por los páramos—, ella no tendría más remedio que creer, que comprender, que la deseaba a ella.

—Bueno, pues eso parece bastante sencillo, ¿no? Te echo una carrera hasta casa.

Locke montó en su caballo y salió al galope mientras Ashe deliberaba sobre las consecuencias de lo que estaba considerando. Tras soltar una carcajada, saltó sobre la silla y espoleó al caballo en pos del hombre que el destino había elegido para convertirse en uno de sus hermanos.

CAPÍTULO 20

—Señor Dodger.
—Ashebury —en boca de Jack Dodger, el nombre sonaba como un insulto.
Claro que Ashebury no podía culparlo por ello. Mientras regresaba de Havisham había reflexionado largo y tendido sobre cómo abordar al antiguo dueño de la casa de apuestas. Le había sorprendido que el mayordomo lo hiciera pasar a la biblioteca. Y se sintió agradecido de que Minerva no supiera, al menos de momento, que estaba allí.
—Eres muy valiente al aparecer por aquí después de haberle roto el corazón a mi hija.
—No era mi intención romperle el corazón.
—Y aun así lo has hecho. He matado a hombres por mucho menos.
—Espero que no recientemente.
El padre de Minerva le dedicó un amago de sonrisa. Su hija no había heredado la forma de sus labios. Quizás la hubiera heredado de su madre. De lo contrario, era solo suya.
—¿Un whisky?
—Si puede ser, que sea escocés —al menos iba a vivir lo suficiente para tomarse una copa.
—Creo que tengo algo por aquí.
Ashe observó a Dodger servir dos copas de whisky esco-

cés. No había nada delicado en sus movimientos, nada refinado. Cada centímetro de su ser hablaba del hombre que había surgido de las calles. Quizás estuviera ya muy por encima, muy lejos, de todo aquello, pero su pátina no lo había abandonado.

—Siéntate —el padre de Minerva se volvió y le ofreció uno de los vasos.

—Prefiero quedarme de pie.

—Pues yo prefiero sentarme —el hombre se dejó caer en la silla del escritorio, probó un sorbo del whisky y observó atentamente a Ashe—. ¿A qué has venido?

—A pedirle que le retire la dote a Minerva.

Dodger enarcó una ceja y lentamente dejó el vaso sobre la mesa.

—No suelo equivocarme al juzgar los motivos de un hombre para acudir a mí. Y debo decir que tu petición me ha pillado por sorpresa. ¿Por qué no iba a cumplir mi promesa de proporcionarle una dote?

—Porque siempre se interpondrá entre nosotros. Porque Minerva siempre dudaría de mis motivos para casarme con ella.

—No recuerdo haberte concedido mi permiso para casarte con ella.

—Pero lo hará, porque su felicidad lo es todo para usted.

—¿Y tú la harás feliz?

—Hasta el paroxismo. Pero, tras ser perseguida por numerosos cazafortunas, está convencida de que es su dote la que me ha hecho sentirme atraído por ella.

—¿Y no es así?

—No.

—¿Y qué es, entonces?

Ashe se preguntó si, al oír su respuesta, Jack Dodger iba a partirle la mandíbula o ponerle un ojo morado. Lo más probable era que hiciera ambas cosas.

—Sus piernas.

—¿Y cómo lograste verle las piernas?

—Eso queda entre su hija y yo. Sus piernas me atrajeron, pero fue su franqueza, sus agallas, su inteligencia, su carácter, lo que me cautivó. Es, sencillamente, la mujer más extraordinaria que he conocido jamás. La amo. Más allá de todo lo imaginable, más allá de cualquier capacidad que yo creí tener para amar. Pero siempre pondrá en duda mi sinceridad si, cuando me conceda su mano, sostiene en ella un puñado de monedas.

—Su dote es mucho más que un puñado de monedas, muchacho.

—Soy muy consciente de ello. Era una manera de hablar.

—He hecho averiguaciones. Conozco tu situación financiera. Tendrá que vivir sin nada.

—Eso nunca. Puedo vender una buena parte de los tesoros que he ido reuniendo durante mis viajes. Nos proporcionarán una suma aceptable. No tan grande como su dote, pero al menos será un comienzo. Si trabajamos juntos, podremos construir algo grande para nuestros hijos. Quiero que sea mi compañera. Mi igual.

—¿Acudiendo a ti sin nada?

—Por Dios santo, ¿cómo puede pensar que haya algo en ella que se asemeje a la nada?

Ashe vio nacer en la oscura mirada de Jack Dodger un respeto y una admiración que antes no estaban. Y lo supo porque conocía esos ojos, eran los mismos que poseía su hija. Y supo que, al menos en ese aspecto, había ganado.

Minerva estaba sentada en el saloncito redactando unas notas cuando sus padres entraron.

—Nos gustaría hablar contigo —anunció su madre.

—Pues llegáis justo a tiempo porque yo también quería hablar con vosotros. He estado pensando, y he decidido viajar a Texas para estudiar más de cerca el negocio ganadero en el que me gustaría que mis amigos invirtieran conmigo. Lo tengo todo planeado. Contrataré a una acompañante y...

—Minerva —su madre la interrumpió mientras se sentaba en el sofá a su lado y su padre en una silla—. Texas está muy lejos.

—No me trasladaré allí para siempre. Estaré de regreso para Navidad. Basándome en mis cálculos, es una maravillosa oportunidad para diversificar, para no depender tanto de lo que podemos ganar aquí en Gran Bretaña.

—Pues tendrás que hablar con tu padre primero. Él es el que tiene cabeza para los negocios.

Minerva contempló al hombre recostado en la silla como si no tuviera ni una sola preocupación en la vida. Jack Dodger nunca había sido amigo de las formalidades.

—¿Estarías interesado en invertir, padre?

—¿Nos proporcionará ganancias?

—Debería, sí. En realidad, una buena cantidad.

—Me lo pensaré, pero primero necesito hablar contigo sobre otra decisión que he tomado, con la bendición de tu madre.

Ella soltó una risa que delataba su nerviosismo.

—De acuerdo, pero tenéis una expresión tan seria. ¿Ha pasado algo?

—Pues en cierto modo, sí —contestó su padre—. He decidido retirarte la dote.

—¿Por qué? —Minerva sintió como si le hubieran soltado un puñetazo.

—Pues, para empezar, dijiste que no pensabas casarte, de modo que no la necesitas.

—Eso es cierto. ¿Crees entonces que podrías prestarme algo de dinero para poder invertir en ese negocio ganadero en el que estoy empeñada?

—Si quieres ese dinero, es tuyo —Jack Dodger agitó una mano en el aire—. Yo solo estoy hablando de la dote —se inclinó hacia delante y apoyó los codos sobre los muslos—.

Puede que te hiciera un flaco favor al concedértela, y hacer que fuera tan voluminosa. Me temo que los hombres no ven en ti nada más allá del dinero.

—No nos gusta la idea de que no te cases —intervino su madre—, de que te quedes sola.

—No estoy sola. Tengo amigos. Tengo una familia. No necesito un marido para completar mi vida. Quédate con la dote, no tengo ningún problema con eso. Además, ningún hombre querría casarse conmigo sin ella. Y yo no quiero a un hombre que... —Minerva tragó con dificultad—, que la necesite.

—¿Por ejemplo, Ashebury? —preguntó su madre.

—Por ejemplo un buen número de hombres —contestó ella con impaciencia—. En cuanto a Ashebury, ya lo he superado.

—Pues me alegra oír eso —su madre sonrió y le apretó una mano—, ya que cenará con nosotros esta noche.

«Traidora», fue el primer pensamiento de Minerva, aunque no lo expresó en voz alta. A fin de cuentas se trataba de su madre, la mujer que la había traído al mundo.

—No puedes hablar en serio.

—Pensé que sería agradable oír hablar de sus viajes por África.

Aquello era increíble.

—Si quieres oír hablar de África —Minerva bufó—, invita a alguno de los otros bribones. No veo ninguna necesidad de cargar con un impostor como Ashebury.

—Y sin embargo Ashebury está aquí —fue una afirmación más que una pregunta.

Ella había oído el rumor de que había abandonado la ciudad.

—¿Te refieres a si está en Londres?

—No, bueno, quiero decir que está en la residencia, de modo que técnicamente está en Londres. Espera en la biblioteca de tu padre.

Minerva se puso de pie de un salto y miró furiosa a su padre.

—¿Le has dejado entrar? ¿Lo has recibido? ¿Sabiendo que odio a ese hombre, que lo encuentro despreciable?

—Trajo con él las fotografías —explicó su madre, como si con eso todo quedara arreglado.

¿Por qué algunas madres, como la suya, estaban tan dispuestas a perdonar el mal comportamiento de bribones de cualquier clase?

—No se quedará a cenar —Minerva pasó ante su madre y corrió hacia la puerta—. ¡No lo hará!

—Me parece que no lo ha superado tanto como afirma —oyó que decía su padre.

Minerva rara vez se enfadaba con sus padres, pero, en esos momentos, estaba furiosa. No solo iba a viajar a Texas, acababa de decidir que se quedaría a vivir allí.

Furibunda, corrió por el pasillo. ¡Cómo se había atrevido a aparecer! En su casa, en su refugio.

La puerta de la biblioteca estaba abierta y ella irrumpió, parándose en seco al verlo junto a la ventana. Tenía un aspecto horrible, completa y absolutamente horrible. Como si llevara tiempo sin dormir, como si hubiera perdido peso.

Y al mismo tiempo conseguía tener un aspecto completa y absolutamente maravilloso. Impecablemente peinado, la ropa perfectamente planchada, todo en orden. Y olía de maravilla. Sándalo mezclado con su propio olor corporal. Minerva no se había detenido con la celeridad aconsejable y estaba lo bastante cerca para percibir su olor, el azul cristalino de su mirada, la ausencia de vello en el rostro. Acababa de afeitarse.

—Tengo entendido que te han invitado a cenar.

—Tu madre fue muy amable al proponérmelo.

—Retiro la invitación.

—Ya me imaginé que lo harías.

—Si fueras un caballero ni siquiera la habrías aceptado.

—El problema es que tenía más ganas de verte que de comportarme como un caballero.

—No lo hagas —Minerva cerró los ojos con fuerza y los abrió para fulminarlo con la mirada—. No digas las palabras adecuadas destinadas a hacer que una mujer pierda la cabeza. Conmigo no funcionarán, y serán un total desperdicio. Acabo de saber que mi padre me ha retirado la dote, de modo que tendrás que buscar tus fondos en otro lugar.

—Ya sé lo de la dote —contestó Ashebury con calma—. Fui yo el que le pidió que te la retirara.

—¿Y por qué has hecho tal cosa? —ella sacudió la cabeza confusa.

—Porque mientras la tengas, jamás creerás posible que yo te desee más de lo que deseo tu fortuna.

—Pero tú necesitas esa fortuna.

—Te necesito más a ti.

—No puedes hablar en serio. Tus propiedades, tu legado...

—Que se vayan al infierno —él sacudió la cabeza e hizo una mueca—. Aunque no lo harán. Yo me aseguraré de que no lo hagan. Te equivocaste al afirmar que no soy capaz de actuar con responsabilidad, que había dilapidado mi herencia. Las propiedades no estaban proporcionando los ingresos de antaño y por eso hice algunas inversiones que, desafortunadamente, no fueron acertadas —Ashe se acercó a la mesa y dejó un trozo de papel, tomó una pluma, la mojó en el tintero y se la ofreció—. Escribe tres números, pequeños, en una columna, para que yo los pueda sumar.

—No entiendo a qué viene esto.

—Tú hazlo. Por favor.

Con un suspiro de impaciencia, ella se acercó a la mesa, le arrebató la pluma de la mano y la mojó en el tintero antes de mirarlo con recelo.

—Parece que te has recuperado de mi rodillazo.

—Me sorprendió tu agilidad.

—Me había dejado las enaguas en el taller de la modista, por eso tenía más margen de maniobra. Esperaba la oportunidad para asestar un golpe decisivo.

—Eres una bruja sanguinaria.

—No debería sorprenderte. Ya te dije aquella primera noche que disfrutaría matando al hombre que me hiciera daño.

—Es verdad. Tres números.

Ella hizo lo que le pedía.

5
7
9

Ashebury posó un dedo en una esquina del papel y se lo acercó para contemplarlo fijamente. Cerró los ojos. Abrió los ojos. Entornó los ojos.

—No soy capaz de sumarlos. En mi cabeza solo hay caos. Sé que son números. Sé que forman una suma. Pero no soy capaz de comprenderlos. Y no puedo explicarte por qué tengo tantos problemas con ellos. Lord Marsden me contó que a mi padre le sucedía lo mismo. Los números no tenían ningún sentido para él. Confiaba las cuentas a Marsden. Yo lo descubrí hace unos días cuando fui a Havisham. He sido demasiado orgulloso para admitir que tengo este problema. De manera que cuando mi contable me entregó un informe sobre varias posibilidades de inversión, le pedí que me explicara los riesgos verbalmente, escuché sus recomendaciones y tomé lo que yo creía era la mejor decisión. Lo que para él era un riesgo aceptable, de haber sido capaz yo de analizar las cifras, quizás no lo hubiera sido para mí. A mi regreso a Inglaterra, descubrí que las inversiones perdían dinero y que, con pocos ingresos, menos fondos, y los enormes gastos de mantenimiento de mis propiedades, me quedaba muy poco en las arcas.

—¿Cómo es posible que no entiendas los números?

—No tengo ni idea, Minerva. Aunque me siento estúpido, sé que no lo soy. Domino muchas otras materias, pero los números me desconciertan.

—De modo que al perder tu fortuna decidiste casarte con una mujer que tuviera una sustanciosa dote. Y empezaste a cortejarme.

—No exactamente. En el Nightingale conocí a una mujer que me intrigaba. Y entonces la descubrí en una fiesta y me sentí aún más cautivado por ella. El hecho de que tuviera una dote no importaba. Quería conocerla. Y me enamoré de ella. Pero no me di cuenta hasta que ella me abandonó.

La declaración de Ashebury hizo que el corazón de Minerva se estrellara contra sus costillas. Siempre había deseado oír una declaración de amor, pero llegado el momento se mostraba reticente a hacerlo. Ese hombre había estudiado su libro. Sabía lo que debía decir. Pero tampoco se sentía capaz de arrojarle sus palabras a la cara. Más bien, necesitaba recordarle la realidad de la situación.

—Pero esa mujer ya no tiene ninguna dote.

—Pero sabe cómo invertir —Ashe sonrió—. Dispongo de un pequeño capital. Se case o no conmigo, quiero que me ayude a reconstruir mi fortuna.

—¿Quizás deberíamos dejar de hablar de ella como si no estuviera en esta habitación?

La sonrisa del duque se hizo más amplia.

—¿Me ayudarás a hacer lo necesario para volver a salir a flote?

—Supongo que podría.

—Y ya que no necesito ninguna dote, ¿te casarás conmigo?

—Ashe... —ella tomó su rostro entre las manos.

—Dime qué debo hacer para convencerte de que te amo.

—Quiero creerte. Pero me parece increíble que alguien como tú pueda amarme.

—Porque no te ves como te veo yo. Quiero enseñarte

una cosa —Ashe hundió la mano en el bolsillo y sacó una pequeña fotografía.

Era la fotografía de una mujer sentada junto a un estanque. Su rostro revelaba fuerza, carácter, invencibilidad, y al mismo tiempo vulnerabilidad, delicadeza…

A Minerva le llevó unos segundos comprender que la mujer de la fotografía era ella, sentada junto al estanque de Lovingdon.

—Estoy bastante guapa. ¿Cómo has conseguido hacer que parezca guapa?

—Eres guapa. Más que guapa. Pero utilicé las sombras y la luz para revelar lo que veo cuando te miro. La verdadera belleza no puede existir sin luces y sombras.

—¿Y qué pasó con la fotografía que me hiciste en el Nightingale?

—No la hice.

—¿Por qué?

—Porque esa imagen era solo para mí. En ocasiones algo es tan perfecto… perfecto no es la palabra adecuada. Es más que eso. Trascendente. Me hace sentir que sería un pecado capturarlo. Pero cuando a mi mente acude la imagen de restos esparcidos de cuerpos mutilados… pienso en ti con tus largas piernas y pequeños pies, tumbada sobre la cama, esperándome. Y logro borrar esas imágenes que me han atormentado toda la vida. Las anula. Se desdibujan lentamente, ya no reclaman a gritos mi atención porque saben que no la conseguirán, porque saben que tengo algo mucho mejor. O al menos tenía antes de fastidiarlo todo. Te tenía a ti, Minerva. Y quiero desesperadamente volver a tenerte.

Minerva, que nunca lloraba, sintió el ardor de las lágrimas en sus ojos.

—Ashe…

—Soy capaz de vivir sin una dote. No soy capaz de vivir sin ti. Aunque no me ames…

—¡Sí te amo! Intenté no hacerlo, pero no puedo evitar

pensar en ti, echarte de menos, desearte. Y al mismo tiempo temo que esos sentimientos no sean reales. El amor que ambos proclamamos. ¿Y si todo es una mentira, como lady V?

—Ella no es mentira. Tan solo otra parte de ti. Minerva, supe quién eras casi desde el principio. Seguiremos disfrutando de todo lo que tuvimos en el Nightingale. Lo tendremos todo.

Y ella lo creyó. La verdad estaba allí, en sus ojos, en su manera de sonreír.

—Te amo, Ashe.

La mirada que recibió a cambio le derritió el corazón. Esa era la mirada que había estado esperando durante seis temporadas. La clase de mirada que prometía la eterna felicidad.

—Pero preferiría casarme cuanto antes.

—¿Qué te parece a finales de mes? —sugirió él.

—La gente pensará que nos hemos visto forzados a casarnos.

—Y así es, porque no soportamos pasar una noche más a solas —Ashe la atrajo hacia sí—. No vayas a darme un rodillazo, ¿eh?

Antes de que Minerva pudiera asegurarle que lo haría, él tomó posesión de sus labios y la besó como solo un hombre enamorado podría hacer.

CAPÍTULO 21

La inminente boda de la señorita Minerva Dodger con el duque de Ashebury fue la comidilla de todo Londres. Sobre todo al hacerse evidente, cada vez que se les veía juntos, que estaban locamente enamorados. Minerva, que normalmente no soportaba los chismorreos, de repente se encontró disfrutando muchísimo de ellos.

Pero sobre todo disfrutaba de los preparativos de la boda. A pesar de que la hora de la ceremonia se acercaba, ella apenas estaba nerviosa y dedicó un tiempo a estudiar su reflejo en el espejo de cuerpo entero, admirando la caída del vestido blanco de encaje de Honiton y perlas que se amoldaban a su cuerpo. Unos capullos de flor de naranjo bordeaban la corona del velo, manteniéndola en su sitio. La tobillera de oro tintineaba ligeramente a cada paso que daba.

—Estás preciosa, Minerva —exclamó Grace mientras ajustaba la cola del vestido.

—¿A que sí? Ya sabía yo que merecía la pena esperar al amor.

—Y ya te dije yo que encontrarías a un hombre que te amaría.

—Todavía me cuesta creerlo a veces.

—Pero eres feliz.

—Increíblemente.

Un golpe de nudillos sonó en la puerta. Grace la abrió y el padre de Minerva entró en la habitación.

—Los padres necesitan un momento con sus hijas el día de la boda. Te espero abajo —anunció Grace antes de marcharse.

—Eres tan hermosa como tu madre.

—Pues yo siempre pensé que me parecía más a ti —Minerva sonrió coqueta.

—Tienes mis ojos, pero aparte de eso, eres igual que tu madre.

—También tengo tu cabeza para los negocios.

—Pero tienes sus agallas. ¿Estás segura de que quieres casarte con él?

—Segurísima. Lo amo, y sé que no le va a gustar, pero quiero que me devuelvas la dote. Estaba tan ocupada buscando a alguien que me amara, que me demostrara que me amaba, que no me di cuenta de que bastaba con que yo lo amara a él. No quiero que se vea obligado a vender sus tesoros o que sufra innecesariamente porque sus inversiones no dieron los réditos esperados. Sé que me ama, con o sin dote, pero, sobre todo, yo lo amo a él. Quiero que pueda disponer de esos fondos que me prometiste.

—Ya están en su cuenta bancaria. Es vuestro regalo de boda. Mi intención era que lo descubrieras dentro de unos días, cuando su contable vaya a visitarlo para llevarle el informe sobre el estado de sus finanzas.

A pesar de que corría el riesgo de que se arrugara el vestido, Minerva abrazó a su padre con fuerza.

—Te quiero muchísimo.

—Recuérdalo siempre, Minerva, yo fui el primer hombre en amarte.

—Lo sé —ella ni se molestó en evitar que las lágrimas rodaran por sus mejillas.

—No llores. No soporto ver llorar a una mujer.

—Eso también lo sé —Minerva le propinó a su padre un empujón para apartarlo de su lado.

El hombre se volvió, pero no antes de que su hija viera la humedad que inundaba sus ojos.

—Acabemos con esto de una vez —anunció—. No todos los días entrego a mi hija.

—No la vas a entregar. Sigue siendo tuya.

—Eso es verdad —Jack Dodger se volvió hacia ella y sonrió mientras le colocaba el velo sobre el rostro—. Somos hombres con suerte, él y yo.

«Y yo una chica con suerte», pensó Minerva, por tener el amor de dos hombres increíbles.

La boda resultó grandiosa, más de lo que Minerva se había esperado. La iglesia estaba abarrotada y en la recepción que siguió no faltó de nada. Ashe estaba guapísimo. La expresión dibujada en su rostro mientras ella se acercaba al altar... ¿cómo había podido dudar de su amor?

En esos momentos ella lo esperaba en el dormitorio. Las lámparas despedían una tenue luz que ahuyentaban las sombras. Minerva llevaba puesto un camisón de seda, la tobillera y...

La puerta se abrió. Ella contuvo el aliento ante la visión de su esposo vestido con una bata de seda. La miró. Se rio.

—Oh, no, de eso nada.

Minerva no pudo contener una sonrisa mientras lo veía cruzar la habitación. Ashebury alargó una mano y desató los lazos de la máscara que arrojó a un lado.

—Mucho mejor así —murmuró instantes antes de tomar posesión de su boca.

Durante el mes que había precedido a la boda, habían conseguido robarse unos cuantos besos, pero ella había insistido en que esperaran a la noche de bodas para ir más allá. A partir de ese momento tendrían todo el tiempo del mundo para disfrutar en brazos del otro. Ashebury le cubrió el rostro y el cuello de besos. Minerva suspiró y gimió.

—Mi esposa —murmuró él.
—Tu esposa.
El duque se apartó y soltó el cinturón de la bata. Minerva contuvo la respiración y su boca se secó al verlo desnudo.
—Quiero aprender a manejar tu cámara.
—Esta noche no —él sonrió.
Ashe se subió a la cama y se sentó apoyado contra el cabecero, las manos detrás de la nuca.
—¿Qué haces?
—Quítate el camisón... lentamente. Quiero ver cómo la luz acaricia cada centímetro de tu cuerpo.
—¿En serio? —preguntó ella mientras se deslizaba hacia el borde de la cama.
Le sorprendía lo cómoda que se sentía con él en la noche de bodas. Por otro lado, no era precisamente virgen. Muy lentamente desabrochó un botón. Y luego otro, y otro, sin apartar la mirada de su esposo, cuyos ojos habían adquirido un brillo ardiente, el cuerpo tenso, la respiración agitada. Cuando desabrochó el último botón, Minerva deslizó un dedo entre ambos pechos y notó cómo Ashebury contenía la respiración.
Cómo le gustaba esa sensación de poder. Deslizó el camisón por un hombro, y luego por el otro. La prenda de seda se deslizó hacia abajo.
Ashe soltó un gruñido salvaje y profundo antes de, en un ágil movimiento, agarrarla y tumbarla sobre la cama con él pegado a su costado, apoyado sobre un hombro, contemplándola.
—No tienes ni idea de las ganas que tenía de verte a la luz. Cuando vayamos a mi propiedad, voy a llevarte al campo donde el sol brillará sobre ti, y voy a hacerte el amor salvaje y apasionadamente.
—¿En el campo?
—Vamos a hacer el amor en todas partes: en los bosques, bajo la lluvia, en cada una de las habitaciones, en cada edi-

ficio —Ashebury deslizó una mano por el costado de su esposa—. Te amo, Minerva.

—Nunca me cansaré de oírtelo decir.

—Me alegro. Pues tengo la intención de repetírtelo todos los días.

—Te amo, Ashe, no me puedo creer hasta qué punto. No sabía que fuera posible amar así.

Él la besó apasionadamente y Minerva permitió que aflorara todo lo que sentía por su esposo mientras la pasión les consumía en un incendio que ella temía fuera a abrasarlos. ¿Cómo era posible que se unieran tantas sensaciones diferentes para crear un maravilloso viaje hacia el placer?

A medida que se tocaban, besaban, acariciaban, el fuego que siempre había existido entre ambos creció más fuerte, más alto. Sus movimientos se volvieron apresurados, sus necesidades abrumadoras. Y cuando ella empezaba a pensar que iba a volverse loca de deseo, él se hundió en su interior, con fuerza, profundamente. El cuerpo de Minerva se cerró en torno a su masculinidad y la sujetó firmemente.

Alzándose sobre ella, Ashebury la miraba mientras bombeaba en su interior con embestidas fuertes y firmes. Rodeándole las caderas con las piernas, ella hundió los dedos de las manos en sus nalgas, sujetándolo con fuerza, estimulándolo. Tenía la sensación de que se desprendían chispas de cada centímetro de su cuerpo. Sus cuerpos se humedecieron. Los gemidos y gruñidos resonaban a su alrededor.

Las sensaciones crecieron, se intensificaron, y estallaron. Los fuegos artificiales estallaron detrás de sus ojos mientras ella gritaba su nombre y le oía gruñir el suyo mientras echaba la cabeza hacia atrás en una última embestida.

Y entonces se quedó quieto. La respiración tan agitada como la de ella. Con una sonrisa de satisfacción, Ashe le besó la punta de la nariz antes de rodar a un lado y atraerla hacia sí.

—Es estupendo con luz —afirmó ella aún sin aliento—. Poder verlo todo.

—Debería hacer que instalaran un espejo en el techo —él rio.

—A lo mejor podríamos ir una noche al Nightingale —ella le mordisqueó un pezón.

—Si tú quieres.

—Podría ser interesante.

—Iremos al cumplirse el primer aniversario de tu primera visita.

—¿Alguna vez me mostrarás tu colección privada de fotografías? —Minerva deslizó un dedo por el fuerte torso.

—Las he quemado.

—¿Por qué? —ella se apoyó sobre un codo y lo miró fijamente.

—Porque ya no las necesito —le recogió un mechón de cabello detrás de la oreja—. Me ayudaron a enfrentarme a las imágenes de la masacre que no era capaz de borrar de mi mente. Pensé que, si podía reemplazar esas imágenes con formas perfectas, podría dominar las pesadillas. Pero no funcionó hasta que te conocí. Como te dije, pensar en ti silenciaba el horror. De modo que ya no necesitaba las otras.

—Me hubiera gustado verlas.

—Puedo repetirlas, contigo como modelo.

—Si poso para ti, tú deberás posar para mí. Ojo por ojo.

Ashebury sonrió, hundió los dedos en los cabellos de Minerva y le sujetó la cabeza.

—Mi osada y traviesa esposa. ¿Cómo no voy a amarte?

Tumbándola de nuevo sobre la cama, tomó posesión de su boca y se lanzó a su interior.

¿Era o no era grandioso el amor?

EPÍLOGO

Varios años después

De pie en el sexto escalón de las escaleras que conducían al vestíbulo, Ashe miraba la puerta por la que había visto salir a sus padres. Curioso que, cuanto mayor era, más los echaba de menos.

Deseó que pudieran ver cómo Minerva y él habían conseguido darle la vuelta a las finanzas con inversiones, y sin necesidad de tocar el regalo de bodas de su padre. Ese dinero lo tenían en reserva por si alguna vez lo necesitaban. En caso de no utilizarlo, se dividiría a partes iguales entre sus hijos.

Ojalá hubieran conocido a Minerva, el timón en su vida. Jamás hubiera creído posible amar tan plenamente a alguien. En ocasiones, la profundidad de sus sentimientos le asustaba. Y en esas ocasiones la abrazaba con más fuerza.

Y por último deseaba que hubieran podido conocer a sus nietos.

Unas pisadas de diminutos pies resonaron por el vestíbulo y su hijo e hija corrieron a la puerta para recibirlo, seguidos de su madre que caminaba con más calma. De nuevo estaba embarazada.

—¡Papá, ven! —gritó su hija de brillantes cabellos —. El abuelo ha prometido que hoy nos enseñaría a ser carteristas.

Ashe miró a su esposa con el ceño fruncido.

—Pensaba que iba a enseñarles a evitar que les robasen la cartera a ellos.

—Ya conoces a mi padre —ella se encogió de hombros.

—Y supongo que tú les estarás enseñando a hacer trampas a las cartas —él empezó a bajar las escaleras.

—El hijo de Lovingdon ya domina ese arte. No podemos permitir que nuestros hijos se queden atrás.

—¿Cómo te encuentras? —el duque rodeó con un brazo a su duquesa.

—Estoy haciendo progresos. El desayuno ha permanecido en mi estómago.

—¡Vamos ya! —se quejó su hijo—. Todo el mundo ya habrá llegado.

Todos los hermanos de Minerva y sus familias iban a reunirse en la residencia de sus padres para celebrar el aniversario de boda de sus progenitores.

—De acuerdo —Ashe asintió—. Vámonos.

Un lacayo abrió la puerta y los niños salieron corriendo.

—Nuestros hijos necesitan aprender paciencia —observó Ashebury mientras conducía a su esposa por el vestíbulo.

—Yo prefiero su entusiasmo.

—Pues que sea entusiasmo entonces.

En el umbral, Ashe se detuvo y se volvió. Tiempo atrás, los gritos de su infancia habían embrujado aquel lugar. Pero en esos momentos lo único que oía eran las risas de sus hijos, la felicidad en la voz de su esposa. Y amor.

Nota del autor

Ashe sufría de un problema conocido como discalculia. Es parecida a la dislexia, pero las personas que la sufren son incapaces de comprender los números. La primera vez que oí hablar de este problema fue hace años cuando el hijo de una amiga fue diagnosticado de discalculia. Con la ayuda de educadores formados específicamente, fue capaz de aprender a trabajar con números. En la época en que vivió Ashe, este problema no podría haber sido identificado.

En cuanto al club Nightingale, está inspirado en el Parrot Club, una casa inaugurada en los años 1850 por tres damas que deseaban un espacio en el que poder conocer y compartir amantes. Para esta historia, me tomé la libertad de ampliar sus propósitos y las características de sus miembros.

www.ingramcontent.com/pod-product-compliance
Lightning Source LLC
LaVergne TN
LVHW030338070526
838199LV00067B/6335